PENUMBRAS

Uwe Timm

PENUMBRAS

Tradução, posfácio e glossário de
Marcelo Backes

2012

CIP-Brasil. Catalogação na fonte
Sindicato Nacional dos Editores de Livros, RJ

T481p	Timm, Uwe, 1940- Penumbras / Uwe Timm; tradução de Marcelo Backes. – Rio de Janeiro: Record, 2012.
	Tradução de: Halbschatten ISBN 978-85-01-08941-0
	1. Romance alemão. I. Backes, Marcelo, 1973-. II. Título.
11-7025	CDD: 833 CDU: 821.112.2-3

TÍTULO ORIGINAL EM ALEMÃO:
Halbschatten

"Halbschatten" by Uwe Timm © 2008 by Verlag
Kiepenheuer & Witsch, Cologne

Texto revisado segundo o novo Acordo Ortográfico
da Língua Portuguesa.

Todos os direitos reservados. Proibida a reprodução,
no todo ou em parte, através de quaisquer meios. Os
direitos morais do autor foram assegurados.

Editoração eletrônica: Ilustrarte Design

Direitos exclusivos de publicação em língua portugue-
sa somente para o Brasil adquiridos pela
EDITORA RECORD LTDA.
Rua Argentina, 171 – Rio de Janeiro, RJ – 20921-380
– Tel.: 2585-2000,
que se reserva a propriedade literária desta tradução.

Impresso no Brasil

ISBN 978-85-01-08941-0

Seja um leitor preferencial Record.
Cadastre-se e receba informações sobre nossos
lançamentos e nossas promoções.
Atendimento e venda direta ao leitor:
mdireto@record.com.br ou (21) 2585-2002.

ALONSO:

I long
To hear the story of your life, which must
Take the ear strangely.

William Shakespeare, *The Tempest*

Montanhas, amontoadas, rochedos íngremes, em cinza e azul, o caminho incrustado levando ao cimo, um marrom claro, e no caminho um búfalo, cavalgado por um homem velho de longas barbas cinzentas. Os dois, homem e búfalo, olham para o vale. À meia altura, árvores, pinheiros, as frondes se elevando ante o céu vermelho do crepúsculo. Lá, as nuvens, suaves, nuvens que cobrem o céu como um véu. É um quadro tranquilo, um tanto movimentado por uma luz que entra, vinda de fora.

Como o branco parece compacto daqui, e como o branco, quanto mais se aproxima, se esgarça e fica transparente. E, a cada vez, a volta dessa intranquilidade ao mergulhar no cinza sem rumo, no qual a noção de altura e profundidade, de acima e abaixo se perde com rapidez. Umidade, frio invisível, depois, lentamente, o cinza fica mais claro e, de um momento a outro, vem aquele azul das profundezas.

O canal, a ribanceira rochosa, relva pisoteada, um caminho, asfalto, atrás dele o pequeno trecho ajardinado, velhas lápides, muitas danificadas por tiros e estilhaços de bombas, mais atrás a selva, ervas daninhas, relva alta, cardos. No passado, o cemitério era zona militar interditada. O Muro que separava a parte oriental da ocidental corria às margens do canal. Atrás dele, as lápides haviam sido afastadas para abrir o campo aos tiros, e uma faixa de areia fora descarregada, depois revolvida cuidadosamente com um ancinho como no jardim de um templo japonês. Os rastros deveriam denunciar fugitivos. Algumas das lajes derrubadas dos túmulos haviam sido cobertas com pranchas de madeira; ali patrulhavam soldados da fronteira, ordens de comando, uniformes cinzentos, capacetes de aço, ganchos de carabina, um leve matraquear metálico, cães de guarda, nenhuma flor, nenhum arbusto atrás do qual alguém pudesse se esconder, era esse o aspecto, destruído e ermo, como se a guerra tivesse acabado há apenas alguns dias. Em seguida o Muro caiu, disse o guia turístico, e, depois que leste e oeste se reunificaram, também este cemitério voltou a se tornar acessível.

Um homem em torno dos cinquenta, magro, os cabelos já grisalhos, um rosto estreito, rugas ascéticas em volta da boca e do nariz. Um sobretudo longo, puído, acinturado, de cor cinza, que lhe concede um aspecto militar. Sapatos de fivela. Não, a um olhar mais atento, vê-se que são sapatos da moda, marrom-claros, que não combinam com o sobretudo cinzento e são leves demais para aquele dia frio e molhado de novembro. Uma tarde já avançada, que vira entardecer com a neblina que sobe do canal. No muro traseiro do cemitério, que dá para a rua, um vulto caminha agachado. O pio implorante de uma pega. Duas, três pequenas velas queimam no cemitério. Finados. Uma bela e antiga palavra, mas a maior parte dos que estão reunidos aqui é protestante, diz o cinzento, e religiões, além disso, não têm mais a menor importância em cemitérios abertos. Lá, alguém botou uma chamazinha sobre a lápide de Mölders, um dos poucos católicos aqui. Coronel e piloto de caça na Segunda Guerra Mundial. Cento e um aviões derrubados, conforme gostam de anunciar. Ele aponta com as páginas enroladas de um manuscrito em forma de bastão para uma grande laje de mármore. E lá atrás, junto ao muro, há mais uma dessas luzes. Muitos dos nomes já não podem mais ser lidos. Quando não foram destruídos na guerra, a chuva lavou as pedras, ou eles foram desfeitos pelo emaranhado de raízes. Tudo já bem distante. Há cinquenta anos ninguém mais é enterrado aqui. O cinzento tosse, e pode-se ver nele que está sentindo frio. Tratava-se de uma visita guiada, somente para mim. Ele me foi recomendado como um conhecedor deste lugar. Passaram-me o número de seu telefone, eu liguei, e ele, depois de hesitar por algum tempo, concordou em me acompanhar.

Neste lugar, diz ele, a história alemã, a história prussiana jaz enterrada, pelo menos a militar. Aqui jazem Scharnhorst e outros generais, almirantes, coronéis, majores, conhecidos pilotos de caça, heróis dos ares na época, Richthofen, Udet, Mölders. E entre todos esses homens, esses militares, jaz uma mulher. O senhor olhe por favor para a lápide, ela foi reformada, a antiga foi destruída nas batalhas do final da guerra, um bloco de granito, uma rocha errante. *O voo faz a vida valer a pena.* Nasceu em 1907, morreu em 1933. Marga von Etzdorf. Uma aviadora, uma das primeiras da Alemanha.

Sim, digo eu, ela era o motivo por eu ter ido até ali. Supus que ela tivesse caído, mas depois li que se suicidou com um tiro após um pouso forçado na Síria, em Alepo. Isso despertou minha curiosidade. Uma mulher, de 25 anos, se mata com um tiro por causa de um pouso forçado, eu pensei. Certo, disse o cinzento, ele investigara adiante, procurara fragmentos de filmes e fotografias antigas, relatos sobre os voos dela, que a levaram ao Marrocos e ao Japão. Empreendimentos sensacionais na época; ela foi admirada e festejada por causa deles. Ele interrogara as poucas testemunhas que ainda continuavam vivas, e um acaso estranho lhe fizera cair em mãos um estojo de cigarros. O estojo tinha uma certa importância na história dela.

Lisa e ainda assim pesada, a prata está em sua mão. A tampa mostra um leve abaulamento por um estilhaço de latão que se encontra dentro do estojo. Num ponto, o estilhaço perfurou a tampa de leve com sua ponta. Alguém poderia pensar que lhe aplicaram uma solda com rigor de artista. Aqui, na parte de trás, o senhor está vendo, estão gravadas as iniciais de dois nomes: M. v. E. e Ch. v. D., e, em letras itálicas, *Isóbaros*.

Nas fotos é ela quem aparece, usa vestidos ou saia e blusa, esbelta, quase frágil; de calças ou usando o uniforme de piloto, ela parece antes robusta. O cinzento diz ter encontrado também dois fragmentos de filme, obviamente mudos. Ela está de vestido diante de seu avião, o vento sopra seus cabelos curtos sobre o rosto. Ri, inclina a cabeça, ajeita o cabelo atrás das orelhas com um movimento vagaroso. Na outra cena, está sentada num banco a céu aberto. Veste calças e o casaco de couro do uniforme de piloto, com cadarços nos punhos. Ela fala e fuma, e pode-se ver nela que não se trata de uma atividade automática, mas sim de um prazer, quando ela abre o estojo com seus movimentos delicados, pega mais um cigarro e o acende.

Em uma entrevista de rádio no princípio dos anos 1930, o repórter pergunta qual seria seu sonho de aviadora. A ausência de gravidade, é o que ela responde num sussurrar que parece vir das esferas. E mesmo que fosse apenas no momento em que se voa descrevendo uma parábola. Eu canto todas as vezes que a máquina me leva aos céus. Canto, ainda que nem eu mesma possa me ouvir por causa do barulho do motor. Sinto o ar, o vento em minha direção, mesmo que este seja desviado pelo quebra-vento.

Ela deu a entrevista, diz o cinzento, pouco antes de voar ao Japão, em 1931. Partiu de Berlim Tempelhof em 18 de agosto. Voou primeiro em direção noroeste, fazendo uma longa curva, para então se dirigir ao leste; debaixo dela a cidade, a catedral, o castelo, o Reichstag, lá longe, um brilho, era o anjo sobre o Obelisco da Vitória. Numa curva leve à direita ela foi em direção ao sul buscando o curso de seu voo, o Spree, o sol brilhando dentro dele. Ela estava calma, um pouco cansada, esgotada por causa dos últimos dias, de todas as preocupações, das despedidas, das conversas, dos festejos. Sua rota passa pela Polônia, pela União Soviética, pela China. A permissão para o sobrevoo da Rússia, da União Soviética, acabou demorando, e nesse meio-tempo a inglesa já se encontrava há dias a caminho do Japão. Quem, e eram feitas apostas a respeito, seria a primeira mulher a chegar ao Japão? A inglesa Amy Johnson ou ela, Marga von Etzdorf? Varsóvia, Moscou, Sibéria. Horas, dias no avião. Aeroportos de interior, para os quais a companhia Shell havia transportado tonéis de gasolina. Era também um voo de propaganda para a fábrica de aviões alemã Junkers e para a própria Shell.

O que se faz num voo tão longo?

Eu leio, diz ela. Um livro, um volume de poemas. Heinrich Heine. Eichendorff. Os versos podem ser mais bem enxergados. Se o ar está tranquilo, faço palavras-cruzadas. De vez em quando, lanço um olhar para baixo, terra rasa e marrom, depois verde, diferentes verdes, do mais claro ao verde-escuro mais profundo, um tapete de floresta infinito, a floresta virgem nos pântanos da taiga, depois estepes selvagens, uma pequena ilha verde, algumas árvores, estepes, mais uma vez floresta, algumas casas junto à linha do trem, uma estação, uma serraria nas proximidades. Os trabalhadores não levantam os olhos. Provavelmente o barulho das serras é mais alto do que o ruído do meu avião. Atrás, uma superfície extensa, no meio dela a linha dos trilhos de trem, que brilha de quando em quando.

E de resto?

Faço anotações em meu diário e escrevo cartões-postais a amigos. Assim, o tempo passa. Seis, sete horas. Dia a dia. Aterrissar, abastecer, dormir um pouco, partir pela manhã. Os russos são especialmente amistosos e solícitos, depois de seis dias vem a fronteira chinesa, e a cidade diante de mim, caso eu não tenha saído muito do curso, deve ser Chailar. Eu levo o avião para baixo, procuro um campo aberto. A cidade já havia servido de pouso algumas vezes, mas ninguém foi capaz de me dar uma informação mais precisa. Debaixo de mim, o lado antigo da cidade, casas bem próximas, mas em parte nenhum lugar onde eu poderia aterrissar. Faço o avião descer ainda mais, agora sobrevoo as casas, bem baixo, as ruas estreitas, as ruelas, os telhados dos pagodes. As pessoas lá embaixo levantam os olhos, riquixás, bicicletas, e, de repente, bem nítido aqui em cima, a 30 metros de altura, o cheiro das cozinhas das cantinas. Então descubro um pequeno campo e pessoas apinhadas nele. Sobrevoo, dando uma volta e mais outra para deixar claro aos curiosos que preciso de espaço para pousar. Por fim, policiais e soldados empurram a multidão de gente para o lado. Mais uma volta, eu desço e toco o chão. Imediatamente os chineses correm até a máquina. E então o susto, os que estavam mais à frente quase foram empurrados contra as hélices que ainda giravam. Agora, sem o barulho dos motores, a gritaria pode ser ouvida, o júbilo. Eu saio do *cockpit*. Dois chineses estendem as mãos em minha direção para me ajudar a descer da asa de sustentação. Estranho, me cumprimentam como se já esperassem por mim há dias. Só aos poucos é que passo a compreender o que o comerciante chinês, que sabia um pouco de inglês, me diz. Os chineses acham que sou a inglesa Amy Johnson, minha concorrente nessa corrida aérea até o Japão. Ela descera há alguns dias ali, e achavam que agora estava voando de volta. Até mesmo a gasolina em tonéis havia sido deixada pronta para ela.

Amy Johnson chegara ao Japão antes de mim, portanto. Minha decepção foi indescritível. De repente consegui imaginar como Scott deve ter se sentido ao chegar ao polo sul e ver que a bandeira norueguesa já estava fincada naquele branco sem fronteiras. Também as luvas que Amundsen deixara para Scott, mesmo que bem-intencionadas, eram o mais puro escárnio. No meu caso, ainda houve a ironia de pensarem que eu era a inglesa, que ainda há poucos dias fora vista por ali. No primeiro momento, pensei que tudo fosse apenas uma brincadeira. Mas para isso o entusiasmo dos chineses era, como poderei dizer, sério demais. Ou eu e a inglesa éramos parecidas a ponto de sermos confundidas, ou a visão incomum de europeias por ali nos tornava parecidas, assim como para nós os chineses também não podem ser distinguidos à primeira vista.

Não sou Miss Johnson, eu disse, e pedi ao comerciante chinês que traduzisse. Ninguém queria ouvir.

Eu falei em francês e inglês com as pessoas. Todos riram ainda mais alto, e bateram palmas entusiasmados.

I am not Miss Johnson.

Eles riram. Assentiram. Um povinho divertido. Não me restou outra coisa a não ser pernoitar na casa que havia sido deixada pronta para a inglesa e afirmar sempre de novo que eu não era ela.

Ainda anos mais tarde, diz Miller, os chineses da cidade usavam aquele "Ai ém not Miiiss Johnsooon" como forma de saudação para os ingleses.

Absurdo. Isso é uma dessas brincadeiras de Miller, que sempre distorce e enfeita tudo. Ele sabia como me fazer rir. Acho que com ninguém eu ri tanto e tantas vezes quanto com ele, diz ela.

Quem é esse Miller?, eu pergunto ao cinzento.

Ele está enterrado ali atrás, junto ao muro de tijolos, no meio de outros. Não é uma cova individual. Um ator. Um imitador de vozes, hoje com certeza se diria que é um *entertainer*. Mas de qualquer modo, ele fazia parte desse povo ambulante. Nós ainda o ouviremos um bocado de vezes.

Nos dias seguintes, Etzdorf ainda voou da Coreia até o Japão sobre o mar. Deve ter sido um voo batido por fortes rajadas de vento. O senhor pode muito bem imaginar o que isso significava na época. Voava-se livremente pelo mundo, não havia comunicação por rádio, não havia radar, nada. Um dano no motor, um pequeno defeito nos dutos de gasolina, coisa que sempre voltava a acontecer, e ela se precipitaria nas águas do mar como Ícaro. Ela levantou voo pela manhã, e, depois de 11 dias, por volta das 12 horas, chegou a Hiroshima. Dessa vez, encontrou o campo de pouso bem rápido, era uma praça de treinamento do exército japonês, e estava demarcada corretamente por duas bandeiras de tecido brancas, a biruta pendurada a uma longa vara de bambu. Também ali se apinhavam, mas de forma disciplinada e retidos por um cordão de isolamento, centenas de curiosos.

Na frente, numa fila, o comitê de recepção, representantes da cidade, militares, membros dos consulados. A banda militar se encontrava posicionada ao lado. Etzdorf fez o avião dar a volta, andou vagarosamente até diante da banda militar e desligou a ignição. Mais uma vez soou o hino nacional inglês. Também ali, portanto, era esperada a inglesa em seu voo de volta. O homem alto e magro logo chamou a atenção dela entre o grupo dos europeus. O terno branco, a gravata num azul da prússia. Mas o que mais a impressionou foi por certo aquele sorriso aberto, voltado para ela.

Eu tenho certeza, diz Miller, que ela descobriu Dahlem imediatamente em meio à multidão. Este levantou as mãos como a pedir desculpas, foi até a banda militar, conversou com o maestro. A isso, ele deu um comando, mudança apressada de notas, e, então, o princípio do hino nacional alemão, sem ensaio, conforme logo se ouviu, bem vagaroso, a melodia se esticando como melaço. Depois Dahlem foi até ela, se apresentou, ele era o cônsul alemão. Agradeceu: ela era a primeira mulher que voara sozinha da Europa ao Japão. E Amy, a inglesa? Embora tivesse sido festejada como vencedora em toda parte graças à propaganda inglesa, na verdade não teria voado sozinha, mas acompanhada de seu professor. O voo de Amy Johnson não seria considerado. E então Dahlem me apresentou Anton Miller, ator, que atualmente está se apresentando no Japão. Eu beijei a mão dela. Uma mão bem miúda, uma mão de criança, que cheirava a óleo e gasolina, e tinha ainda um hausto de perfume, lírios ou gardênias; bem estranha a ligação entre máquina e budoar. Seus cabelos eram curtos. Tudo nela parecia simples, prático, e combinando com tudo. Seu rosto estava bronzeado até a parte em torno dos olhos, coberta pelos óculos de aviadora. E eu pensei comigo que o amor que você poderia encontrar nela seria ao mesmo tempo quente e frio. Como ela vinha voando assim, inacreditável. Ela era delicada, mas irradiava uma grande energia. Simplesmente era maravilhoso olhar para ela, como ela girava sobre nossas cabeças, como inclinava a máquina, fazia com que ela descesse, pouco acima dos telhados em direção ao campo de pouso, como tocava o chão com suavidade, como fazia a máquina parar diante da multidão de gente, como saía do *cockpit*, depois ficava parada ali, vinda do céu, e não era apenas aquela mulher jovem e bela, mas também mostrava algo da força dominadora, capaz de transformar aquele aparelho de voo naquilo que ele, de fato, era. Os japoneses aplaudiram e gritaram *banzai* a ela.

Esse Miller é um cabeça de vento e um sonhador. Gosta de exagerar e exagera a capacidade de voar, aliás, como todos aqueles que jamais ou apenas raramente estiveram sentados num avião. Mas é sempre muito divertido e fácil estar junto com ele.

Não, diz Miller, foi exatamente assim: ela veio do céu como um anjo barulhento. Partia dela uma atração surpreendente e ao mesmo tempo algo despreocupado, leve. Essa foi a primeira e avassaladora impressão quando ela chegou pairando. Nem mulher, nem homem, ela tinha algo de anjo medieval. Talvez fosse por causa do casaco, com certeza devido ao gorro de couro que se assemelhava a um capacete, uma dessas coifas de ataque medievais, mas era sobretudo por um detalhe: ela vinha do céu. Os japoneses à nossa volta, contra seu comportamento habitual, estavam completamente fora de si, riam, gritavam, acenavam e batiam palmas. Enquanto isso Dahlem continuava parado ali, as mãos nos bolsos da calça, e disse, pois é, um anjo, para tanto ela aterrissou de modo um pouco ousado demais, deveria ter tocado o chão um pouco mais adiante e descer um pouco mais, antes disso, ainda que haja um fio de telégrafo nas proximidades. Eu a vi e tive apenas um pensamento: chegar perto dela, ganhá-la para mim. O que quer dizer pensamento, era a carne que pensava. Mas então veio Dahlem com seu quarto. Os hotéis da cidade estavam todos lotados, não havia nenhum quarto livre.

Dahlem morava com um amigo japonês. Na casa, havia aquela dependência para as visitas, que Dahlem ocupara alguns dias antes. Não se tratava de um quarto usual, era antes de um pequeno saguão. Uma dessas casas antigas, de madeira, junto a um pequeno parque. Dahlem ofereceu a ela seu quarto, disse que ele mesmo dormiria fora, no corredor, que era coberto, revestido de madeira de cedro, ajeitado com tanta arte que quando se caminhava por ele soava uma melodia branda, parecida com um gorjeio de pássaro. Assim, cada passo não apenas denunciava o ladrão, mas também o amante. Aliás, também não adiantava tirar os sapatos, coisa que se fazia em toda parte no Japão, disse Dahlem, e riu.

Fiquei surpresa com o tamanho e com o vazio do ambiente, ela disse. Um colchão sobre o piso, diante dele um biombo todo pintado, e em uma das paredes um arco. Um arco de mais ou menos 2 metros, assimétrico, com dois terços de seu tamanho correndo sobre o cabo, um terço abaixo. Um daiquiú, explicou ele, um arco que permite ao atirador disparar suas setas ajoelhado e também sobre a sela. No chão, havia uma aljava com várias setas, de penas vermelhas e azuis e amarelas e verdes. Uma delas tinha uma ponta arredondada de marfim, com uma fenda no meio. Outra solta um assobio agudo ao ser disparada para o alto – o sinal para o ataque. Na outra parede havia um pergaminho, um poema que Dahlem traduziu para mim.

Galhos
Juntados e atados:
Uma cabana de galhos secos.
Desfeita: como antes.
Outra vez a selva.

Ele disse mais uma vez que dormiria fora, no corredor.

Não, de jeito nenhum.

E quando ele continuou fazendo questão, eu disse que cada movimento na madeira me impediria de dormir. E, por certo, exigir que ele não se mexesse seria um pouco demais. Ele riu e sugeriu que o ambiente fosse dividido por uma cortina. Eu hesitei por um momento e, em seguida, disse: está bem.

Acho que o pensamento de dividir o mesmo ambiente com ele não terá lhe parecido tão desagradável, diz Miller. Ademais, suas roupas eram bem práticas, nada de vestidos, portanto ela não precisaria tirar nada pela cabeça, nem deixar cair nada, poderia se deitar usando as calças, o casaco de piloto e a blusa. Ela trazia consigo apenas o estojo de toalete, todo o resto ainda estava no avião.

Eu o ouvi falar com duas serviçais em japonês, e falava rápida e, ao que parece, fluentemente. Foi trazido um segundo colchão e um pano branco-acinzentado. As duas mulheres o estenderam de través no quarto, fazendo com que se transformasse numa cortina de uns bons 7 metros, que chegava até o chão. As lâmpadas de petróleo penduradas nos fundos desenhavam as serviçais caminhando de um lado a outro como sombras sobre o tecido. Quando elas se aproximavam mais da cortina, seus contornos ficavam mais nítidos. A luz das lâmpadas era de um amarelo-escuro, levemente manchado de marrom, como as frutas na árvore do jardim. Vagarosamente, ela se perdeu no escuro. Lá fora, levantara um pé de vento, e o farfalhar das árvores era como o quebrar de ondas, e as lâmpadas balançavam de leve, com muita suavidade.

Pensei na manhã do dia seguinte e no voo a Tóquio. Era como se ele tivesse adivinhado meus pensamentos, pois eu o ouvi dizer que a partida amanhã não seria fácil.

Eu sei, puxar um pouco os freios, acelerar com força, para que a máquina suba na parte de trás, e, em seguida, levantar de través em relação ao campo de pouso.

Sim, disse ele, provavelmente em direção noroeste. Nesta época do ano, o vento oeste por certo continua até o dia seguinte. Ao levantar voo, buscar o alto usando toda a força pouco antes dos fios do telégrafo, depois cair de leve um pouco. Mas isso a senhorita sabe. Ao aterrissar, a senhorita passou por cima dos fios de maneira muito elegante.

Com isso ele naturalmente queria dizer que eu passara raspando por eles. Essa foi a surpresa para mim, ele também era aviador. Piloto de caça na guerra. Pilotara um Fokker de asas triplas. Ele vai ajudar você a dar a partida no motor, eu disse a mim mesma. Só o fato de que ele estaria presente era tranquilizador. Vou conseguir.

O senhor ainda vai ficar por muito tempo aqui?

Em dois dias chego a Tóquio, de trem.

O senhor pode voar comigo, e eu mando minhas coisas com o trem.

Não dá. Lamentavelmente. Ainda tenho o que fazer por aqui.

Eu quis lhe perguntar o quê, mas consegui me conter.

Sua sombra no princípio podia ser vista apenas mais ou menos, quando ele se movimentava dentro do quarto. Agora ele provavelmente estava sentado no colchão, pois não havia nem cadeira nem poltrona no ambiente. Sua voz veio daquela direção e perguntou se eu me incomodaria se ele fumasse um cigarro.

Não, claro que não. Eu também fumo.

A senhorita quer um cigarro?

Com prazer.

Ele empurrou um estojo de cigarros prateado por baixo da cortina. Um estojo raso e prateado, liso, com um bordejado estreito de folhas de louro. Na parte de trás, um monograma. Ch. v. D. O outro lado estava um pouco amassado em determinado ponto, um estilhaço de latão havia penetrado nele. Eu acendi um cigarro e empurrei estojo e isqueiro de volta. Nossas mãos se tocaram de leve. O ruído de seu isqueiro, o clarão de luz, a sombra de sua cabeça na cortina. A sombra de sua voz.

Que estilhaço é esse, no estojo?

Uma recordação, diz ele, de uma batalha aérea.

Só o vento pôde ser ouvido no silêncio longo que se seguiu. A cortina se movimenta de leve, ao sabor da corrente de ar. Eu quis lhe perguntar se a gente — eu teria dito *a gente* — não poderia se sentar junto ainda um pouco, para ver o outro falando, mas então senti que era melhor apenas ouvi-lo. Eu gostava da voz dele. E também de resto ele me agradou à primeira vista, alto, magro, cabelo louro e dividido com cuidado. Postura ereta, mas sem ser duro, movimentos tranquilos e suaves. Pensei primeiro que ele fosse americano, ao vê-lo parado lá embaixo entre os outros europeus e japoneses, as mãos nos bolsos da calça.

Nós tivemos um hóspede americano na chácara de meus avôs certa vez. Uma sensação no interior, onde qualquer berlinense já parecia vir de outro mundo. O jovem americano chegou num conversível. Estava fazendo uma viagem pela Europa. E simplesmente parou ao ver a chácara. Ele falava alemão muito bem, e francês também. O que me chamou atenção, eu estava com 15 anos, foi a maneira com que aquele americano se movimentava, como ele era carinhoso e descontraído. Não beijou a mão de nenhuma das mulheres, não fez nenhuma mesura desajeitada, não bateu os calcanhares. Ficou em pé no saguão, no grande saguão com os chifres de animais caçados nas paredes, ficou simplesmente ali, a mão esquerda no bolso da calça. Já estava escurecendo e os avós o convidaram a ficar.

Foi um jantar muito divertido e natural. Não me recordo de outro que tenha sido tão bom na minha infância e na minha juventude. Aquele rapaz era de fato uma figura que parecia vir de outro mundo. Minha irmã e eu não conseguimos dormir quando fomos para a cama. Sobretudo minha irmã se perguntava se o americano tinha namorada. Eu disse, você se apaixonou por ele. Ela afirmou o mesmo de mim. E, como se falássemos com a mesma boca, dissemos: que bobagem. Depois da partida dele, eu ainda esperei por semanas, até mesmo por meses, vê-lo parado diante da porta mais uma vez. Mas é claro que ele não veio.

Vovô disse, pois é, a postura é, como poderei dizer, um tanto informal, mas, de resto, o americano foi realmente simpático.

E era justamente aquela postura que tanto me agradou, como ele ficou parado ali, a cabeça um pouco inclinada para o lado, uma mão no bolso da calça, e fumando, um movimento fugidio, nada precipitado, algo que parecia fazer parte de sua fala, de seu pensamento.

Foi por causa dele que eu comecei a fumar. Nós, minha irmã e eu, fumávamos às escondidas no mato e imitávamos os movimentos do americano, como ele segurava o cigarro, como ele o levava à boca, como soltava o ar, e sobretudo como segurava o cigarro entre os dedos, parecendo que o tinha esquecido, gestos que agora também são meus quando fumo.

Eu ouvi Dahlem rir atrás da cortina e dizer, sim, esses são os sinais de fumaça de nossos desejos íntimos.

Vozes distantes e o riso de uma mulher, interrompido subitamente. O pio de um pássaro noturno. Um farfalhar, como se ele estivesse enrolando algo em papel, ao lado. Silêncio repentino. Para quebrar a mudez, perguntei como ele começara a voar. Depois de um bom tempo, como se tivesse de refletir se podia ou se queria responder à pergunta, ele disse que foi a sujeira, que foram os ratos, a lama branca, lama da cal, os piolhos. Ele estivera numa trincheira de tiro, no outono de 1917, em Champagne, a uns bons 3 metros de profundidade, e olhava pela fenda aberta para o céu, lá apareciam aviões de vez em quando, alemães, ingleses, franceses, eles circulavam uns em torno dos outros, de vez em quando se atacavam, se desviavam, subiam, para, em seguida, circular uns em torno dos outros novamente, como águias, ele disse ter pensado. Às vezes, por alguns segundos, o metal brilhava ao sol. A vista era muito romântica, aquele olhar de baixo, era preciso admitir. E esse teria sido o impulso inicial para se apresentar como voluntário. O fato de ele aos poucos ver que uma das máquinas era atingida e derrubada também não o impediu de tomar sua iniciativa. A probabilidade de tombar na trincheira ou num ataque certamente não era menor, antes maior. Mas esse não era o motivo de sua decisão. Na condição de cadete da infantaria, ele não tinha a menor noção acerca de motores. Máquinas e motores não lhe interessavam. Ele sobrevivera não por seus conhecimentos, mas por acaso. O que acontece conosco não é mais necessário do que nosso nascimento. Com isso, começa o jogo, nosso jogo com o acaso. E que faz de nós aquilo que somos. Ele apenas fora aceito, aliás, porque soubera ficar de ponta-cabeça. O número dos que se apresentaram voluntariamente para escapar da sujeira era demasiado grande. Na época, a maior parte dos aviadores ainda vinha da cavalaria. Aviadores são os cavaleiros dos ares. Ele não vinha da cavalaria. Ele era da infantaria. Manter o equilíbrio, isso se aprende apenas na cavalaria, era o que se dizia. E no cavalo também se sentava mais alto, quer dizer, mais próximo do céu. Não se podia ter vertigens. Nada de medo de altura. E também era preciso saber conduzir. Por isso, a comparação entre cavalo e avião. Uma noção boba. Quando estavam a ponto de recusá-lo, ele pegara uma cadeira no escritório de recrutamento e ficara de ponta-cabeça sobre a cadeira. Sim, de cabeça para baixo, ele simplesmente ficara parado na sala, até que um dos oficiais do recrutamento dissesse que já bastava. Ele foi aceito. Ao sair, um dos oficiais ainda dissera, o senhor também poderia ir para o circo, com esse número.

Aquele discurso calmo e tranquilo me agradou, como ele falava de si, com alguma ironia e sempre relativizando, diminuindo tudo um pouco. Não consigo me lembrar de ter ouvido uma voz que tivesse me agradado tanto assim, que entrava tão dentro de mim, fisicamente, desencadeando um calor bem sensível, me abrindo. Uma voz que se mantinha a meio-tom, um tanto colorida com o sotaque do norte, as vogais longas pronunciadas de forma nasalizada. Sua voz vinha do outro lado do quarto escuro, iluminado apenas por duas lâmpadas, que lançavam uma luz bem suave. Eu vi o que nunca vira assim antes, a aura de uma lâmpada, a silhueta sombreada do biombo se perdendo na escuridão. Na parte da frente, ainda podia ser reconhecida a paisagem montanhosa com aquele velho, barbudo, que cavalgava um búfalo. Dahlem disse que era no lusco-fusco que as coisas saíam de si, que se tornavam elas mesmas. Não na luz ofuscante, no sol, do qual se protegiam com guarda-sóis também ao ar livre, mas sim naquele momento da passagem da nitidez berrante das coisas à escuridão, da qual elas se destacavam, na qual elas também voltavam a afundar como o esquecimento.

Mas será que as coisas podem se desfazer na escuridão? Elas não continuam existindo na condição de objetos? Carentes de interesse, elas não são nada, disse ele.

Hum.

Dahlem tinha a ventura da bela aparência. É um testemunho da injustiça da natureza, diz Miller. Ele chamava a atenção. Sobretudo ali no Japão. Cabelos louros, olhos cinza-azulados. As japonesas eram loucas por ele. E provavelmente não carregam o fardo pesado da consciência cristã e ocidental que amassa o prazer até transformá-lo em um pequeno arquejo tímido.

Outras terras, outros costumes.

Ora, mas nisso os costumes são iguais em toda parte, diz uma voz rouca, e ri.

Aquela voz, de quem é?

De Udet. Aqui. Ele ainda continua sendo bem-cuidado. Coberto com ramos de abeto no inverno. De vez em quando flores. Velas. E então naturalmente as assim chamadas camaradagens. Coroas com a Cruz de Ferro. Ernst Udet. Ouviu falar dele?

Sim. Foi piloto de caça. Primeira Guerra Mundial. Mais tarde general dos nazistas. Se matou com um tiro.

Ah, o senhor sabe das coisas. Quer dizer que ele ainda diz algo ao senhor. A maior parte das outras pessoas a quem sirvo de guia por aqui caminham surdas e mudas sobre esse lugar. É claro que as vozes sempre ficam mais baixas com o passar do tempo. Muitas delas mal podem ser compreendidas e a maior parte já emudeceu há tempo. Mas a voz de Udet ainda é bem nítida. Esse beberrão. Foi piloto de acrobacias entre as duas guerras. O mais famoso, por certo. Era capaz de juntar um lenço da pista do campo de pouso usando a ponta da asa. Depois foi general da aviação e major-general. Sim, mais tarde ele se matou com um tiro.

Há muitos suicidas entre os aviadores?

Não, nada que represente um número significativo. Não maior do que entre os atores. A não ser que se conte as quedas por imprudência e desatenção.

O que Dahlem fazia no Japão?

Ele viajava com um passaporte de diplomata, cônsul em missões especiais.

Que missões?

Ele estava voltando da China. Em missão secreta.

E ela? O que ela queria por lá?

Ela voava em favor da Alemanha, diz a voz de um rapaz. Era a época da humilhação. A Alemanha estava no chão. Tempos do sistema parlamentarista. A banca das fofocas, o Reichstag. Etc. e tal.

Esses murmúrios, de quem são?

De Maikowski. Está enterrado não muito longe da Etzdorf. Sua cova foi aplanada. Hans Eberhard Maikowski, líder de tropa de assalto da SA. Espancador afamado. Conduziu um ataque da SA nos anos 1920, o mais antigo ataque do grupo em Berlim. Registra com orgulho 33 assassinatos de oposicionistas. Chamado amavelmente de Hano Maiko por seus camaradas. E, na linguagem deles, uma testemunha de sangue. No dia 30 de janeiro de 1933, Hitler se tornara chanceler do Reich, Maikowski foi morto em uma pancadaria com comunistas. Talvez os autores tenham sido seus próprios companheiros. Queriam se livrar dele. Era um sujeito especialmente violento e sabia demais. Fala agora o que sempre falou. E esse etc. e tal ele aprendeu em algum lugar. Coisas cabeludas, esforçado em mostrar estudo, ainda que odiasse tanto os intelectuais.

Ali alguém está tocando violino.

Sim, mas espere, o senhor logo poderá ouvir ainda melhor.

O tratado vergonhoso de Versalhes. Encorajar os nossos no ultramar. Marga von Etzdorf voa em favor da Alemanha. O conde Luckner veleja em favor da Alemanha, o capitão Kircheiss também. A Alemanha no chão. Culpa de guerra. Etc. e tal.

Tudo isso é vomitório, diz o cinzento. Ele o arranca de dentro de si como se fossem fragmentos. Mas sua voz fica cada vez mais baixa. A quem isso ainda interessa? Isso ainda diz alguma coisa ao senhor? Me refiro aos tempos do sistema parlamentarista... não é, conde Luckner?

Sim. Histórias. Bem distantes. O conde fazia viagens de captura com uma barca durante a Primeira Guerra Mundial. Águia dos mares. E conseguia dobrar moedas de 5 marcos usando apenas os dedos.

Em que ano o senhor nasceu?

1940.

Que carga, disse o cinzento. Quantas tralhas o senhor ainda carrega consigo por aí. Bastante incomum para os nascidos no mesmo ano que o senhor. A maior parte dos que me acompanham está, como eu já disse, desorientada, perplexa. Isso daqui lhes diz cada vez menos, e aos mais novos já não diz absolutamente nada.

O cinzento tosse e toma uma pastilha. O maná dos roucos, diz ele, pastilhas de Ems.

Ele fica parado diante de uma árvore, um carvalho, no qual a folhagem seca do verão continua intacta. O matraquear da pega que passa voando e pousa sobre a grade de ferro forjado de um campanário.

A pega, uma das filhas metamorfoseadas de Piero, diz o cinzento. O senhor quer uma pastilha?

Obrigado.

Bismarck já chupou pastilhas de Ems, diz uma voz áspera, e depois mais uma coisa.

O que foi que ele disse? É difícil entendê-lo.

Sim, ele também tem a boca cheia de terra.

Ela voava em favor da Alemanha.

Bobagem, diz Miller. Ela gostava de voar. Era diferente quando voava. Acontecia uma transformação. É preciso imaginá-la, de vestido de noite, sapatos'de couro de cobra de saltos altos, unhas pintadas de vermelho, e, depois, em traje de piloto, lambuzada de graxa.

Sim, a mulher era uma deslocada, diz o beberrão. Independente, completamente independente. Sabia trocar velas de ignição ou construir pistões. Limpava dutos de gasolina. E, sobretudo, sabia voar. Não se diferenciava em nada dos homens. Aguda, uma excelente aviadora. Foi a primeira piloto, copiloto, da Lufthansa. Aliás, tinha uma bela voz. Sabia cantar maravilhosamente bem. E seus voos: irretocáveis. Ninguém venha me contar histórias. Eu sei de tudo. Fiz voos acrobáticos com ela certa vez. Não precisam rir desse jeito, seus imundos aí atrás. Ela era uma Diana.

O que isso quer dizer?

Pois é, tinha algo distanciado, não era rude, e sim amistosa, mas mesmo assim fazendo questão de manter distância. Não era tão feminina, tão mole quanto Elly Beinhorn, sua concorrente. Por Elly eu me apaixonei, até a raiz dos cabelos.

E?

Nada. Com ela, não. Não havia o que fazer. Com Antonie Srassmann a coisa era diferente, sim, ela também era uma boa piloto. Com ela eu tive algo, durante algumas semanas, uma relação, conforme se diria. Ela fazia o que tinha vontade. Uma mulher espetacular. Não se preocupava nem um pouquinho com o que falavam, com o que seriam boas maneiras, com o que os caretas pensavam.

E ela, a Etzdorf?

Marga. Sim, pois é. Era interessante, feições levemente eslavas, pômulos salientes, olhos escuros. Algo virginal partia dela. Nenhum mal-entendido, nada de donzela. E, como eu já disse, uma bela voz. Sempre vestida com elegância quando não acabava de voltar de um voo. Naturalmente também tentei com ela. Mas não deu. Não consegui me aproximar. Não aterrissei. Você não vai me domar. Rá, rá.

Só se ouve o senhor de maneira pouco nítida.

Isso se deve a outros motivos. Eu queria primeiro dar um tiro em meu coração, mas depois pensei em todas as mulheres, as mulheres maravilhosas, e apontei a arma para a cabeça.

Caiu ao testar um novo modelo de avião. Seu velho camarada, o marechal do Reich Göring, mandou espalhar essa mentira. Udet não foi velado em público. Depois de uma queda, o aspecto de uma pessoa não é lá essas coisas, foi o que se disse. Na verdade, porém, não se queria que vissem que ele havia se matado com um tiro. Amargurado com seus camaradas caretas do lodo nazista. Destes, alguns também acabaram por aqui.

Agora o som do violino ficou bem nítido.

A morte com sua rabeca.

Mas não, isso é Mozart, tocado de maneira suave, até se poderia dizer com alma. O primeiro movimento do "Concerto para Violino Número 1".

O grupo noturno saíra, disse Miller, taças de espumante nas mãos, ainda mergulhado em conversas, risos, chamados, e então ele começou a tocar Mozart. Assim eu jamais o havia visto. Seu semblante sempre tão duro e anguloso estava brando; no rosto, uma entrega mergulhada em si mesma. Nós ficamos parados e ninguém ousou dizer palavra, nem mesmo beber de sua taça. Ele tocava, e de quando em vez a folha tripla de carvalho bordada na gola do casaco do uniforme voltava a brilhar.

Este é ele, o descobridor do fichário do inimigo. Um fichário contra a covardia interna. Contra o inimigo nacional. No fichário, no qual todos eles estão reunidos, os inimigos, mas também os bravos camaradas do partido e também os convidados daquele encontro noturno.

O fichário do inimigo é a consciência do partido, do movimento nacional. O fichário do inimigo é a verdade: reúne toda a hesitação e todas as volúpias sorrateiras, as mentiras, a traição. Não apenas a grande traição, a traição ao inimigo, o pecado mortal, mas também a pequena traição, que já começa onde existe uma dúvida, a indiferença, a ponderação, o por este lado e por outro lado, a tepidez. A covardia está em todo mundo, diz a voz de fístula. Muitas vezes o atingido sequer sabe quando a dúvida se manifesta. E com que rapidez a dúvida se transforma em traição. Por isso o controle, um autocontrole. Isso não se dirige contra os camaradas, mas é antes um autocontrole voluntário. Eu tive três homens, três auxiliares, isso foi o começo de tudo. Esse era nosso idealismo ardente, dar força ao movimento, protegê-lo dos inimigos. E os inimigos estavam em toda parte. O departamento de informações da SA. Eu havia juntado as fichas sobre os membros nas caixas de charuto. Na época, ainda não eram tantos assim. Ainda se podia controlar todo mundo. Primeiro na central do partido, mais tarde, em 1931, enfim um escritório próprio, na casa da viúva Viktoria Edrich, à Türkenstrasse 23, quarto andar, à esquerda. Num quarto, o escritório, em outro os três camaradas, os auxiliares, e no terceiro morava eu, com mulher e filho. Esse foi o princípio do levante nacional. Humildade, mas também tenacidade.

Dez caixas de charutos com bilhetes, esse foi o princípio, o princípio a caminho do Departamento de Segurança do Reich. Era o caixa dois do levante nacional.

Essa confusão de vozes, o que ela tem a ver com esta mulher, com a aviadora?

O senhor precisa esperar um pouco. Tudo será esclarecido. Só um pouco de paciência.

E esse ribombar distante e surdo, parece um socar rítmico. De onde ele vem?

Lá, atrás do canal, estão construindo, diz o cinzento.

Eu hesito por um instante, fico parado.

Estamos a caminho. O senhor está vendo, lá, o anjo não pranteia apenas o general enterrado, mas também a si mesmo. Ele perdeu uma de suas asas, arrancada por um estilhaço de granada. Seu olhar não mostra apenas luto, mas também consternação, desespero profundo.

E lá a pequena pedra. Em sua feição natural. Humilde e simples. *Malte Butz*. Cinzelado na pedra, está escrito: *Trabalhar e buscar foi sua vida*. Um carpinteiro e marceneiro de esquifes. Ou seja, alguém do povo trabalhador. E lá aquela pedra coberta de hera, com sua cruz estropiada, um major tão cheio de esperanças. A cruz erguida em consolo parece bem melancólica. Mas talvez também seja a hera que sempre concede tanta melancolia às coisas, esse verde eterno não conhece mudanças, nem surpresas.

Mas que socar é esse?

Isso eu devo a ele, diz Miller, ao inventor do fichário do inimigo, o Obergruppenführer Heydrich. Um homem sem qualquer humor. Não sabia rir. Sempre à espera, sempre polindo seu orgulho, sempre o medo de se perdoar alguma coisa. Distância e intimidação. Göring, o gordo, poderoso e perigoso, sabia rir de si mesmo. Inclusive me convidou certa vez para uma de suas reuniões à tarde. Também ele era tudo, senhor de todos os policiais, senhor de todos os aviadores, senhor de todos os pilotos de caça, se apresentava em sobretudo de couro, a longa faca de caçar javali no punho, um lanceiro, ele, o senhor de todos os teatros em terras prussianas, portanto, meu chefe. Ele mandou que eu apresentasse o número sobre o classicismo alemão.

A Canção do Sino sempre caía bem, nada mudada, sempre aquela cantoria monótona destacada pelo ritmo. E naturalmente as rimas: *O que na cova profunda do dique / A mão constrói com a ajuda do fogo, / Botando no alto da torre o sino / Para que ele dê testemunho do povo.* A canalha nada entendia, ria, e em seu riso ela mostrava aquilo que era: bronca e boçal. Canalha presunçosa. Mesmo assim os diverti. Schiller aguenta isso, e naturalmente também tem culpa ele mesmo. Quando a seriedade concentrada é tanta, os conselhos se tornam involuntariamente engraçados com a maior facilidade. Eles estavam sentados ali, em poltronas pesadas. A fumaça de charuto saía pela porta aberta do terraço. Lá fora, verão tardio, um dia como qualquer outro. E isso enquanto uma velha colega atriz não podia mais se sentar no bonde. Ela ainda teve de entregar seu cachorro. E também o rádio. Ela era judia. Nova lei, era o que se dizia. O sol brilhava como sempre, as folhas cintilavam num verde saturado, como se nada estivesse acontecendo. E então o gordo disse, vamos, Miller, me imite um pouco. Todos podem ser imitados, menos o Führer, isso é óbvio. Também não o chefe do Reich e também não seu substituto, e também não o substituto do substituto, eles não entendem brincadeira. Mas eles também não estavam presentes ali. E eu o imitei, o marechal do Reich. Ele riu, estava sentado em uma poltrona pesada e floreada, calça branca, camisa branca, tudo em tamanhos grandes, coxas tão grossas que ele sempre as acabava esfregando até assar, sentado ali, excepcionalmente em trajes civis. Mas os olhos cintilavam de novo. Eu lhe mostrei como ele cumprimenta com o cajado de marechal e diz: sempre avante, sempre acima! E nós chutamos a bunda dos inimigos.

Eu disse a bundinha, disse ele.

Certo. A bundinha.

Isso o entreteve, ele se divertiu consigo mesmo. E os outros naturalmente também, os convidados. Eles puderam rir junto. Depois imitei alguns outros, Ley, vanguarda trabalhadora, o chefe de todos os trabalhadores cerebrais e braçais, ele mesmo um baita pé de cana, depois também o outro, o inventor do fichário do inimigo, chefe do Departamento de Segurança do Reich, príncipe das trevas. Eu o conheci quando ele acabara de ser demitido da Marinha, de forma desonrosa, por causa de uma história de mulher. Na época, ainda era um colecionador insignificante de fichas. Mas com o fichário, seu poder aumentou. Um ariano-modelo, de voz fina. Era um contraste ridículo, sua altura, sua figura e aquela voz de fístula. Eu digo em voz fina: *Que importância tem, se em determinado momento uma determinada Srta. Meier foi feliz? O que importa não é nossa felicidade pessoal, e sim a felicidade do povo inteiro.* Eu rio seu riso, aquele riso que parece um balido. Seu apelido era cabra. E é nesse momento que ele entra, e fixa seus olhos de lobo em mim. Todos ficaram em silêncio de repente. Não se ouvia mais nenhuma gargalhada. Também o gordo, que ainda há pouco rira de si mesmo, ficou bem sério.

Mais tarde fui até o gordo. Eu estava molhado de suor. Minhas mãos tremiam. Pelo amor de Deus. Senhor marechal do Reich, o senhor precisa fazer alguma coisa por mim. Terrível.

Difícil com ele, justamente com ele. Havia sido convidado, dissera que não viria, e então acaba vindo mesmo assim. Preciso ver o que se pode fazer. Mas não posso prometer nada.

Por favor, tente, senhor.

Alguns dias mais tarde, ele me deportou para o teatro do front. Ali o senhor dos fichários não poderia me alcançar com tanta facilidade. Mas eis que de repente eu estava na Rússia.

O senhor está ouvindo esse socar?

Sim, diz o cinzento, lá longe estão sendo fincados pilares de aço dentro da terra, lá está sendo construída a estação central.

Mas esse socar é diferente. Como se fosse de botas. Botas militares? Como na marcha do desfile? Não, mais rápido, muito mais rápido, rítmico. Sobre um piso de madeira.

Eles socam, socam com suas botas militares. Um Comando Suicida de Ascensão ao Céu, eu queria sair, depois que essas dançarinas de teatro de revista apareceram. Um pavilhão no qual Stálin era louvado no passado. Um palco de tábuas, a cortina de barracas camufladas, mas pelo menos uma cortina. No vestiário, ainda havia um cartaz russo, com um trator e uma mulher de lenço na cabeça, no punho algumas espigas de trigo. Seios formidáveis. Como a nossa Bärbel. Alguém traduziu a máxima em cirílico. A mãe pátria chama. Caro Sr. Miller, peço que entre depois das dançarinas no palco, diz o oficial que me acompanha. Melhor seria, digo, se uma das meninas fosse. Ou logo todas de uma vez, de novo. Como se poderia cativar os soldados rasos se antes seis fêmeas de cinta-liga e espartilho pularam na frente deles? O senhor haverá de conseguir, diz ele. Claro, ele estava fazendo de tudo para ficar sozinho com as meninas. Averiguar terreno. Tudo certo. Quase nenhum esquema de proteção. No máximo, buracos em que cabe um homem. Rá, rá, rá. Jamais o grupo, apenas as patentes mais altas. Na semana passada, o capitão com Cruz de Cavaleiro, um pedaço da calcinha aparecia no bolso de sua calça. Haviam sido perturbados. Eu lhe disse: seu lenço, senhor capitão, está saindo do bolso de sua calça. E ele disse: oh.

Ela estava ao lado dele, o vestido azul-escuro lambuzado, nossa Bärbel.

É isso que eu chamo de cuidados com a tropa.

Deveriam socar o riso dessas caturritas goela abaixo.

O que é isso?

Um dos ali de trás, diz o cinzento, eles ficam murmurando assim, consigo mesmos. Mas nós vamos tratar dele mais tarde.

Na sala eles socam as botas no chão, queriam ver as dançarinas, não um homem.

Depois eu saí. Disse, um momento, as damas precisam respirar um pouco antes. Elas virão de novo. Prometido. Vocês conhecem essa:

"Uma mulher acorda debaixo de uma vaca e diz:

— E então, qual de vocês quatro belezinhas vai me levar para casa agora?"

Esse farsista, esse charlatão.

O que ele perdeu aqui?

Bico calado. A coronha do fuzil está quebrada. Como é duro um crânio desses.

O sexo frágil.

Ora, ora.

Kado ni miru
matsu ya mukashi no
tomo futari

O que me surpreende, disse eu, é o vazio das salas por aqui.

Sim, tudo aqui é simples, disse Dahlem, singelo. Os colchões no chão são simplesmente enrolados e pronto. Há lugares livres, espaço, e não aqueles ambientes repletos de coisas como nas nossas casas, poltronas desajeitadas e pesadas, impossíveis de serem empurradas para o lado, cadeiras estofadas, aparadores de vidro reforçado, camas que mais parecem fortalezas de madeira, nas quais se afunda nas molas rangendo.

Eu ri. Bonito ver a senhorita rindo, diz ele.

Ele pergunta pouco e, sobretudo, essa é minha impressão, não quer ser perguntado, ou, mais exatamente, não quer ser requisitado. Provavelmente por isso ele seja tão bom ouvinte. Aqui, diante desta cortina, com sua voz, que parece vir de perto e ao mesmo tempo de longe, foram suas explicações pensativas que me fizeram falar. Certa vez, disse ele, ficou no meio de um bando de estorninhos migrando, que o acompanharam por um momento. Aí então ele sentiu aquela sensação de voar, portanto não apenas o conhecimento que lhe diz sempre de novo o que deve ser feito, qual o comando que deve ser dado por que motivo, e sim o momento em que ele mesmo se deu conta interiormente de que voava, e isso de um modo bem natural.

Comigo aconteceu quando sobrevoei a Espanha. Nuvens levantando no céu, à distância algumas mais escuras, pesadas, lá chovia, e de repente o arco-íris. Eu voei em um arco-íris redondo, fechado sobre si mesmo, e esse arco-íris com seus matizes nítidos de cores voou – como por milagre – junto comigo. Demorou algum tempo até eu chegar na chuva e os pingos grossos estalarem contra a máquina e me cobrirem também, dentro do *cockpit*. Molhada, mas feliz, e sacudida pelas rajadas do vento contrário, eu voei sobre a Sierra de Guara. Eu queria voar até o Marrocos, e de lá para as Ilhas Canárias. Eu havia partido há quase um ano de Würzburg, sobrevoando a França até a Espanha. Quando quis ir de Barcelona a Madri, o vento contrário estava tão forte que eu mal conseguia avançar. A gasolina estava quase acabando, e eu procurei por uma cidadezinha, Belchite, onde me disseram que havia um campo de pouso. Com o mapa sobre os joelhos, fiquei procurando e, por fim, encontrei uma cidade na encosta de uma montanha, que refulgia, ocre, ao sol do entardecer. Só o lugar, que deveria estar marcado por uma cruz de tecido branco, eu mais uma vez não encontrei. Então dei várias voltas em torno do povoado, até descobrir um campo aberto, que era pedregoso e cheio de buracos. Eu voltei a subir com a máquina e vi uma caminhonete, que andava até o campo com um tonel na carroceria e uma nuvem de poeira atrás de si.

Preparei-me para aterrissar e o avião foi sacudido quando a parte de trás tocou o chão, quebrando a asa da cauda. Eu desci e esperei pela caminhonete com o tonel de gasolina. O motorista veio, mas não entendia nem francês, nem inglês, nem alemão. Ele me estendia as costas da mão, de modo que acreditei por um momento que eu deveria beijá-la segundo algum estranho costume do lugar. Mas então descobri os números, que indicavam o preço da gasolina por litro. Uma soma bem alta. Assenti, não tinha escolha. O homem esfregou o polegar no indicador, queria ver dinheiro vivo. Talvez também alguém a quem ele enchera o tanque do avião já tenha fugido dele, voando. Eu lhe mostrei as cédulas, ao que ele enfiou uma mangueira no tonel de gasolina, sugou na outra ponta e o enfiou no bocal do tanque da aeronave. O homem cuspiu um borrifo de gasolina para o lado, de modo que tive de me voltar rapidamente para o outro lado com meu cigarro, que eu estava prestes a acender.

A ponta da mangueira, ele gruguleja, e depois uma risada incontrolável, cacarejante. Isso não é delicioso. A inocência dessa mulher.

Quem é esse aí, de novo?

O beberrão. Não o ouça, diz o cinzento. O propósito da aterrissagem em Belchite, aquela cidadezinha, aliás, era outro.

Na época ainda não havia na Espanha nenhuma mulher que sabia voar, e, sobretudo, até aquele entardecer, nenhuma mulher que entrara e sentara no Clube dos Honorários naquela cidade provinciana.

Minha primeira tentativa foi usando gestos. Tentava fazer com que o comerciante de gasolina, que, conforme fiquei sabendo mais tarde, era dono de uma farmácia na cidade, compreendesse onde a asa quebrada da cauda deveria ser soldada. Com um movimento cavalheiresco da mão, ele me convidou a andar com ele até a cidade.

A cidade era usada como campo de pouso de vez em quando, mas até agora jamais haviam visto uma mulher fazendo as vezes de piloto. Uma multidão se formou bem rápido, crianças e adolescentes, mulheres velhas e muitas jovens acompanharam o carro que andava devagar até o ferreiro.

E assim cheguei na caminhonete sacolejante, sentada ao lado do homem com o número nas costas da mão, àquela cidade ocre, na qual as luzes da iluminação a gás acabavam de ser acesas. Um homem uniformizado puxava com uma vara longa uma pequena corrente que pendia nos postes e a lâmpada se iluminava num amarelo-claro. De repente, apareceu um rapaz ao lado do carro. Ele andava de bicicleta nos acompanhando e falava em francês comigo, cometendo muitos erros, mas não a ponto de não poder ser compreendido. Ele trabalhava como jornalista no periódico local e queria fazer uma entrevista comigo. Nós paramos diante de um pequeno café, nos sentamos e ele fez suas perguntas.

Há muitas mulheres que sabem voar na Alemanha?

Não, poucas, mas o número está aumentando.

Existem diferenças no modo como os homens e as mulheres voam?

Não, a máquina providencia para que haja uma igualdade de condições. Os cavalos de potência é que decidem, não o sexo do piloto. E também, é claro, a segurança e o treinamento que se tem.

Homens voam melhor?

O que quer dizer melhor? Poderia se dizer que são mais ousados, mas isso também pode ser mais tolo em determinadas circunstâncias. De qualquer modo, também em termos percentuais, o número de homens que caíram é muito maior do que o das mulheres. Sem contar o fato de que eles também se derrubaram em combates.

Hum, diz ele. Uma seleção natural?

Pode-se dizer que sim.

Ele ri atrás da cortina.

Lamento por todos eles e por cada um especificamente.

Na verdade é assim mesmo, a senhorita não precisa se desculpar.

O jornalista me acompanhou até o hotel e depois foi até a gráfica.

No lugar havia apenas aquele único hotel, bem simples e decadente. Os quartos eram pequenos, em cada um deles uma cama, estreita como um esquife. Na parede, uma pia que cheirava a urina. O hotel era frequentado por caixeiros-viajantes que passavam pela cidade. Por fim, me cederam o quarto da filha do dono do hotel. Como o senhor vê, não tenho sorte com hotéis. Quando não estão todos lotados como aqui, são espeluncas como em Belchite. Pois então ainda descobri que na porta do quarto todos os nós da madeira estavam quebrados e haviam caído, até bem embaixo, pouco acima do piso. Uma boa dúzia de pessoas poderia espiar ao mesmo tempo para dentro do quarto, caso todos encontrassem lugar diante da porta. Ainda que duas tivessem de se deitar no chão para tanto.

E o que foi que a senhorita fez?

Eu tampei os buracos com papel de jornal. Depois desci até o saguão de entrada onde o jornalista, que já levara sua entrevista para ser impressa, estava esperando por mim. Ele me convidou para um passeio pela cidade, para me mostrar as principais atrações: o banheiro público que acabara de ser inaugurado. E o cinema. O proprietário já estava esperando e pediu a honra de me mostrar um filme, *Mulheres acossadas*, com Asta Nielsen. Eu já vira o filme há três anos em Berlim. Naturalmente nada disse, mas me desculpei falando que precisava comer algo com urgência. Um homem vestindo uma jaqueta de veludo preto chegou correndo, sem fôlego, fez uma reverência, foi até a frente, onde ficava a cortina, se sentou ao piano que lá se encontrava e tocou a *Marcha fúnebre* de Liszt, com muita habilidade, ainda que se tratasse de um piano comum e além disso um pouco desafinado.

Eu já mandara todas as minhas coisas a Madri, não tinha roupa de baixo para trocar, nem sabão, nem um pano sequer. Desde então, levo meus utensílios de limpeza sempre comigo em uma bolsa. Eu queria, portanto, uma vez que não havia chuveiro nem banheira, comprar lenços higiênicos e uma escova de dentes. O rapaz me levou até uma loja na qual se vendia panelas, frigideiras, bacias, pratos, mas também tecidos, roupas e aventais. O sabão e a escova de dentes foram encontrados logo, mas não consegui descobrir os lenços, mostrei com gestos e mímica a lavagem do rosto à vendedora. Ela assentiu e trouxe um guardanapo. Não. A vendedora voltou para dentro e trouxe um babador de bebê. Eu hesitei por um momento e em seguida o comprei.

Ouvi seu riso atrás da cortina, e me alegrei com esse riso, que aliás estava ouvindo pela primeira vez, um riso melódico e sincopado, que começava alto e terminava baixo.

Mas isso também é uma coisa que existe apenas na Alemanha, lenços higiênicos, um para a parte de baixo, um para o meio, um para a parte de cima, Miller se intromete.

No hotel, dentro do quarto, que estava iluminado apenas precariamente por uma lâmpada, eu acabava de lavar meu rosto quando, incomodada por um ruído mínimo, me virei e olhei para a porta. Meu primeiro pensamento foi que alguém despejara flores dentro do quarto. Me abaixei e vi que eram as bolotas de jornal enfiadas nos buracos da porta.

E ele riu outra vez. O que mais aconteceu?

Aqui ela sempre interrompe sua narração, diz o cinzento. Mas agora eu já posso seguir contando o que sei dela.

O jantar, preparado com óleo impuro e de gosto amargo, foi intragável. Ela se desculpou dizendo que não conseguia comer depois de um voo tão longo.

O jornalista veio e disse que ela havia sido convidada a ir ao Clube dos Honorários local. Ele estava bastante nervoso. Era a primeira mulher merecedora da honra desde a fundação do clube. Ela foi com o jornalista até a casa, até aquele clube masculino, e se sentou com os vereadores, os dois médicos, o dentista, o farmacêutico, o juiz, os notários. Nenhum deles falava inglês ou francês, e ela não entendia espanhol. Os homens fumavam, bebiam conhaque e conversavam em voz baixa. Ela bebeu um vinho vermelho que tinha gosto de frutas silvestres e lhe lembrou o vinho de groselha que era feito na chácara dos avôs. De vez em quando, um dos senhores fazia uma pergunta a ela, que o jovem jornalista traduzia.

Este já bebera um bocado e apenas traduzia alguns fragmentos das perguntas, e muitas vezes sem nexo. Havia o perigo de morrer congelado lá no alto? Se eu tinha um paraquedas? Se eu via as estrelas numa posição mais inclinada no ar? Ou se elas eram mais coloridas? Não, mais nítidas. Como se um entendimento mais exato fosse inconveniente, eu assentia antes mesmo de a pergunta ter sido traduzida, e, quando eu falava, eram os homens que assentiam.

E quando se chega tão rápido a um lugar como a senhorita agora, depois de ter vindo da França, não fica algo da gente no lugar anterior, do qual se saiu?

Como assim?

Por causa da rapidez. Ontem ela ainda estava na França, não?

Sim.

E agora está na Espanha.

Sim.

E isso foi bem rápido. Sendo assim, algo não fica para trás?

Uma boa pergunta, disse ele atrás da cortina. Depois de voos mais longos, ele muitas vezes tinha a sensação de que sua alma ainda não havia chegado. Como se ela estivesse presa a uma corda bem longa, e tinha de puxá-la até onde ele estava, vagarosamente.

Depois de um momento em que nós dois ouvimos o silêncio, prossegui dizendo que saíra mais tarde, para a noite, aquela noite cálida, que podia ser sentida na pele, na qual as estrelas brilhavam tão próximas como se estivessem pingando do céu. Diante da casa na qual estava instalado o clube, havia diversas mulheres. Eu vi seus rostos e seus olhos e me assustei. Elas estavam cheias de ódio. Ouvi palavras, incompreensíveis e ainda assim compreensíveis em sua hostilidade e sua maldade. Então, contudo, de forma surpreendente, uma jovem mulher veio até mim. Pensei que ela quisesse me esbofetear, já havia erguido a direita em defesa, mas então aconteceu o contrário, ela me abraçou, me beijou, me beijou na boca, como se beija os mais queridos.

Ouvi como ele se levantou ao lado, veio até a cortina, sua sombra se desenhou, altíssima, no pano, e ele empurrou seu estojo até mim.

Provavelmente minha sombra parece a do corcunda de Notre-Dame.

Não, eu disse, mas eu por certo não conseguiria reconhecer o senhor.

Sombras são imprecisas, porque planas, e mesmo assim mostram algo mais, que o corpóreo em si não tem. A noção de um mundo espiritual. Os ambientes aqui, disse Dahlem, ao contrário dos nossos, nos quais tudo deve ficar bem claro, tomado o mais possível pela luz, buscam outra coisa – a sombra. Eles dão importância ao silêncio. Como este quarto em que estamos deitados. A madeira, sem pintura como está, mostra os desenhos de seu crescimento. As paredes claras e da cor do pergaminho prometem amplitude. A senhorita está vendo aquele nicho que foi aberto na parede de trás? A luz que entra por lá forma um canto semiescuro. A sombra desfaz o espaço. E, sabendo disso, botaram um vaso com orquídeas brancas lá atrás, do seu lado do quarto, longe das lâmpadas, onde a escuridão quase já domina. É como se o ar lá fosse mais silencioso e mergulhado em si mesmo. Foi assim que Tanizaki Junichiro, um poeta, um dia o descreveu para mim. Ele diz que a escuridão só se torna visível através da sombra e é dominada por um silêncio eternamente imutável. As orquídeas no vaso verde e azul não são apenas decoração como em nossas casas, mas estão destinadas a emprestar sua profundidade à sombra. E por isso a estar, também elas, em silêncio consigo mesmas.

Sua descrição era a do meu interior mais absconso. Sua voz era uma sensação corporal dentro de mim mesma, um ouvir tateante, que eu guardei como de resto se grava apenas a firmeza de uma imagem. E é à voz que essa imagem do quarto onde estávamos deitados, separados por um grande pano, é unida. E a recordação se une a esse pensamento, como se ele tivesse dado uma olhada dentro de mim. Era aquele estado, aquela noção, aquele desejo intenso de um silêncio imutável. Eu ouvi o vento, olhei para aquele canto distante, agora iluminado pela lâmpada, cuja luz era tão diferente de uma lâmpada elétrica. Só no dia seguinte também aquela outra imagem estava ali, à tarde, deitada na grama, no parque do clube. Nós havíamos nos deitado na grama e olhávamos como as nuvens sugavam a luz que parecia ser refletida para cima de modo tanto mais claro.

Então eu a vi no dia seguinte, diz Miller, e imediatamente reconheci que havia acontecido alguma coisa. Ela estava mudada. Mostrava uma pequena insegurança de menina, um rubor, um sorriso que parecia pedir desculpas, algo agitado no olhar, quando eu cumprimentei os dois. Ela perdera um pouco de sua força. Agora havia nela algo tocantemente vulnerável. Não acredito que eles dormiram juntos, quer dizer, sim, eles dormiram juntos, mas não um com o outro. Eles se chamam por senhor e senhorita, e de forma ainda mais nítida era possível perceber que ela se sentia atraída por ele, mais, assim parecia, do que ele por ela. E era como uma picada, uma pequena humilhação, que dizia, você não, você não é a eleita. Você não estava prevista. Para ele, Dahlem, ela simplesmente chegara por acaso, sem que ele tivesse de se esforçar o mínimo que fosse para isso. Sim, eu ainda fizera todo o esforço imaginável à noite. Ela rira bastante. E me convidara a voar com ela. Ela queria me mostrar Tóquio de cima. Na manhã seguinte, nós estávamos sentados no jardim, naquele jardim arranjado com tanta exatidão, com suas azaleias em flor. O caminho estreito que descia até a água, onde havia três pinheiros inclinados pelo vento, mas talvez também apenas tivessem sido podados assim. Eu vi os dois sentados nas cadeiras de vime e pensei comigo que não se pode deixar mulher e homem sozinhos num quarto, é o que diz um provérbio. Mesmo que se tivesse botado uma espada entre eles, ele teria saltado para o outro lado. Ele, não – ela. Ela é quem sabe voar. E para ele, ela apenas chegara voando. Penso por um instante se não devo dizer a ela: ele com certeza vai querer iniciá-la na arte de beber chá. Mas não o fiz. Beber chá era outra coisa ali, também o gosto era diferente, e o preparo, assim como a ingestão, eram uma maneira de meditar. Dahlem também o explicara a mim, e, inclusive, fizera um mestre de chá me mostrar tudo. Eu era impaciente demais. Logo queimei minha boca. E não suportava o preparo do chá dos japoneses. E ficava com azia.

Miller era minúsculo, divertido, no começo se esforçou muito, mas estava fora de questão. Nós ficamos amigos. Eu podia lhe contar tudo. Isso era a coisa mais surpreendente nele, todo mundo lhe contava tudo. Ele era o agitado, o engraçado e, mesmo assim, o inconsolável. Ele compreendia porque sabia, porque não fazia juízos.

Mais tarde, talvez duas semanas depois de minha chegada a Tóquio, nós nos encontramos uma vez no Clube de Tênis Nipo-Alemão. Ainda ficamos sentados juntos um pouco depois de uma partida, Dahlem, Miller, uma japonesa e eu. A proximidade de Miller me fazia bem, porque ele sempre trazia uma bela leveza ao grupo do qual fazia parte. Ele perguntou, como quase todos que me conhecem perguntam, como foi que cheguei à ideia de aprender a voar, e eu disse que o culpado era um americano, a respeito do qual eu já havia contado a Dahlem, mas parte da história ainda estava faltando.

Conte, exclamou Miller, conte logo de uma vez!

Pois bem: Na noite em que os meus avós convidaram o americano a ficar e, com isso, também ao jantar, ele sentou à mesa, sentou tão descontraído, comeu a salada corretamente com o garfo, sem usar a faca. Detalhes aos quais minha avó sempre prestava atenção. Jamais entendi por que não se deve buscar a ajuda da faca ao comer salada. O americano contou de sua má sorte no caminho da vinda. Ele havia atropelado um ganso num povoado e esperou dentro do carro ao lado do ganso morto na rua do povoado, uma vez que queria pagar o ganso morto ao proprietário. Esperou um bocado de tempo em vão, e já estava pensando se não devia deixar algumas cédulas debaixo de uma pedra ao lado do ganso e depois ir embora, quando uma camponesa chegou, vinda do campo. Ela lamentou em voz alta, mas se acalmou quando ele mostrou sua carteira. Ela escreveu a soma na poeira usando um pauzinho. Ele quis pagar, mas ela, conforme ele achou, quis aumentar o preço, coisa que ele também estaria pronto a aceitar, mas ela não. Ela queria outra coisa. Mas o quê? De qualquer modo, não era dinheiro. Isso tudo aconteceu com muitos gestos e desenhos na poeira da estrada. Ele queria dar o dinheiro a ela. Mas ela indicou que ele esperasse. Ela entrou em casa. Pouco depois voltou sem lenço na cabeça, mas com um chapéu, e entrou no conversível, com o ganso morto sobre o colo. Ela disse um nome, e só aos poucos ele compreendeu que ela queria ser levada por ele para a cidadezinha que ficava próxima dali. Ele dirigiu seguindo o caminho que ela lhe indicava, e quando eles chegaram, ela fez que ele desse três vezes a volta na praça, onde as pessoas estavam paradas e olhavam surpresas. Por fim, ela mostrou o lugar em que queria descer. Ela lhe deu parte do dinheiro de volta, coisa que ele não quis aceitar. Ela o obrigou a pegá-lo. Depois, ela entrou em uma casa com o ganso morto nos braços.

Meu avô disse que ela deve ter vendido o ganso duas vezes. Um dia de sorte para a mulher. E o preço que o americano pagara já havia sido principesco.

O americano riu, disse que, sendo assim, ele havia se transformado em Papai Noel em pleno verão, coisa que também tinha lá sua graça. Então a conversa passou a tratar da viagem de automóvel e chegou à aviação, e o americano se mostrou convicto de que ela também teria um papel importante no âmbito civil daí a algum tempo. Nos Estados Unidos já havia sinais disso. Assim, grandes distâncias poderiam ser vencidas sem esforço e com muita rapidez. Embora no ar também houvesse gansos, estes se desviavam. Ele sabia voar? Sim. Tivera formação de piloto na guerra, mas acabara não participando dos combates por causa do cessar-fogo. Graças a Deus. Agora ele apenas voava pacificamente de vez em quando, e só por diversão, sobrevoando os grandes lagos no norte dos Estados Unidos. E, à minha pergunta sobre se era possível ver alguma coisa na terra estando sentado no avião, ele disse sim, que era possível ver algo se permanecesse sentado com a cabeça ao ar livre, e curvando-se um pouco para fora ou inclinando-se um pouco a máquina. Pode-se, inclusive, quando se voa bem baixo e se reduz o motor, ver tudo com toda a exatidão. Assim ele contemplara certa vez dois ursos marrons pegando salmões num rio. Ele girara bem baixo acima dos animais, que não se perturbaram com o ruído dos motores, porque estavam ocupados em arrancar os salmões da água e levá-los embora, para devorá-los na margem. Antes disso, eu lhe perguntara – motivo pelo qual meu avô me censurou mais tarde – se ele era aviador dos correios. E quando ele disse não, eu perguntei qual era sua profissão. Ele trabalhava na empresa de seu pai. E que empresa era, eu quis saber. Uma empresa de fabricação de aço.

Sim, disse Miller, esse é um bom motivo para aprender a voar. Poder contemplar de cima como ursos pegam salmões. E o que é ainda mais interessante: a família fabrica aço. Isso é muito bonitinho e humilde. O americano apareceu mais alguma vez?

Não.

Pena, disse Miller.

Nós rimos, Dahlem, Miller e eu. A japonesa, que sabia falar alemão bastante bem, sorriu de leve.

Esse instante, quando se empurra o acelerador para a frente, a fim de fugir da terra.

Ela era corajosa, diz Miller, tinha um heroísmo suave, e eu a admirei como a nenhuma outra mulher. E essa admiração é apenas a definição para a atração, ora, para uma espécie de possessão, uma necessidade-de-pensar-nela, que jamais acabou. Ela tinha uma vontade capaz de mover montanhas, porque a mesma vontade a levantava aos ares. Não se deixava abater por revezes, nem pelas quedas.

Ela partiu três vezes para outros continentes, primeiro para a África e para as Ilhas Canárias, depois para a Ásia, para o Japão. E, por fim, para a Austrália. Seu último voo. Ela chegou até a Síria. E então aquilo, um infortúnio.

Não, meu erro. Eu aterrissei com o vento.
O que ela está dizendo?
Ela está dizendo que aterrissou com o vento.

A aviadora aterrissou no domingo, dia 28 de maio, à tarde, às 16:17 horas, na pista de pouso Muslemie, e errando, já que aterrissou com o vento às costas. O avião rolou até além da pista de pouso e foi de encontro à rua, que de ambos os lados tem valas rasas. No choque com a rua, o trem de pouso foi gravemente danificado, também a hélice, as asas, o casco e o sistema de direção apresentaram danos leves. À notícia do acidente, a ambulância francesa logo chegou ao local. O oficial em serviço cumprimentou a aviadora, que desceu do avião imediatamente após a aterrissagem, e lhe perguntou se ela estava ferida. Ela respondeu que estava intacta e que se sentia bem.

Quando o oficial lhe perguntou por que ela aterrissara com o vento às costas, a Srta. von Etzdorf respondeu que se enganara com a direção do vento. Em seguida, a aviadora foi verificar os danos e perguntou se o avião teria conserto. O oficial a acalmou e explicou que nenhuma parte essencial havia sido danificada, e que o avião poderia ser consertado em dois ou três dias, caso pudessem ser encontradas ali determinadas peças de reposição.

Ao mesmo tempo, o oficial ofereceu à aviadora mandar que levassem o avião ao celeiro e colocar um quarto à disposição dela no cassino dos oficiais, onde ela poderia descansar. A Srta. von Etzdorf aceitou a oferta e arrumou uma mala de mão, analisando todos os objetos de que precisava com o maior cuidado. Levou parte de suas coisas consigo, uma pequena mala, uma sacola de couro e um grande estojo de couro, no qual o oficial supôs haver uma espingarda de caça. O restante das coisas ela deixou no avião.

Eu encontrei esse relatório nos autos do Ministério das Relações Exteriores e mandei copiá-lo, disse o cinzento. É o relatório que foi escrito pelo cônsul alemão em Beirute imediatamente após a morte dela.

Aterrissar com o vento? Como pode? Sobretudo em se tratando de uma aviadora experiente?

Se enganou com a direção do vento, é o que ela diz.

Ela devia estar pensando em outra coisa. Viu aquela estranha formação de nuvens, alongada, uma fita de nuvem, que parecia uma onda infinita se quebrando. Na noite em que o conheceu, em Hiroshima, naquele quarto sombreado, ela falou com ele sobre nuvens. Ele sabia das coisas, mas era apenas um interesse técnico. Voar era, para Dahlem, se deslocar com rapidez e pilotar um caça durante a guerra. Ele não era um colecionador de nuvens.

E Miller?

Era fabuloso, diz alguém bem atrás, simplesmente fabuloso esse Anton Miller.

Quem está falando aí?

Um poeta. Só raramente se mete na conversa. Está enterrado lá atrás, junto com muitos outros desconhecidos, e não quer ser mencionado. Precisamos respeitar isso. Desapareceu nos combates pela tomada da cidade. Foi literalmente a batalha final, mas não como o inventor da expressão imaginara. Um inventor de palavras oficial, nós ainda o encontraremos. Mas agora ouçamos o poeta.

E o senhor sabe quem ele é?

Sim. É desejo dele não ter seu nome mencionado. Ele gostava da frase sobre o túmulo de John Keats: *Here lies one whos name is writ in water*. Mas escute o que ele tem a dizer sobre Miller.

Miller era chamado de Amandus por nós. Ele sabia pronunciar "parerga" e "paralipomena", de modo a soar como se fosse uma imundície. Demos muita risada dele. Mas também foi para isso que o mandaram. Lá fora o socar das botas, que não é para ele, e sim para as meninas do balé. Duas delas já haviam desaparecido, e com elas um médico do comando superior *e* um capitão. As outras mulheres do grupo de teatro, que não queriam ou não podiam, ficaram sentadas no cassino. O ordenança, uniforme branco bem passado para a festa, servia espumante. Espumante de Krim, butim de guerra, conforme dizem por aqui, o marechal de campo, o general, seu comando, ajudantes e ordenanças. Mais tarde, depois da vitória sobre a Rússia, a região de Krim seria colonizada por tiroleses do sul. Alguém da secretaria da colonização havia inventado para isso o nome de transpovoação. Como transplante. A fumaça de charuto tomava o ambiente. Taças de conhaque sobre a mesa. Taças de espumante. No passado, um castelo, depois casa de instrução do *kolkhoze*. Um piadista havia colocado o quadro do Führer emoldurado em negro exatamente no lugar em que estivera o quadro de Stálin. Ainda se pode ver sobre o papel de parede a borda mais clara do retrato anterior, que era maior. A fumaça de charuto pesava sobre grupos de poltronas e sofás, onde também estava sentado um dos oficiais da reserva, um capitão, que contava sobre seu comércio de vinhos. Ele conseguira um segundo comércio de vinhos em Hamburgo, em 1938. Naturalmente, todo mundo ali sabe como ele conseguiu esse segundo negócio. É que o proprietário anterior se chamava Heckscher. O capitão recebia regularmente caixas vindas de Hamburgo, com as letras em vermelho – Cuidado Frágil – e garrafas de vinho embaladas em palha, da Burgúndia e de Bordeaux. Ele mandara abrir cinco garrafas de *bordeaux* para os convidados naquela noite. O vinho aguardava e respirava nas jarras de decantação. Ele precisa de bastante ar, diz o *connaisseur* em uniforme de capitão. Querem brindar mais uma vez com as damas e senhores da trupe de atores, que foram convidados ao cassino. No dia anterior, eles haviam apresentado *Minna von Barnhelm*, na qual Miller fizera o papel de Riccaut de la Marlinière. Muito espirituoso e refinado. Um vigarista dos mais simpáticos. Hoje, para as naturezas mais simples – que socavam o chão com as botas pedindo bis –, ele se apresentara com a trupe de dança, e preenchera as pausas com piadas e malabarismos. E lá, na poltrona funda, está sentada a ajudante do comando, Srta. Erpenbeck, a intocável. Todos eram loucos por ela. Mas ninguém conseguiu se aproximar, como todos dizem por aqui. Ela está sentada em seu lugar, blusa branca, gravata-borboleta, casaco estreito da Wehrmacht, pernas esguias disciplinadamente desviadas para o lado e bem juntinhas, um dos pés envolvendo o tornozelo do outro, e já sua postura mostra como aquela fortaleza é difícil de ser tomada. O jovem major do comando maior se esforçou durante três semanas, sem sucesso. E da jovem atriz que fez Franziska em *Minna von Barnhelm*, esse piadista disse que ela já tinha dono. Nós desconfiamos que ele era o admirador dela, e que com isso queria afastar de antemão qualquer outro pretendente mais ousado, que acreditava que os cuidados com o front incluíam a cama. Ele divertiu o círculo com algumas piadas sobre Stálin. Com ele sempre se suspeitava de que, quando pronunciava com tanta ênfase o *generalíssimo*, na verdade, estava querendo se referir ao Führer. Ele só enfatizava algo um pouco diferente, e imediatamente a palavra adquiria outro significado, como se este até então tivesse se escondido dentro dela. Por exemplo, a maneira como ele pronunciava a palavra *arianização*. O que se ouvia era um nojo puro. Ninguém podia dizer nada contra isso. Aquele farsista era para lá de esperto.

Nossa intocável perguntou a ele com quem ele aprendeu a fazer mágicas.

Com Larette.

Larette. O nome soa interessante, não é?, diz o comerciante de vinhos em uniforme.

E pediu que Miller contasse a história.

O nome de batismo de Larette era Cornelius Hauer e ele era filho de um comerciante de doces vienense. Só mais tarde ele passara a se chamar Larette. Pois é, Hauer foi estudar em Berlim e viu o famoso Harry Steffin no cabaré.

É, diz uma língua pesada, os nomes revelam tudo mesmo, saúde.

Um mágico do mais alto nível, um mágico de verdade. Trabalhava com cartas, com bolsas e dedais. Inacreditável. Hauer abandonou a faculdade e se tornou aprendiz de mágico.

E existe uma coisa dessas, aprendiz de mágico?

Sim. Ele aprendeu com Steffin, até ser recrutado, em 1915, mas então foi mandado a um teatro do front. Isso eu tenho em comum com ele. Andou com essa trupe no front da Rússia, num lugar que por certo era tão desolado quanto este aqui. Depois acabou prisioneiro dos russos, porque sua trupe de atores se perdeu em suas andanças.

Oh, Deus, diz alguém.

É, realmente pode se dizer. Ainda que na época o tratamento fosse correto, de ambos os lados. Larette está no acampamento de prisioneiros da guerra e diverte seus colegas com seus passes de mágica. Certo dia, ele encontra um corvo ferido. O pássaro devia ser uma exceção entre os corvos no que diz respeito à inteligência. Larette cuida do corvo até ele se curar e lhe ensina algumas peripécias, das quais Viena inteira falaria mais tarde. Com a ajuda desse corvo, ele consegue fugir do acampamento de prisioneiros de guerra. Larette vai certa noite até o portão usando uma capa preta. O corvo voa ao lado e acima dele e, a um assobio, pousa sobre o ombro de Larette. Crocita. Os guardas fazem o sinal da cruz e permitem sua passagem imediatamente. Ele toma o cavalo de um dos cossacos supersticiosos e galopa para longe. É preciso imaginar o quadro como um homem usando uma capa preta balançando ao vento, cavalga para longe, enquanto ao lado dele voa um corvo, que de quando em vez pousa sobre seu ombro. Naturalmente ninguém ousa pará-lo. As pessoas fogem ao vê-lo, se escondem em suas cabanas, fazem o sinal da cruz, tangem o gado para longe. Depois de meses de muitas e longas voltas, ele chega a Viena. Lá ele se apresenta com seu corvo e vira uma sensação. O corvo consegue pegar, voando, exatamente a carta que Larette deseja do baralho jogado para o alto. Os espectadores podem gritar: dama de ouros, ás de espadas, valete de copas ou o que quer que seja. Larette repete a carta desejada pelo público, joga o baralho para o alto, a fim de que as cartas se espalhem bem, e o corvo agarra o rei de paus ou a dama de copas, conforme o pedido.

Inacreditável.

Sim, mas verdadeiro. Ele deve ter sido um gênio entre os corvos, uma espécie de Sólon dos corvos. Coisa que já é especial, pois os corvos comuns já são tidos como muito inteligentes.

Por causa disso também servem de olhos a Odin, diz um de língua pesada.

E então?, pergunta o jovem major.

No começo dos anos 1930, Larette foi para Amsterdã e se estabeleceu por lá. Suas habilidades realmente fabulosas, suas apresentações maravilhosas lhe trouxeram admiração e um honraria especial. Concederam a ele o título de real artista da mágica na corte. Um gênio, assim como seu corvo.

Espetacular. Um romance barato e tanto, diz o jovem major.

Sim, sobretudo no final, diz Miller.

Ele não se apresenta mais?, pergunta a intocável.

Não. Larette tinha dois defeitos.

E quais eram?

Ele era judeu, e no fim quase surdo.

No cassino todos riram: as duas coisas juntas, era mesmo demais, diz um dos caras da reserva.

Sim, era demais. De quando em quando, ele ouvia a rádio inglesa, queria se informar sobre a situação.

No entanto, o problema era que Larette precisava botar o rádio a todo volume. E, assim, de repente, podiam ouvir até na rua quantos alemães foram aprisionados pelos ingleses na África.

Um ora ora veio da língua pesada.

E o que mais, pressionou a intocável.

Alguém das vizinhanças o delatou. Ele deveria se apresentar na Gestapo no dia seguinte. Na mesma noite, ele se matou com um tiro.

Saúde, e bom apetite, diz alguém. Mas ninguém ri.

Por um momento, todos ficam sentados em seus lugares, alguns fumam charutos, as mulheres brincam com seus anéis e ficam em silêncio. O jovem major, com seu belo detalhe em vermelho na calça de oficial, diz que aquele antissemitismo barulhento lhe causava nojo, ainda que, e isso precisava ser dito, a questão judaica exigisse uma solução. Sobretudo ali, aquela sujeira inacreditável, aquela deterioração e aquela feiura. Mas deveriam ter feito diferenciações, e é claro que ele também não concordava com os métodos, de jeito nenhum. Tratava-se de pessoas.

Depois de um breve instante, diz o poeta, Amandus Miller teria se levantado e dito que, se o major lhe permitisse, ele iria apresentar ainda um pequeno truque. E perguntou se ele aceitava participar.

Mas é claro. Ninguém ali era estraga-prazeres.

E então ele tira dois longos lenços de seda de suas orelhas fazendo movimentos rápidos, sacode-os, e deles caem pequenas letras de papel. Amandus as junta do chão e diz: será que o senhor major poderia juntá-las, a fim de que formem uma expressão?

AIOPMAROMOXRO.

O major tenta arranjar as letras. Dois outros do alto comando o ajudam, empurram as letras para cá e para lá. Não estou conseguindo, diz o major. Impossível.

Assim não, mas dá certo, diz Miller, e arranja as letras com rapidez: AMOR AO PRÓXIMO.

O senhor poderia, por favor, ler em voz alta?

E o major lê em voz alta. E todos dão risada. Ainda que se trate de um atrevimento sem tamanho o que aquele sujeito fazia ali, aquele saltimbanco, aquele palhaço do teatro. Ele devia ter planejado tudo antes. Provavelmente também tivesse saído em algum momento para urinar, de qualquer modo, mais tardar nesse momento, ele devia ter enfiado os lenços de seda e as letras de papel nas mangas. Ele fizera tudo bem rápido, com muita elegância, mesmo quando ajeitou as letras e depois ainda ousou pedir ao major que lesse em voz alta. Este só compreendeu o tamanho do atrevimento aos poucos, enrubesceu, mas não pôde dizer nada, pois todos riram e bateram palmas. Um dos caras da reserva diz, e com língua arrastada: e mesmo quando tudo for ao chão, nosso otimismo, não. Encham as taças!

Pois é, disse Miller, o otimismo é algo obsceno hoje em dia, senhor capitão, pode acreditar em mim.

E então aquele saltimbanco se levantou e disse que estava cansado, fez uma leve reverência e se despediu. E o inacreditável, ninguém queria acreditar em seus olhos, a intocável se levanta e diz que foi um dia cansativo, pega seu casaco do uniforme, seu sobretudo, dá um tchauzinho e sai com aquele sujeito, junto com ele, todos viram, e atravessa o pátio até a casa de hóspedes, onde os dois desapareceram. Simplesmente fantástico. E eis que agora volto a encontrá-lo aqui. Eu jamais teria pensado que isso seria possível. Justamente aqui, ora, mas é mesmo um lugar com todo o tipo de gente. Por que também aquele saltimbanco não poderia estar enterrado aqui? Afinal de contas, ele também pertence ao grupo de poetas e pensadores.

E esse estertor? Que estertor é esse, que gargarejo? É terrível.

Isso? Isso vem bem lá de trás. Também é um aviador. Há muitos aviadores aqui. Ele foi enforcado com sua faixa *Pour le Mérite* pelos vermelhos em 1920. Em Hamburgo.

E o grugulejar?

É apenas o barulho das águas do Elba. Eles queriam jogá-lo dentro do Elba. Mas depois acabaram deixando o homem jogado na rua. Berthold, capitão, nós ainda chegaremos a ele.

Nada pra abrigar, nada pra mastigar, nenhum nazista pra espancar.

E esse aí de novo. O que ele está murmurando?

Frio. Frio.

Quem é ele?

Não perdeu nada aqui. Ainda está perambulando um pouco por aí.

Está bêbado, e como caminha, rijo, assim é impossível caminhar, eu pensei, impossível, é antes um andar em pé, não, alguém que está deitado anda assim, não, absurdo, também andar é errado. Como se estivesse sendo empurrado, ereto, pelo vento. Frio. Frio, ele murmura.

Ainda está rijo por causa da gaveta da geladeira. Isso só muda com os dias. Um pianista de jazz, crítico e orador, mas por enquanto ele ainda está mudo.

Também isso se perde, diz o cinzento.

Estrondos. Uma, duas vezes. Dois tiros. Eu estremeço, me encolhendo.

Não tenha medo, diz o cinzento, é o guarda-florestal caçando lebres. Elas se multiplicaram um pouco demais por aqui nos últimos tempos.

Bem atrás, distante, na neblina que agora já está escura, há um vulto, contornos apenas, que anda por ali e se abaixa, segue adiante, volta a se abaixar.

Frio.

Quem é?

Aquele lá longe.

Não consigo ver nada.

É claro que não. Lá está caminhando alguém, e atrás dele ficam os escombros. Ele anda com um lençol branco às costas, nem mesmo suas vergonhas estão cobertas, e anda e está azul, tão congelado a ponto de estar azul.

Frio.

Também ele não está em seu lugar aqui. Aqui ninguém mais tem lugar. Agora isso aqui é apenas um local de passagem. O senhor o conhece. Olhe bem para ele. Mesmo que ele esteja estranho, ainda é possível reconhecê-lo.

O que ele está murmurando?

Frio.

A sensação do frio. Isso fica?

Também isso se perde com o tempo, diz o cinzento.

Eu conto ao cinzento do sonho em que minha irmã, que morreu há anos, aparece para mim. Ela era jovem e parecia muito segura e tranquila, seu comportamento manifestava uma grande superioridade. Ela queria me comunicar uma coisa importante, uma coisa que seria importante para mim e para minha escrita. O peso de nossa cabeça se deveria às muitas vozes que registramos no decorrer do tempo. Elas se perderiam aos poucos, e então, e isso era maravilhoso, viria um grande silêncio. Ela disse que eu poderia me alegrar com isso.

Ha wa ha wa mo
fuyu no kozue wo
naku karasu

Olhe para aquele anjo, diz o cinzento, que olha com tanto ódio. Falta-lhe o braço direito. Ele foi arrancado por uma granada, que explodiu a apenas alguns metros daqui e lançou para o alto também algumas tábuas podres de esquife.

Na direita outrora erguida, ele segurava uma lança, e a enfiava no corpo do dragão que se contorce debaixo dele. Olhe os dentes da criatura, sua língua asquerosa e pontuda, os olhos de lagarto, horrorosos como fendas. O anjo continua parado ali, mutilado, esse matador de dragões, e monta guarda sobre o general von Gross, chamado von Schwarzhoff, chefe do alto comando na Ásia oriental. A Rebelião dos Boxers. O general se acidentou quando quis salvar arquivos no incêndio do Palácio Imperial de Pequim. Os arquivos precisam ser salvos. Eu vou na frente. Foi o que ele gritou. Foi trazido da China para cá, bem embalado e enterrado com todas as honras militares. General e salvador de arquivos.

O imperador fizera um de seus discursos marcantes ao passar em revista as tropas que se deslocariam para a China em 1900: *Ninguém será perdoado, não serão feitos prisioneiros. Conduzam vossas armas de modo a fazer com que em mil anos nenhum chinês ouse olhar com desdém para um alemão.*

O senhor pode ver o discurso gravado em bronze aqui mesmo.

Eu sempre quis somente isso, voar. Me dirigi a esse objetivo com a certeza de uma sonâmbula. Economizei por muito tempo, usei minha herança, quase inteira, é o que ela diz no silêncio do ambiente, meus avós ainda me deram mais dinheiro, e assim consegui comprar o Junkers. Dezesseis mil marcos imperiais. Uma pequena fortuna. Também havia feito dívidas. Pouco me importava. Nada me importava. É preciso ter ousadia, foi o que eu disse a todos esses conselheiros sempre cheios de boas intenções. E que máquina era aquela. Ela era maravilhosa, uma perfeição. Era só ouvir o motor roncando, quando se dava a partida, um vacilo, depois o ronco sempre regular. Proporções perfeitas, as asas começando embaixo do casco. Dois para-brisas de Plexiglas diante dos dois assentos. Ao ar livre, e mesmo assim protegida do vento, isso é que era maravilhoso, era como mergulhar de verdade nas nuvens. Mandei pintar a máquina de amarelo no hangar, um amarelo vivo e bonito. A lataria ondulada do casco e a asa, 10 metros de envergadura, a cabeça do motor, com os carburadores à vista na parte da frente. É desse cheiro da máquina que eu gosto, gases de escapamento, óleo, gasolina. Ao contrário dos cavalos. Não gosto de seu cheiro de suor. Mesmo quando se tomava um banho depois da cavalgada, aquele cheiro doce e gorduroso permanecia. Naturalmente andei muito a cavalo na casa de meus avós, mas eu achava os cavalos simplesmente bobos, sempre tão tímidos. Bois são bem mais inteligentes, ao contrário do que todo mundo pensa. Minha irmã gostava muito de cavalos. Eu não. Talvez porque eu tenha levado um coice quando era pequena. Já bastam aqueles dentes, amarelos, toscos, com os quais tentam abocanhar de modo tão estúpido a cenoura, que temos de segurar na palma da mão, com os dedos bem juntos. E quando se sobe à cela, é preciso apertar a cilha depois de pouco tempo, porque os animais antes se encheram de ar, e quando não se procede assim, acaba-se resvalando e caindo junto com a cela. Depois começam os solavancos e sacudidelas. Não. No avião, ao contrário, o momento em que se aciona a hélice, quando ela começa a girar, o redemoinho de ar, tão somente aquela hélice de madeira complicada e de várias camadas unidas por cola. Pendurei numa de minhas paredes a hélice danificada no voo para a Sicília. Colei nela o pedaço que se estilhaçou. Não escondi o dano, mas sim destaquei nitidamente o lugar quebrado.

E como é maravilhoso quando as rodas deixam o chão, a decolagem. Para não gritar de júbilo, como fazia no princípio, eu começava a cantar. Desculpe, mas estou começando a me entusiasmar demais. Você sabe melhor do que eu o que isso significa.

Ele riu. Não, não, eu justamente é que não sei, pelo menos não tanto quanto você sabe. E como você lida com a questão do sustento? Um cavalo pode ser posto na estrebaria, pastar na beira da estrada, mas seu Junkers amarelo precisa de muito combustível e de manutenção.

Sim, nisso você tem razão. No princípio eu tinha esperanças de conseguir o dinheiro necessário através de contratos, daquilo que escrevia, e de pequenos voos com passageiros. E de fato alguém me fez uma consulta pouco depois da compra da máquina. Um homem de negócios perdera o trem de Berlim a Viena, mas tinha de estar na Áustria ao entardecer. Ele ofereceu um belo honorário. Eu logo concordei em levá-lo. Já passava do meio-dia, era outono, os dias ficavam curtos. Nós partimos, voamos a Praga, onde reabasteci, depois em direção sudeste. Estava nublado, tarde alta. Eu mal tive tempo de comparar o curso de voo marcado no mapa com minha própria bússola. Depois, começou a escurecer. As montanhas cobertas de florestas perderam seus contornos abaixo de nós. Em pouco, eu não conseguia mais reconhecer o mapa e voava apenas seguindo a bússola. Logo anoiteceu. Todas as aldeias, lugarejos e cidades começaram a acender suas luzes. Cinza em cinza, a noite de outono chegou, nada de estrelas, nem a lua podia ser vista, uma camada densa de nuvens encobria o céu.

Mas pelo menos o horizonte ainda podia ser divisado com nitidez, e os instrumentos no painel de controle começaram a se iluminar em seu brilho fosforescente. Só o que era mais necessário naquele instante, a bússola, se apagava cada vez mais e mais. E assim voamos através da noite. De quando em vez, os costados de uma montanha se destacavam e podiam ser reconhecidos, todo o resto era uma massa escura, interrompida aqui e ali por manchas de luz ora próximas, ora mais distantes. Aos poucos, uma sensação desagradável começou a se apossar de mim. Afinal de contas, ainda havia a responsabilidade com o passageiro sentado à minha frente, embora eu já mal conseguisse vê-lo. Falar, nós naturalmente também não podíamos. O pensamento em um pouso de emergência naquela região montanhosa, e ainda por cima coberta de florestas, era simplesmente terrível. Alimentei as esperanças, rezei para que o Danúbio aparecesse logo. Não conseguia mais reconhecer meu relógio, nem calcular o horário com alguma precisão. Mas então, enfim, vi o Danúbio no escuro, uma fita de brilho empalidecido. Segui-o por muito tempo. E, de repente, levei um susto terrível. Será que eu já não seguia o curso do Danúbio há um tempo demasiado longo? Será que Viena já não deveria ter aparecido há muito? Será que eu já não passara da cidade? Enquanto eu seguia o curso do Danúbio desde que o percebera, ainda não vira nenhuma cidade. E quando se está no escuro, nem a menor das luzes escapa à nossa vista. Talvez eu tivesse dado a volta em Viena ao voar em torno de uma grande montanha, e chegado ao Danúbio apenas depois de já ter passado da cidade. Nem mesmo eu sabia como isso poderia ter acontecido, mas ainda assim não conseguia afastar esse pensamento louco. Disse a mim mesma, caso seja de fato assim, a próxima cidade a aparecer será Budapeste. Eu voaria por tanto tempo sobre a cidade até que ligassem a iluminação noturna do aeroporto para mim – isso naturalmente era uma reflexão insensata, uma vez que meu combustível não daria para tanto. Minha agitação aumentava de minuto a minuto, até que vi a cidade brilhar de repente aos meus olhos, um mar de luzes gigantesco, fulgurante, irradiante. Nítido, o Prater se destacava, cintilando, com sua roda-gigante. Fora, em Aspern, o aeroporto já acenava com as incontáveis lampadinhas vermelhas que o bordejavam. Uma volta, e nós aterrissamos sem problemas à luz irradiante dos holofotes. Já há uma hora, desde a chegada da escuridão, haviam ligado as luzes e esperado por nós, uma vez que nossa comunicação de partida, em Praga, chegara até eles. Estava tão escuro que os que esperavam por nós ali embaixo já podiam nos ouvir, mas apenas nos viram quando tocamos o chão da pista iluminada. E eis que agora meu passageiro, que desembarcou aliviado por estar são e salvo, me dizia que, durante uma hora inteira, desde o crepúsculo, não vira mais nada. Ele tinha cegueira noturna.

Mais tarde, voei o mesmo trajeto na condição de copiloto da Lufthansa. Isso foi bem cômodo. Protegida da chuva e da neve, sentada no cockpit. Mas o mais bonito é voar num cockpit descoberto. E o que eu mais gosto é do voo rasante. É que, quanto mais rasante é o voo, mais se percebe a própria velocidade.

Gosto de ver como você se entusiasma ao falar em voar, disse ele. Eu, de minha parte, apenas queria, como já disse, fugir dos problemas. E agora só voo quando realmente preciso. Quando avalio minha situação a sério, andar é a forma mais adequada pra mim. Gosto de andar, não de peregrinar pelo mato, exatamente, mas de andar nas cidades, no centro das cidades, não no campo, e muito menos nos subúrbios, onde o fim da cidade e o campo aberto se encontram. Esses são os lugares que mais odeio, na verdade.

Aqui é o centro da cidade, diz o cinzento, aqui o canal, o porto de Humboldt, lá o hospital, a Charité, atrás do canal ficava a cadeia, no passado, e dentro dela os prisioneiros políticos. As construções foram arrancadas. Você ainda pode ver o muro alto que as envolvia. Lá onde agora há um campinho para as crianças e os cães brincarem, era o pátio da cadeia. No final de abril, ou seja, alguns dias antes do final da guerra, a Gestapo ainda executou alguns guerrilheiros da resistência. Os cadáveres ficaram deitados em meio aos escombros, e dias mais tarde foram enterrados aqui, atrás do muro de tijolos, você pode ver a placa: *Para lembrar os guerrilheiros da resistência aqui enterrados em 20 de julho de 1944.* E no dia em que Berlim capitulou, em 2 de maio, um grupo de soldados da SS, entre eles muitos voluntários da Noruega, da Dinamarca e da França, tentou fugir daqui em direção ao oeste. Nos túmulos, você ainda pode ver os buracos abertos por metralhadoras e estilhaços. Será que é um acaso o fato de os últimos combates terem acontecido nesse lugar, o Cemitério dos Inválidos, onde jazem todos os militares? O fato de, destruído como estava, ele mais tarde ser dividido pelo Muro? Todo mundo se reuniu aqui, os líderes das batalhas, os heróis dos ares, os guerrilheiros da resistência, reacionários e reformistas, democratas e nazistas. Lá, ao longe, a menos de 100 metros dos homens da resistência assassinados, no campo A, fortemente destruído, jaz ele, o inventor do fichário do inimigo, Reinhard Heydrich. Aqui o general Schieffen, lá Moltke, o jovem, bem perto Udet e Mölders, o general Winterfeldt, amigo de Frederico, o Grande, um homem corajoso, ferido seis vezes e morto por causa de seu último ferimento. Um cemitério de heróis, como se dizia no passado. Muitos que jazem aqui foram mortos, muitos deles mataram outros antes disso, e se você não levar meu jogo de palavras a mal, alguns inclusive mataram a si mesmos. Um lugar da violência. E é nesse lugar que ela jaz, a mulher, a aviadora, um pouco sozinha entre todos esses homens, não é verdade? Por outro lado, ela também foi uma das primeiras mulheres que entrou na aviação. Bem em frente de seu túmulo, passava o Muro de Berlim. Depois da construção do Muro, do muro de proteção antifascista, conforme se dizia tão bem na propaganda da Alemanha Oriental, o primeiro fugitivo foi executado aqui mesmo. Ele tentou atravessar o canal a nado, para chegar ao lado ocidental da cidade. E a polícia de Berlim, em pé do outro lado do canal, acabou alvejando um soldado de fronteira da Alemanha Oriental nessa tentativa de fuga. Um lugar que atrai a morte, o assassinato, é o que parece. Depois da Reunificação, o Muro foi derrubado, e agora, aos pés de Marga von Etzdorf, um pedaço do Muro foi reerguido. Peças de cimento pré-fabricadas, pintadas de branco-acinzentado, a menos de 3 metros de distância ela tem a vista aberta para o pedaço de muro, por assim dizer. O voo vale a vida.

E o que ela diz?

Todas as aldeias, lugarejos e cidades começaram a acender suas luzes. Cinza em cinza, a noite de outono chegou, nada de estrelas, nem a lua podia ser vista, uma camada densa de nuvens encobria o céu. Mas pelo menos o horizonte ainda podia ser divisado com nitidez.

Essa frase, você a ouve, pergunta o cinzento: os instrumentos no painel de controle começaram a se iluminar em seu brilho fosforescente.

Ela lia histórias. No passado, chegou a escrever algumas. Poesia, mas a poesia para ela, diz Miller, é voar.

Bobagem, poesia e voar. Era brincadeira, vontade de aventura. Isso é o que basta.

Yuku sora mo
ari ya satsuki no
ama-garasu

E as outras vozes?

Elas contam o que retiveram, o que sempre contaram. Só bem devagar é que tudo vai empalidecendo. As repetições são a coisa mais terrível da recordação. O que volta é sempre o mesmo. Isso é um inferno. Tudo acaba feito e firme para sempre. O presente eterno é insuportável. Nenhuma culpa e nenhum perdão. Como podemos reconhecer o mal, se conhecemos apenas o bem? Por acaso um não está embutido no outro? E, sobretudo, uma vez que aqui tudo apenas se repete e não pode mudar, não há bem, não há mal. Aqui tudo é a mesma coisa. Os atingidos por bombas, os que queimaram em porões, os detentos executados. As vítimas e seus assassinos. Aqui ainda estão ordenados, com túmulos imponentes.

Os outros jazem lá atrás. Todos misturados, como foi dito, e ainda assim unidos. Um pouco mais ao longe.

Yoru no kasa
tsuki mo kiru tote
kakashi kana

Quem está falando aí? O japonês. Jaz ali atrás. O único japonês aqui. Sabe um pouco de alemão, mas é melhor não perguntar nada e deixar que ele declame seus haicais.

Certa vez, disse Dahlem, ele estivera em Rabat. Lá, no centro antigo da cidade, naquelas ruelas angulosas, um homem gritando alto viera ao seu encontro. O homem vestia um casacão longo e todo puído, ele gritava, gesticulava em sua loucura cambaleante, que se assemelhava a uma negação da ordem e mesmo assim era tolerada por todos, sem sorrisos amarelos, sem que as crianças, conforme normalmente acontecia na Alemanha com pessoas que davam na vista, gozassem dele e tirassem sarro de sua cara. Ali no Japão, ao contrário, mesmo os perturbados ficavam em paz, eles se recolhiam dentro de si mesmos, e apenas em suas ações era possível constatar sua recusa, como no caso daquela mulher que, casada com um homem que não amava, não mais falou, e passou a se alimentar de voos.

Tive de peregrinar por muito tempo antes de chegar até aqui. O vento soprava, aí veio o amigo com uma lanterna de ataque e cavou, ele tinha me encontrado.

E essa voz, bem distante, fragmentada, de quem é? Olhe para o epitáfio. Ferro. Na forma da Cruz de Ferro. *Friedrich Friesen, tenente e ajudante no antigo Corpo de Voluntários de Lützow, nasc. em 25 de set. de 1784 em Magdeburgo, tombou em 16 de março de 1814 junto a la Lobbe, na França.*

Eu ouvia a pá, ela rangia, às vezes um som agudo, quando o aço batia na pedra, um vibrar surdo quando uma raiz era cortada. E assim ele me encontrou. Me recolheu, ele, o irmão do coração. Debaixo de um carvalho, nós juramos que quem tombasse deveria ser enterrado em solo pátrio pelo outro. Durante 26 anos, o amigo perambulou comigo na pequena caixa de carvalho, de uma guarnição a outra. Às vezes, o irmão do coração brindava à minha saúde; e eu ficava em pé sobre uma mesinha ao lado de sua cama. Em todos os 16 de março ele acendia uma vela. A neve caiu, uma neve fina, que cobriu campos e prados e fez com que meu casacão preto se destacasse, nosso bando disperso, então vieram os franceses e nos fizeram prisioneiros. Por amor a ninguém, pelo corpo de ninguém. Liberdade. Quem se entrega, perde sua honra, e assim eu lutei até que a bala traiçoeira me atingiu com um golpe. *In tyrannos*, nós gritamos. Napoleão. O arqui-inimigo da França.

O mais digno dos jovens ao lado do mais digno dos anciãos.

Ao golpe, ao impacto, breve, rápido, firme, poderoso e incansável, quando sua mão pega acaba de pegar o ferro. Mas eis que o atlas mexicano de Alexander von Humboldt ficará para sempre incompleto. Nada de rios, nada de montanhas.

Como assim, nada de rios e montanhas?

Friesen, um ótimo desenhista, deveria ter desenhado os rios e montanhas no atlas de Humboldt.

Que sussurros são esses?

Eu não ouço nada.

Mas claro. Lá atrás. Junto ao muro. Queixas. Suspiros. Choro. Tudo bem distante.

Trazido pelo vento leste. Ele sopra bem mais raramente do que o oeste. O vento leste é morno como as estepes no verão e frio e seco no inverno.

Jitgadal vejitkadasch sch`mei rabah

Logo atrás do muro, lá onde está o espinheiro de flores vermelhas, a árvore cortada, de rara força e altura. De lá é que vêm os sussurros.

B´allma di v`ra

É o vento leste, é a cinza. Ela se juntou ali.

É preciso apenas ouvir.

Eu só acredito naquilo que vejo.

E aquilo que se ouve?

Pouco confiável, honrado amigo. Basta ver essa confusão de vozes.

E quem é que diz que apenas nós estamos ouvindo?

Exatamente, eu consegui ouvir exatamente em meio ao barulho, as botas, acima de nós, às vezes até mesmo o rascar das garras dos cães no caminho das sentinelas. Devem ser chapas de pedra. Mais atrás, o ecoar duro e surdo dos passos, como se lá houvesse tábuas. Sempre à mesma hora. Caminhadas de controle. Substituição da guarda. Depois tudo ficava calmo, muito calmo. Mais tarde chegavam os passos, hesitantes, passos que sempre de novo estacavam. Eles se tornaram mais numerosos, e agora, cada vez mais, chegam grupos, passos, passos irregulares, eu ouço onde eles param. Esperam. Depois vão adiante, às vezes sapateiam, depois voltam a se arrastar de leve. O cinzento diz, ao seguir adiante: eu vou ler para você um parágrafo do relatório do cônsul alemão.

O oficial trouxe a Srta. von Etzdorf ao cassino dos oficiais e colocou o quarto do oficial que estava em vigilância à disposição dela. Antes de a Srta. von Etzdorf entrar no quarto, esclareceu que queria mandar um telegrama. Além disso, pediu que o representante da Shell fosse informado. Isso aconteceu imediatamente, e, para a redação do telegrama, um ordenança do cassino lhe estendeu um bloco, no qual ela escreveu o texto. O telegrama foi dirigido a "Isóbaro", Berlim, e dizia que ela tivera um pouso com acidente, mas não estava ferida. Ela subscreveu o telegrama com "Marga". Depois disso, foi para o quarto, enquanto o oficial voltou para o avião. Dois minutos mais tarde, o ordenança ouviu dois tiros no quarto para o qual a Srta. von Etzdorf havia se retirado, e correu atrás do oficial. Este logo deu meia-volta, bateu na porta que não estava trancada, e em seguida a abriu. Encontrou a Srta. von Etzdorf esticada na cama, a cabeça sobre o travesseiro encostado à janela, enquanto as pernas pendiam pela borda da cama abaixo. Ela estava deitada em meio a uma grande mancha de sangue, a cabeça atravessada por dois tiros, na mão esquerda segurava uma metralhadora automática 9 milímetros, o cano apontado para a face esquerda. Ela ainda estertorou algumas vezes e logo morreu. Os tiros foram dados exatamente 23 minutos após o pouso.

Em todos os relatórios, notícias de jornal sobre sua morte, em nenhum momento se falou de uma metralhadora automática. Todo mundo pressupunha que ela tivesse se matado com uma pistola que carregava consigo para se defender. E para isso, ela, inclusive, tinha uma permissão oficial. Mas eis que de repente aparece aquela metralhadora automática no relatório do cônsul alemão em Beirute.

Ela levava a metralhadora automática consigo no avião?

Sim, ela levava uma metralhadora automática no avião quando voou para a Síria, coisa que por certo era expressamente proibida. Os direitos de sobrevoo haviam sido concedidos pelo governo francês, que naquela época era o poder mandatário no país, mas com a indicação expressa de que não poderia ser levada nenhuma arma.

Tráfico de armas?

Sim. Ela inclusive levava uma lista de preços consigo. Munição. Manuais de instrução.

Dahlem tinha algo a ver com isso?

Dahlem era extremamente discreto no que dizia respeito a suas ações heroicas, suas amizades, seus conhecidos, seus amores e também seus negócios. Miller se meteu, nunca se sabia ao certo o que ele estava fazendo. Perguntar-lhe de maneira direta não era indicado, e não porque ele o tivesse proibido, mas sua própria postura excluía essa possibilidade, sempre uma distância cortês no que se referia a questões privadas. O que se contava a seu respeito eram boatos, suspeitas.

Ouvi, diz o cinzento, que ele teria chegado à China no final dos anos vinte, de navio, e por lá teria treinado pilotos chineses. Era a época da guerra civil na China. Os senhores da guerra, que lutavam uns contra os outros, precisavam de armas, precisavam de especialistas em combate, e a academia militar sob o comando de Chiang Kai-Chek precisava de instrutores, estrategistas como o general Seeckt, um vizinho, aqui.

Não tenho nada em comum com ele, a não ser o acaso da proximidade na China.

Metralhadoras, pistolas, lança-granadas eram armas muito procuradas. Pelos grupos da esquerda e da direita, eu não sei, também mal dava para se orientar naquele universo. Dinheiro eles tinham. Dinheiro não importava. O pagamento era feito em Genebra. Mas com isso Dahlem não tinha nada a ver. Os receptores pagavam em dinheiro vivo. Fato. Vinham com uma maleta cheia de cédulas. Em contrapartida, o material. Naturalmente não novo de fábrica, às vezes já bastante danificado, afinal de contas, havia sido usado nas trincheiras de Ypern e Verdun. Mas nada de sucata. Nem de longe. E legal, quer dizer, nada de mercado negro. Na época, nós estávamos nos apresentando no Japão com um grupo de teatro. O primeiro grupo de teatro alemão em Hiroshima. Apresentamos *Minna von Barnhelm*. Eu fiz o papel de Riccaut de la Marlinière. Um papel que eu gosto de fazer, um papel pequeno, porém maravilhoso: aquele homem que precisa sobreviver fazendo seus truques. Contraposta a ele, a figura daquele rijo Tellheim, um sujeito maçante e todo pundonoroso. Os japoneses estavam maravilhados, sobretudo a peruca rococó empoada de Minna von Barnhelm lhes agradou, e naturalmente seu decote. Voltei a encontrar Dahlem em Hiroshima. Ainda o conhecia dos tempos de Coburg. Eu trabalhara no teatro em Coburg, em novembro de 1918, quando a revolução irrompeu. Dahiem era um joão-ninguém de boas maneiras. Havia sido tenente e piloto de caça aos 21 anos, e logo depois viera o cessar-fogo. Ele fora ferido pouco antes, derrubado no front ocidental. Apanhara de jeito, foi como ele se expressou, mas acabara tendo sorte. A bala, mais exatamente o projétil da MG do avião inglês, atravessara uma das paredes de sua máquina de asa tripla, simplesmente atravessara o metal, mas com força suficiente para atravessar ainda um livro no bolso de couro, a *Odisseia*, que ele sempre carregava consigo, em grego, e livros travam projéteis de maneira especialmente eficaz, nem à queima-roupa se consegue atravessar *Guerra e paz*, a bala atravessara a *Odisseia*, portanto, depois a Cruz de Ferro de Primeira Classe e ficara, um estilhaço, cravada no estojo de cigarros, exatamente em cima de seu coração. Tivera sorte. A outra bala passara de raspão em sua cabeça. Um golpe como se viesse de um cassetete, ele me disse, mas depois de alguns momentos de inconsciência ele ainda conseguira segurar a máquina que caía. Aterrissara em um prado, bem nas proximidades de um hospital de campanha alemão. Sorte dupla. Mais tarde veio com uma atadura de cabeça branca e nada mais do que decorativa a Coburg, em novembro de 1918. O imperador já havia renunciado, mas o duque, regente de Coburg, ainda não. E então a revolução chegou também à pequena cidade-residência. Marujos vermelhos invadem o castelo da cidade. O duque quer fugir da cidade com a duquesa até o castelo de Callenberg. Logo atrás do castelo, ainda na cidade, seu carro é retido por soldados, fuzis sobre os ombros, o cano apontando para baixo. Um soldado da Marinha com braçadeira vermelha é o porta-voz do bando. Gritos se tornam mais altos. Para onde? A propriedade do povo é levada embora aí? O castelo havia sido tomado. Alguém grita, nobreza de merda. Abaixo a monarquia. Enforcar. Sanguessugas. No porão do castelo, caviar, vinho e empadas. Eles passam bem. Crianças e velhos são obrigados a passar fome. E o jovem professor de latim e francês do Casimirianum, ferido na guerra, grita: No poste de iluminação! Uma, duas, três pedras são jogadas no carro, estalam no radiador e no teto. Arrancam as ombreiras do ajudante, que está sentado no segundo carro, este aberto. O marujo com a braçadeira vermelha, que acabara de quebrar o pequeno distintivo de duque do carro, tenta abrir a porta aos safanões. Naquele momento, passa Dahlem com sua atadura branca na cabeça, vê o duque e a duquesa no carro, os dois pálidos de susto. Eu testemunhei tudo, também participava da manifestação. Agora eu via a duquesa, uma mulher amistosa, amada também pelo povo. E vi seu medo. Naquele momento, Dahlem sacou sua pistola. Deu um tiro para o alto e depois mais dois diante dos pés dos marujos. E sua ordem foi muito aguda e vibrante: para trás! Caminho livre para a duquesa. Ele não disse duque, o duque era malquisto, uma criança velha e má. Jogava nos criados os ovos do café da manhã que não estavam cozidos e moles exatamente como ele queria. Dahlem gritou: caminho livre para a duquesa. Provavelmente o único oficial que quase salvou o trono de um dos príncipes-regentes alemães. Coisa que ele veio a fazer de fato mais tarde. Mas, primeiro, ele ficou em pé sobre o estribo e com a pistola sacada abriu caminho para o carro. E assim ele os conduziu até o castelo de Callenberg. Então a duquesa que, apesar de toda sua amabilidade, era bem resoluta, quis ter o trono do castelo da cidade. Não queria permitir que nenhum traseiro revolucionário sentasse sobre ele. E Dahlem voltou mais uma vez para o castelo da cidade e, com a ajuda de dois carregadores de móveis, pegou o trono. Mas é preciso dizer que Dahlem não era monarquista, de forma nenhuma. Ele simplesmente considerava a ameaça à mulher, à duquesa, insuportável. À noite, o duque lhe perguntou se ele tinha ancestrais judeus, e quando ele disse que não, o duque lhe perguntou qual era a profissão de seu pai. Médico, ele está morto, tombou na guerra. A isso o duque disse, pois bem, médico ainda vai, e quem defende seu duque com tanta coragem também merece um título de nobreza. O problema era que o imperador já havia abdicado, e a república já havia sido proclamada. A Alemanha não era mais uma monarquia. Mas o duque ainda era o duque-regente do pequeno ducado de Sachsen-Coburg-Gotha. O duque abdicou apenas no dia 13 de novembro, portanto quatro dias depois do imperador. A questão para Dahlem era, será que o predicado de nobreza que lhe fora dado agora era válido ou não? Em seu passaporte, Dahlem ainda mandara registrar o pequeno v. de von enquanto ainda era usado o selo do ducado. O *Gotha*, o calendário da nobreza, no qual ele deveria ser aceito, de repente estava se mostrando escrupuloso em relação ao assunto. O que por sua vez deixou Dahlem indignado. Por que algum velho de peruca lhe negava algo a que nem ele mesmo dera muita importância no princípio? Pelo título, ele entrou numa guerra de papel que durou muito tempo. Dahlem, que recebera do guarda-roupa do ducado um belo uniforme do período anterior à guerra, agora ainda por cima estava entre a nobreza e a burguesia. Demitido como oficial, não lhe restava outra coisa a não ser o uniforme cinzento sem distintivos, o estojo prateado com o estilhaço dentro e suas boas maneiras. E ele também sabia voar. Eis que então foi para o México e instruiu pilotos por lá. Os primeiros pilotos mexicanos, conforme contou, voavam do mesmo jeito que cavalgavam, alucinadamente ousados. Então ele deveria levar armas dos Estados Unidos ao México durante a Guerra Civil. Mas ele se negou. Amor, só pela pátria. Foi para o norte dos Estados Unidos, ao Alasca, trabalhar como piloto dos correios. Economizou seus valiosos dólares, voltou para a Alemanha em 1922, estudou Direito em Berlim, e logo depois das provas finais foi para a China, para treinar os pilotos de Chiang Kai-Chek. E negociou com a sucata da Guerra Mundial. Não exatamente a cargo do exército do Reich, é claro que não, mas mesmo assim tolerado. Ou, digamos, com tolerância forçada. Granadas de mão. Algumas delas acabaram se revelando tão ruins que acabaram explodindo nas mãos dos chineses antes que eles pudessem jogá-las no inimigo, se transformando literalmente em granadas de mão.

Mas ele não tinha nenhuma culpa nisso. Era um cara fino, um esnobe, se alguém fizer questão, gostava de boa comida, de champanhe francês, de ternos ingleses, de camisas de seda feitas sob medida, colecionava porcelana da época Ming. Era um grande conhecedor. Mas tudo acabou se quebrando, a bela coleção inteira, uma bomba, e tudo se perdia.

Está tudo tão longe, tanta areia sobre as coisas.

E de novo ele. O que ele está murmurando?
Frio. Frio.

E isso aí, esses gritos, essas conversas em tiple, esbaforidas, ofegantes, que mal podem ser compreendidas? O que ele está ofegando?

Não sei, não sei. Por favor, não, por favor, não.

Essa é a voz de um homem velho.

Aquele que grita também já tem quase setenta anos, diz o cinzento. Coronel Staehle, comandante da Casa dos Inválidos. Distinguido por bravura diante do inimigo. Ele é requisitado sobretudo quando as circunstâncias são periclitantes.

Terrível. Como ele ofega, e além disso esse por favor não, por favor não. Como isso soa estranho na voz de um homem velho.

Eu não sei de nada. Palavra de honra.

Caramba. A palavra honra na boca do senhor!

Nós queremos saber do senhor o que foi dito naquele chá organizado pela Sra. Solf. Os discursos do Führer foram parodiados. Quem? Miller?

Não, ofega a voz, não o conheço. Jamais ouvi esse nome.

E isso aqui? A culpa pelo tratamento desumano dos judeus no leste foi dada ao Führer. Isso vem do senhor?

Posso explicar?

Não, diga apenas sim ou não, mais nada. E depois escondeu uma judia, a Srta. Guttentag. Nomezinho simpático, já diz tudo. Um bom-dia a Guttentag. Rá, rá, rá. Ora, salve.

Por favor, acredite em mim, dou minha palavra de oficial.

Disso eu posso apenas rir, Sr. Staehle, esse troço de coronel já era, não é. Prossigam!

Não. Por favor não.

Enter first murderer to the door.

A ficha é de um verde pálido. Caiu do céu em abril de 1945. Uma galeria do Departamento de Segurança pegou fogo.

Com o calor, com a corrente de ar, as páginas dos arquivos haviam sido arrancadas e aquela chuva de papel voou pelas janelas estilhaçadas. As folhas do partido inimigo voaram pelos ares. O ar estava cheio de pequenas chamas. Como em Pentecostes. Isso era papel de carta. Os cartões eram de papel mais duro e não pegavam fogo com tanta facilidade. Aquela ficha, preenchida à máquina em letras irregulares, pairou diante dos meus pés, disse o zelador. Miller, é o que está escrito nela em letras maiúsculas e sublinhado em vermelho, depois Anton, ator, atuou nos teatros de Coburg, Gotha, Hamburgo, Berlim. Papéis pequenos e intermediários, amante juvenil.

Segundo informações próprias, ator de personagens complicadas, depois de dois anos sem trabalho, passou a atuar como imitador de vozes no cabaré e em apresentações privadas. Conforme o depoimento de G. Pauls, ele também se diz transformista. Assim, inclusive, a seguinte piada teria sido inventada por ele: O Führer compra um tapete em uma loja de móveis. O atendente pergunta ao Führer: o senhor quer que eu empacote o tapete ou vai logo mordê-lo?

Alguém escrevera à mão na borda da ficha. Esclarecer imediatamente: 1. Onde está Miller? Prendam-no!

2. O funcionário que anotou a piada. Deve ser louco — Punam-no!

Sempre quis estar aqui, em nenhum outro lugar, alguém sussurra. Em cima, a tília, onde o grande rei ficava sentado e dialogava com seus soldados mortos. E com os inválidos que o serviram. Ainda na batalha, ele gritara a eles: *Vocês já não viveram o suficiente, seus marotos?*

Lendas, tudo lendas e anedotas.

Tinha 24 anos, era de Boizenburg junto ao Elba, e me deixei levar. Um sussurro distante. Deixei meu dinheiro com meus pais. Aprendi a caminhar mantendo uma postura ereta, em passo cadenciado. A baioneta sempre pronta. Em formação. Era alto, o homem da ala direita. A bala veio bem no centro. O homem a meu lado sem cabeça, um outro dividido ao meio. Minha perna esquerda em frangalhos. Nem percebi logo. Não sentia nada. O enfermeiro a atou, depois queimou a artéria e costurou.

Nada de amputações, melhor morrer, pois do contrário só se vira um fardo para a Previdência.

Tudo conversa com o propósito de humilhar. Contra o grande rei.

Não, fato, pode ler nos livros.

Não sei ler.

Frederico II mandou construir a Casa dos Inválidos em 1748, e com a casa foi inaugurado também o cemitério, diz o cinzento, 121 mil táleres, foi o que o rei liberou, uma soma considerável. Deles foram usados 119.661 táleres, 16 vinténs e 6 fênigues. O recibo ainda existe e mostra o espírito da administração prussiana – exato até o fênigue.

Pelo menos isso – Frederico, o Grande cuidou dos inválidos de suas guerras.

O grande, o senhor também diz, por que não simplesmente Frederico II, ou Frederic Seconde, conforme ele mesmo se chamava?

Grande, porque ele acabou com a tortura. Porque era justo. Porque serviu. E dizia de si, que era o primeiro servidor de seu Estado. Por isso também serviam voluntariamente a ele.

Os gemidos de todos aqueles que serviram e sofreram para essa grandeza, sua e da Prússia, ainda podem ser ouvidos aqui, mesmo que bem de longe.

O que eu ouço é o trânsito das ruas, bem distante, um rangido, um guincho na partida, quando os semáforos ficam verdes.

Acabou com a tortura, mas o corredor de soldados espancando um infrator continuou. E as varas arrancavam o couro, a carne das costas dos soldados. Deixemos o grande de lado, diz o cinzento, ele aponta apenas para o sofrimento e para a morte. Nem mesmo da língua alemã ele gostava. A língua dos cocheiros, conforme chegou a dizer.

Mas pelo menos ele se submetia à lei, que valia para todos. Ele era o soberano e podava até mesmo sua soberania. A frase de que cada um deveria ser feliz à sua maneira, no fundo, promete uma boa dose de liberdade.

Mas uma dose bem diferente para cada indivíduo. Vamos deixar isso de lado, no entanto, diz o cinzento. Sigamos adiante. A tília do rei foi plantada apenas depois do fim do império. A velha árvore, seguindo a tradição desse lugar, foi completamente dilacerada pelas granadas. O tronco com seus galhos despedaçados foi derrubado depois da capitulação, serrado e transformado em lenha de lareira.

Certa vez, disse ela, apanhei de minha avó. Era dia de lavar roupas, ela pegou uma tábua longa e estreita de passar gravatas e bateu em mim, uma, duas, três vezes. Nas costas, no traseiro. Uma punição espontânea. Eu havia soltado o cão pastor. Se dizia que o cão não gostava do carteiro, que sempre chegava ao meio-dia em sua bicicleta. Mas por que nós, as crianças, queríamos saber? Ele simplesmente não gosta dele. O cão, de resto, sempre calmo e pacífico, latia com furor quando mal ouvia o carteiro chegando. Talvez o cheiro do homem faça com que o cão tenha de mordê-lo? Não, disse meu avô, ele tem alguma coisa contra carteiros. Eu não acreditava nisso. Mas era verdade. O cão logo saiu em disparada e mordeu o carteiro na coxa. Vovô deu dinheiro ao homem, a fim de que ele não fizesse a denúncia. Eu me desculpei com o carteiro, tive inclusive de ir até a casa dele. Vovó bateu espontaneamente. Mas, conforme senti com nitidez, uma vez a mais do que devia. Eu não falei mais com ninguém e não comi mais nada. Também não o que minha irmã e a criada me traziam escondido para dentro do quarto. No quarto dia, vovó veio e se desculpou. Depois disso, nós voltamos a nos entender.

Eu o ouvi rir baixinho e dizer, agora eu já conheço muito bem a senhorita.

O que ele perdeu aqui? Um errante. Seu lugar não é aqui. Um guia da cidade, um marginal, dono de seu nariz, diz aquele que está com frio. Mas ele não era tão perdido quanto parecia, só porque vivia sozinho, lia, se mantinha distante. Morava na sombra, não gostava da luz, nem do sol, vivia num subterrâneo. Ele era teimoso, isso é verdade, não exageradamente, não combinava com a paisagem, conforme se costuma dizer. Dava gosto ouvir o jeito como ele falava. Ele vivia retirado e, por fim, vivia casto. Não por falta. Ele queria que fosse assim. Queria se dedicar à tarefa de estar puro, uma noção um tanto antiquada, de estar puro e pronto para a ação. Queria se entregar completamente à tarefa. Mas também se pode dizer que a tarefa se entregou completamente a ele, de modo que ele estava cativo. Ele queria explodir um símbolo, que ganhou importância também por causa desse lugar, por causa dos que aqui estão reunidos. O Obelisco da Vitória. Ele queria explodi-lo, porque enaltecia a violência e a guerra. E porque acreditava que a guerra poderia voltar a se tornar um meio da política. Queria explodi-lo, não em sentido metafórico, mas real. Lidou com explosivos. Um acaso. sua morte, há dez dias, o impediu de executar a ação. Ainda não está debaixo da terra. Mas no reino intermediário.

Eu gostaria de contar um sonho ao senhor, digo eu ao cinzento, sobre o qual jamais falei, e já o sonhei há mais de quarenta anos, um sonho diurno, é como por certo o chamariam. Seja lá como for. Foi pouco antes da prova para uma bolsa de estudos.

Quem está falando aí?

Eu. Eu. Eu.

Eu havia me preparado para a prova de seleção para uma bolsa de estudos nos últimos dias e noites e dormira pouco, me encontrava num estado peculiar, fisicamente cansado e mesmo assim lúcido e atento, e não apenas por causa do café forte. Estava sentado no quarto do sótão, quente por causa do sol, e resolvi descer à rua para me movimentar um pouco, uma rua movimentada de Munique, mas me vi em Berlim. Até então eu jamais havia estado em Berlim, mas tudo era completamente natural e próximo, as imagens vistas tantas vezes, o Portão de Brandemburgo, o anjo sobre o Obelisco da Vitória, a alameda que levava até ele. Eu vi a marcha, os preparativos de uma parada militar, vi as cozinhas de campanha, vi soldados que engraxavam suas botas mais uma vez, vi cavalos que eram encilhados, músicos que poliam seus instrumentos de lata, esticavam o couro de tambores, se juntavam e, a um sinal do tambor-maior, se punham em forma e marchavam, um socar, um reboar, no qual também eu estava, embora não quisesse estar, era aquela imagem assustadora, eu havia sido enfileirado, e não conseguia escapar, socava o chão com os outros, levantava as pernas, um-dois. Era como se os soldados com os quais eu gostava de brincar na infância tivessem se tornado vivos, e eu estivesse unido a eles, junto com os trompetistas, os tambores, cujas paradas militares eu acompanhara quando era criança, uma das recordações mais precoces que guardo, pelas ruas de Coburg, e ao lado dos quais eu também marchava. Era como se todos os joguinhos, as imagens antigas, as narrativas, como eram *no passado*, tivessem conquistado o presente por um breve instante.

Só a campainha de um bonde me trouxe de volta à realidade, às mulheres em seus vestidos de verão, aos homens de negócios apressados, às crianças com sorvetes na mão. Nada nessa recordação desapareceu, tudo continua tendo uma grande exatidão.

Visões auditivas sucedem algumas vezes, visuais, por sua vez, são bem mais raras, diz o cinzento.

Talvez, eu ponderei, as imagens tivessem sido alimentadas pelas narrativas de meu pai e de todos aqueles camaradas que sobreviveram à guerra. Também havia muito a contar e a calar. E dependia de onde a pessoa em questão havia lutado. No front ou na retaguarda. Os que estavam na retaguarda falavam numa boa. Os outros, que viram a carne dilacerada, a carne queimada, permaneciam em silêncio. E só suas mulheres contavam que acordavam no meio da noite com os berros de seus maridos, que estavam sentados na cama e não sabiam onde se encontravam. Papai esteve na Força Aérea Alemã e teria gostado de voar, esse havia sido seu desejo. Mas ele apenas acompanhara os voos. Tanto mais, e mais precisamente, ele conhecia as diferentes máquinas e suas características de voo.

Sim, diz o cinzento, vozes também fazem parte do vivido. E não é um dos erros da medicina fazer com que aqueles que ouvem vozes digam o que ouviram, lembrando o mundo das coisas? Não se trata da contrarrealidade, que com imagens bem próprias jorra um excesso de torrente e assim nos liberta de uma paralisação do mundo sempre ameaçadora?

Assim como também é no habitual que as imagens desdobram sua força e se ancoram dentro de nós, na língua, na nossa imaginação, só perdem seu brilho bem devagar quando ficam temporalmente distantes de nós, quando a língua perde sua força excitante, quando as palavras passam a ter algo murcho ou mascarado. Tiram a casaca colorida. Quando se pensa hoje em quarta-feira de cinzas e não na despedida do uniforme de honra da nação.

A voz de fístula ri. Sim, diz o inventor do fichário do inimigo, eu recebi uma despedida desonrosa. Fui obrigado a tirar o uniforme da Marinha. Por causa de uma filha de farmacêutico. Imaginem só. Estava noivo, ou aquilo que se chama de noivo, na época. Convite. Tirar as luvas, depois entregar, tanto o sabre, quanto o quepe, sentar ereto, o pai farmacêutico da

Marinha. Com uma loja teria sido completamente impossível, não teria conseguido permissão para casar desde logo. Marinha, conservador, sobretudo orgulhoso do código de honra. Almoço com sobremesa para testar. Mirabela para testar. E observado por oficiais mais velhos enquanto isso. Como se come as mirabelas. Trato social. A mirabela tão grande, bota-se a mirabela na boca, inteira, então o oficial do teste pergunta algo ou faz um brinde, é impossível responder, impossível beber. Muito ruim, portanto. Eu tentei dividir a mirabela, ela saltou das minhas mãos e caiu no casaco do uniforme de um velho capitão de fragata. Chamei um ordenança e disse: limpar com um pano molhado! Depois comi as mirabelas usando as mãos, mordendo duas vezes, e já era. Antigo. Todo esse código. Superado, definitivamente superado. E então, quando conheci Lina von Osten, loura, alta, boa e antiga família de Fehmarn, então o vendedor de pílulas resolveu enlouquecer. Sim, abandonar sua filha. Ele foi se queixar imediatamente diante dos superiores. Eu mesmo também não tinha certeza se ela não tinha algo estranho no sangue. Tribunal de honra. Fui obrigado a tirar o uniforme. Podia escolher: despedida em desonra ou despedida por incapacidade. Escolhi a despedida em desonra. Incapaz, isso não se permite que ninguém diga, ninguém que faz parte daquela mediocridade concentrada. Que esfreguem a honra em seus quepes. Sobretudo essa hipocrisia. Asqueroso. Um montão de mulheres por aí, mas na sombra. Bancavam os pais de família fiéis. Tenho muitos deles na mão agora. Cheguei a reunir dados contra o almirante-chefe. Mas o Führer o protege. Ainda. Aliás: é só na batalha que se decide o que é mais importante, como se come mirabelas ou a coragem de encarar a morte, de matar e de morrer.

A velha conversinha a respeito da morte e da coragem e da honra. Ela me enoja, diz Miller. Para onde quer que eu fosse, ela ressoava a meu encontro. Como eles ficavam parados aí, nos banheiros, nas calças de montaria, e urinavam, chamando o que faziam de tirar a água da vara da família. Por que vara da família? E eu sei disso? Arrota e diz, a posteridade não trança coroas de louro para os atores. Saúde. Mas em compensação vocês, os atores, têm as mulheres, e dez para cada um dos dedos. Se vocês quiserem, claro, seus vagabundos. Nós estamos sempre prontos. Também quando a coisa pega fogo. Juntar os ossos. Levantar os ossos. Beber água que passarinho não bebe bota tranquilidade nas mãos.

Eu me levantei e fui junto, diz a intocável. O jeito que aquele Miller falou que o otimismo era algo obsceno hoje em dia, e como depois saiu do cassino com uma leve reverência, me agradou. Hesitei por um momento, e logo também saí. Ainda desejei boa noite a todos. Miller me agradou. Ele era tão diferente de todos os outros com quem eu estava. Esse cheiro de couro, esses uniformes cinzentos e ásperos. Já o toque deles me causava asco. O cheiro de fumaça fria de charuto. Um hálito no qual ainda se sentia pela manhã o cheiro do álcool da noite anterior, e, quando eles tinham reuniões, cheiravam a balas de hortelã. Asqueroso. Miller usava roupas civis, já isso chamava a atenção, um cara ousado e amável, que não precisava bater os calcanhares a cada pouco, nem cumprimentar os superiores com timidez e os súditos com desleixo. Mas o que mais me agradou nele foi seu humor, sua prontidão para a piada. Eu fui com ele para seu quarto, pois eu dormia com outras duas ajudantes do estado-maior. Pouco me importava o que aqueles que ficaram sentados no cassino pensariam, as piadas que fariam. Pouco me importava mesmo. Por um momento pensei que ele talvez tivesse problemas por causa disso, mas uma vez que o outro jamais voltou a se apresentar, eu pensei, não havia mais perigo. Fiquei com Miller e foi bem fácil. Tive de rir muito. Ele falou com muita amabilidade de sua mulher, da qual queria se separar, não por causa de nós, não, ele já não tinha mais contato com ela há meses. na cama, eu quero dizer. Nada, absolutamente nada, ele disse. Nós estávamos deitados na cama, no quarto escuro, que só era iluminado de vez em quando e bem de repente por algum farol. Uma brincadeira da equipe de guarda, que iluminava o prédio, sobretudo as duas janelas do quarto onde eles sabiam que nós estávamos deitados. Eu contei a Miller sobre ele, sobre o inventor do fichário do inimigo. Eu disse a Miller que trabalhava justamente naquele setor.

Onde?

Com ele.

Sim.

E o viu?

Sim.

De repente, diz a intocável, ele estava parado ali, na central telefônica, ele, alto, testa alta e olhos cinzentos estranhamente oblíquos, que lembravam os de um lobo. Uma bela figura, como já disse, dava na vista em seu uniforme negro. O que incomodava no homem era a voz, uma voz de falsete, que não combinava nem um pouco com sua altura. Ele parecia sempre frio e distante, tanto mais surpreendente era sua cortesia. Todos levantaram de um salto, os homens, ainda que fossem civis, procuraram ficar em posição de sentido. Um quadro ridículo. Ele jamais havia aparecido na central telefônica. Para isso, havia os ordenanças. Ele, o chefe de grupo, com suas ombreiras cobertas de ouro e prata, perguntou sobre um telegrama que deveria vir de Viena, algo urgente. Ele poderia mandar qualquer um, secretárias, ordenanças, ajudantes, mas ele, o todo-poderoso, aparecera pessoalmente. Só mais tarde ele me disse que viera porque nos vira algumas vezes, minha amiga e eu. Ele procurara por uma desculpa. Pediu que eu investigasse onde o telegrama havia ficado. Mas o telegrama jamais havia sido mandado. Já ao sair, ele perguntou se nós, que estávamos sentadas uma ao lado da outra, estávamos vindo de férias, pois a senhorita está tão bronzeada, a senhorita e sua amiga.

Não, esse é o bronze do Wannsee, do último final de semana.

Bonito, e onde é a enseada que a senhorita fica?

Junto ao Rupenhorn.

No domingo seguinte, eu mais uma vez combinei um encontro com minha amiga no Wannsee. Nós estávamos deitadas na margem, numa pequena enseada cheia de juncos. Foi então que vi o barco, as velas brancas, ele se aproxima, e minha amiga faz uma piadinha, ali vem Lohengrin com o cisne. Depois um farfalhar, um estalar das velas, o barco ficou contra o vento, e eu não o reconheci logo, calças brancas, camisa branca. Ele estava na parte de trás, no leme, e gritou algo a seu ajudante. Acenou para nós e pediu que embarcássemos. Nós caminhamos na água até o barco, molhadas até os quadris. Estendemos nossas sacolas de banho e toalhas em direção ao barco. E ele ajudou a mim e a minha amiga a subir. Um pequeno passeio, disse ele, e os dois riram, ele e seu ajudante. Ele era bonito, o branco ficava bem nele, bronzeado como estava.

Lá, lá longe, no clube dos velejadores. Um barco de madeira, ele cheirava a tinta e a cordas molhadas. Ele enfunou as velas e nós partimos. Nos seguramos com firmeza, o barco se inclinava muito, e a água nos molhava com seus borrifos. E minha amiga, que estava sentada ao lado do ajudante, dava um grito a cada vez que isso acontecia. Aportamos no clube de vela. Marie e eu fomos ao banheiro. Isso era urgente, porque no barco nós poderíamos urinar apenas por cima do bordo. Eu acho que ele está querendo pegar você, mas Marie disse, eu acho que ele está querendo pegar é você. Eu gostei do ajudante. Eu também. Nós estávamos paradas uma ao lado da outra na frente do espelho do banheiro e retocamos os lábios com o batom, depois os limpamos um pouco no lenço, e quando fizemos um biquinho mais uma vez diante do espelho para verificar como estavam nossos lábios, tivemos de rir. Então vamos lá, disse ela. Nós sentamos no terraço do restaurante, perto da água, debaixo de um guarda-sol, que estava voltado contra o sol da tarde. Um dia quente. Bebemos champanhe. Três garrafas. Ele estava a fim de mim, logo deu pra ver, sobretudo no fato de seu ajudante, quando conversava comigo, se mostrar amável, mas distanciado. Ele se mantinha longe de mim. O ajudante na verdade me agradava mais do que seu chefe. Ele contou da Marinha, da viagem de instrução como alferes no navio regular Schleswig-Holstein. A história de como ele foi convidado por uma família espanhola na ilha da Madeira, como eles passaram a noite por lá e seu camarada não encontrou o banheiro na grande casa senhoril, acabando por sentar em um grande vaso da sala, acossado pela necessidade. Nós rimos muito. Ele pediu mais uma garrafa de champanhe e depois sugeriu, o sol acabava de se pôr, que descansássemos um pouco. E então o ajudante já foi com minha amiga para um dos quartos na parte de cima. Eu ainda hesitei. Sabia que ele tinha muitas mulheres. Ele simplesmente as pegava, como se dizia no departamento. Eu também sabia que ele era casado, que tinha filhos e, sobretudo, que tinha várias namoradas. Mas mesmo assim acabei subindo com ele, e quando me pergunto por que, vejo que havia apenas um motivo, eu estava curiosa e dizia a mim mesmo que, ao final das contas, ainda poderia dizer não. Aquele homem, do qual todos tinham medo, diante do qual os homens do departamento ficavam em posição de sentido, como será que ele se comportava, sim, era curiosidade, simples curiosidade, de ver como ele tiraria sua roupa, como se aproximaria de mim. E foi como uma espécie de satisfação, a sensação de ter poder. Ainda que apenas por um momento, ter poder sobre ele, o poderoso. Mas então foi tudo bem simples e habitual.

E o que ele disse?

Maravilhoso. Maravilhoso.

E o que mais?

Você é tão bela e tão vivaz.

Bela e vivaz?

Sim.

E o que mais? Quero dizer, o que chamava a atenção nele?

Nada. Não gosto de falar disso. Ou melhor, posso dizer que não havia nada mole nele, também em seu corpo. Mas ele tocava violino maravilhosamente bem.

Índice de Köchel 499, "Quarteto para Violino em Ré-Maior".

Como pode ser, pergunta o cinzento, como pode ser que alguém como ele, o lobo, toca essa música, faz ela soar, a ponto de deixar outros comovidos? Como pode? Uma coisa não deveria excluir a outra?

No departamento todos passaram a se dirigir a mim com o maior respeito de repente. E nisso havia algo de desprezo, desprezo das outras e de mim mesma, ainda que eles fossem tão humildemente corteses. Ninguém mais me criticava. Ninguém me contava nada sobre colegas ou amigos. Ele vinha me pegar de carro de vez em quando, não fazia nenhum segredo sobre nós dois. E eu permitia tudo, entrava em seu carro esportivo, que ele mesmo dirigia. Tudo me incomodava, seu comportamento autoconfiante, sua cortesia, mas eu sentia vontade. Vontade mesmo quando ele usava uniforme, aquele uniforme negro, justo, com todos seus detalhes prateados. Outros homens do setor pareciam engraçados em seus uniformes, ele não. O uniforme o deixava ainda mais forte. Era uma vontade fria de contemplar a ele e a mim, a nós, portanto, ver como os outros olhavam para ele, para nós, a vontade de triunfar, de presenciar a transformação pelo poder, como nós – eu – éramos tratados, carregados pela submissão dos outros. Mais do que isso eu não precisava saber. E também não havia mais a saber. Ele disse na segunda noite que superioridade, força absoluta, era o único ponto fixo da existência. Ele gostava de falar em existência. Em luta. Eu dormi com ele sem me proteger. E certa vez pensei que estava grávida dele. E só isso me deixou assustada. Enquanto eu estava com ele, era bom, mas a ideia de ter um filho dele significava um susto glacial. Então eu disse a ele, não posso mais. E o que ele disse? Ora, ora. Ele me convenceu, disse que queria, e logo se corrigiu dizendo que precisava de mim. Os esforços, essa pressão de seu posto, de suas tarefas, de seu serviço, que ele compreendia como uma missão, tudo acabava quando nós estávamos juntos. Eu permaneci dura. Pouco depois, fui transferida ao quartel-general do exército na Rússia. Bem longe do front. Acho que foi vingança. Ainda que ele tivesse dito que queria me proteger. Lá você estará segura das bombas que os ingleses jogam sobre Berlim, ele disse. Ele mesmo foi a Praga algum tempo depois. Tornou-se substituto do protetor do Reich.

Mas o terrível era que, quando cheguei aqui, no quartel-general do exército, ouvi dos oficiais que seu pessoal matava homens, judeus, mulheres, crianças. Milhares. Enterrados em valas comuns. Quem queria acreditar nisso? Eu não queria. Mas aqueles que contavam, haviam visto, lido números. Relatórios. E eu ouvi; ele, o escuro, teria organizado tudo. Não havia dúvidas, seu nome era mencionado aos poucos.

O pensamento nele, em mim, *naquilo*, conforme passei a me referir ao assunto a partir de então, era uma vergonha. Eu jamais havia pensado que essa sensação de vergonha poderia se tornar retroativa, existir em relação a uma ação do passado, a algo que, no momento em que aconteceu, ainda não podia ser sabido. E, ainda assim, eu poderia ter sabido – no fundo eu até vira. Eram os quadros das pessoas que eram obrigadas a carregar uma estrela amarela, que não podiam mais se sentar nos bancos dos parques, que também no bonde eram obrigadas a ficar em pé, com quem não deveríamos mais nos mostrar em lugares públicos. Eu estava contente pelo fato de ninguém saber que eu o conhecia, e que estive tão perto dele por algum tempo. E depois de um momento ela disse: assim como o conheci, não havia nada de monstruoso nele. E, depois de mais uma pausa longa: e isso é o mais terrível, nada daquele outro assunto podia ser percebido nele, ou talvez sim, a vontade de submeter.

Ela me contou tudo na segunda noite. Nós estávamos na cama, ela estava com a cabeça deitada aqui, do lado esquerdo do meu peito. Agora, disse ela, que podia falar sobre o assunto, estava se sentindo mais leve. Eu, ao contrário, me senti bem mais pesado, disse Miller. Se eu tivesse sabido antes que ela tivera algo com ele, jamais teria me metido com ela, não, enquanto ela estava deitada calidamente ao meu lado, eu tinha a sensação de estar congelando por dentro.

Ficamos quatro dias juntos, diz Miller. Sempre com os invejosos de olhos arregalados à nossa volta em seus uniformes. Mas eles não nos importavam, nem a ela nem a mim, ainda que a mim de um modo diferente do dela. Eu sempre tinha medo de que algo poderia chegar aos ouvidos do escuro, do uniforme negro. Por outro lado, ninguém mais sabia que ela havia tido algo com o Anjo da Morte. Ao contrário de mim, ela não dava atenção ao que as pessoas diziam ou pensavam. Mais tarde, eu há tempo já tinha seguido adiante, de lugar em lugar, de apresentação em apresentação, pela Rússia, pela Ucrânia, pela Geórgia, duas ou três cartas foram mandadas a mim pelo correio de campanha. Na maior parte das vezes elas chegavam ao lugar onde nós acabávamos de levantar acampamento, e depois eram mandadas adiante, eram entregues, e nós tínhamos acabado de seguir em frente. Era um teatro como nos tempos de outrora, volante, mambembe. Bota mulher, filha e roupas em segurança! As cartas, que me alcançavam depois de semanas, não chegavam a ser intranquilizantes ou alarmantes. Ela queria me ver de qualquer jeito, falar comigo, mas não mencionava o motivo. Era importante. Mais do que isso, não. É que as cartas eram lidas pela censura. Escrevia a ela de quando em quando. Da Itália. Também as tropas na Itália precisavam de diversão. E também não tinham mais do que rir, depois do desembarque na Sicília. Mas pelo menos não tinham os russos correndo atrás deles, pois é, e, além disso, na Itália era quente e o vinho era bom. Eu escrevi um cartão-postal para ela de Roma. Uma vez teatro de verdade, sem pulinhos e árias de opereta. Roma e Paris foram os pontos culminantes. Fizemos várias apresentações por lá. Lessing. E naturalmente Schiller, que sempre é um sucesso. À tarde, sentar em cafés. Apresentação à noite, depois nos restaurantes. Desfrutem a guerra, porque a paz será terrível. Essa foi a retaguarda. Os garanhões da retaguarda.

O que quer dizer garanhão da retaguarda? Sem planejamento, reabastecimento, as coisas não teriam acontecido, alguém berra. A bunda de vocês teria congelado!

Um colérico, um conselheiro da administração da guerra, diz o cinzento. Pressão alta. Morreu de ataque cardíaco. Um bom organizador. Ainda mandou construir uma barricada na Schlosstrasse, em Steglitz, em maio de 1945, despejando paralelepípedos. Depois botou com suas próprias mãos um pequeno busto do Führer, banhado em ouro, sobre a barricada. E então, porque um tenente dos pioneiros se atreveu a dizer que a barricada era completamente inútil naquele trecho, porque os tanques dos inimigos conseguiriam desviar pelos lados com a maior facilidade, o organizador berrou, não, aqui lutaremos, e ele, o bom organizador até o último suspiro, simplesmente caiu de borco depois de quatro anos de guerra. Uma morte heroica por contradição.

Se não tivéssemos cuidado das tropas. Não apenas as dançarinas de teatro de revista, os atores oficiais com seu Schiller e seu Lessing, como esse Miller, que eu conheço, um vagabundo sem igual. Que desempenho fantástico significa providenciar mantimentos, munição, ataduras para milhões, levar tudo ao front, por estradas intransitáveis, caminhos, pântanos, trilhos de trem destruídos. Os encômios à nossa logística jamais foram cantados. Em vez disso, piadinhas bobas. Não eram apenas as tropas em luta que estavam na sujeira, na neve e no gelo, também a retaguarda precisava ser atendida. E o camarada na parte mais avançada do front também precisava de algo para o coração, para poder rir um pouquinho de vez em quando. Se recostar. Se deitar sobre algo macio. Quem sabe se já no dia seguinte não perderia o membro levando um tiro. Não apenas as tropas em combate, mas também os comandos, os escrivães, os responsáveis pela comunicação, os conselheiros do tribunal de guerra, o que eles haveriam de fazer com o excesso de produção de suas glândulas sexuais? No front oriental, o contato com russas e ucranianas era proibido. O senhor dos senhores não deve esguichar sua genética nas eslavas. Restavam apenas as prostitutas oficiais, que se relacionavam com trinta, quarenta homens por dia. Vagões inteiros de preservativos chegavam até lá. Trabalhadoras pesadas. E depois ainda restavam as ajudantes da Wehrmacht e as enfermeiras. Bem diferente era na França. Simplesmente fabuloso. Fiz três viagens de inspeção, diz o conselheiro da intendência do Exército, a boa comida, o bom vinho. Como um Deus na França. E as mulheres. Nada daqueles ademanes fiéis das germânicas. A mulher alemã. Sim. Sim. Mulheres que, mal estavam casadas, se transformavam em matronas viciadas em dominar, das quais os maridos fugiam para as mesas cativas de restaurantes ou para os clubes de boliche. À noite, dormir. A mulher resmungando por causa do cheiro de aguardente ou de charutos. E quando ele ronca, ela fecha seu nariz. Nem sequer acorda por causa disso. Grunhe, apenas. Ela o chuta debaixo da coberta. E mais uma vez. Essa é a mulher alemã. Já as francesas. Logo a primeira que eu conheci. Rapaz!

Não dá pra tapar essa boca?! grita uma voz.

E à distância se ouve, baixinho: mas meus senhores oficiais, não seria possível falar um pouco mais alto? Eu estou ouvindo muito mal.

Os arquivos precisam ser salvos. Eu vou na frente.

Estou muito feliz de poder ter dançado diante de Vossa Majestade.

Je vous voudrai bien baiser.

Que tipo porco é esse?

Um do departamento de planos. Wehrmacht.

Completamente deteriorado. E foi por pessoas assim que nós sacrificamos nossas vidas.

Quando ouço isso – sacrificamos. Como se tivéssemos sido perguntados. Verdun, eu digo, carne moída.

Carniça.

Cale o bico!

Fogo cruzado.

Uma voz, bem distante, podre, carcomida, chama: baioneta pra fora e pra cima do inimigo.

Baioneta pra fora?

Não se trata daquilo que o senhor talvez esteja pensando, diz o cinzento. *Semper talis.* Sempre excelente. Baioneta pra fora é apenas a baioneta do fuzil, apenas ela. O senhor conhece a pintura de Menzel? Frederico, o Grande faz um discurso a seus generais antes da Batalha de Leuthen.

Sim.

O senhor a tem diante dos olhos?

Só mais ou menos.

Ele está parado ali, Frederico, e explica o plano de batalha a seus generais. O senhor sabe que a batalha contra os austríacos foi sua grande vitória. Foi a glória da Prússia. Leuthen.

O que o inventor do fichário do inimigo tem a ver com Frederico?

Nada. Nenhuma linha de tradição direta, isso seriam simplificações, não, tão simples assim as coisas também não são. O que me interessa é como a violência se revela, diz o cinzento, como a violência encontra sua legitimação, como ela se torna representável. O rei está parado ali, envolvido por aqueles militares, alguns ouvem, outros parecem um pouco ausentes, um está ocupado em segurar seu sobretudo de peles que escorrega. O plano para a Batalha de Leuthen era genial, dizem os historiadores militares. Os prussianos tinham menos soldados do que os austríacos. O rei aplicou a ordem oblíqua de batalha. Pois muito bem. O interessante no quadro é que Menzel, que contribuiu para a glorificação do rei, não terminou esse quadro. Ele apresenta trechos que não foram pintados, cores de fundo, desenhos a lápis, mas, o que é ainda mais interessante, Menzel o destruiu, mandou destruí-lo, mulheres que posaram de modelo para ele podiam arranhá-lo. Nenhuma relação. Nenhum caso amoroso. Sabemos que a esse pintor faltava o sumo pegajoso que poderia uni-lo definitivamente ao mundo, conforme ele mesmo um dia escreveu. Talvez seja o melhor quadro de Menzel, melhor do que seus outros quadros históricos, Concerto de Flauta em Sanssouci e coisas do tipo. Todos maravilhosos na cor, mas ocupados de modo tão impressionista e realista com a glorificação da Prússia. Este, porém, é um fragmento, algo que aponta para a destruição, para os sofrimentos que não podem ser vistos no quadro em si e mesmo assim destinados a ser consequência desse plano. É preciso dizer que houve 20 mil mortos naquela batalha. Goya pintou e desenhou o que é a guerra. Não é o olhar do vitorioso, triunfo e vitória, mas sim o ponto de vista das vítimas, dos torturados, dos feridos. Menzel caiou a guerra de forma anedótica, em movimentos cheios de nuances e cores bem surpreendentes, seja dito. Mas nesse quadro, nesse discurso de Frederico a seus generais, a noção do horror que jaz no racionalismo do plano imperial fica nítida. O quadro exala algo monstruoso. O massacre é preparado para o dia seguinte. Mas, sobretudo, o próprio Menzel ficou em dúvida. Não apenas pelo fato de não ter concluído o quadro, mas por deixá-lo permanecer fragmentário, danificado, cheio de arranhões e ferimentos. Quem quer representar a guerra, quem quiser representar o planejamento de batalhas, não pode fazê-lo de maneira conclusiva, precisa deixá-lo fragmentário, a obra precisa carregar em si mesma rastros da violência, da destruição. Eu queria botar esse quadro no início das minhas visitas guiadas, para em seguida chegar a este lugar. A fundação da Casa dos Inválidos por Frederico II, com o cemitério anexo. Eu queria falar sobre o general Winterfeldt, o amigo de Frederico. O general morreu, como já foi dito, em 1757, de um ferimento que recebeu na Batalha junto a Moys. Mais tarde ele foi removido e enterrado aqui. Uma época na qual ainda se falava com muita justiça em heróis, em fidelidade, coragem, em vítimas e em honra. Para tornar a época e o espírito que imperava nela um pouco mais compreensível às pessoas que eu normalmente conduzo para cá, gosto de ler um relatório sobre o poeta Ewald von Kleist. Ewald von Kleist foi, como se sabe, o modelo para o major Tellheim em *Minna von Barnhelm*. O senhor quer ouvir?

Com gosto.

Kleist tombou no dia 12 de agosto de 1759 em Kunersdorf e foi enterrado em Frankfurt junto ao Oder. Do jeito que ele viveu e morreu, também poderia estar enterrado aqui. *Pessoas que falaram com o Sr. von Kleist no dia anterior à batalha e mesmo no dia 12 pela manhã, quando o exército marchava ao encontro do inimigo, dão testemunha de que ele se mostrava extraordinariamente divertido e disposto. Ele jamais amara sua vida sentindo medo, e jamais a amou menos do que naquele momento, quando lhe foi dado escolher vencer ou morrer sob os olhos de Frederico. Seguindo o comando do general von Fink, ele atacou o flanco russo. Com seu batalhão, já havia ajudado a conquistar três baterias, recebendo nisso 12 graves ataques, e estava ferido nos dois primeiros dedos da mão direita, de modo que tinha de segurar a espada com a mão esquerda. Seu posto de major na verdade exigia que ele ficasse atrás do front, mas ele não hesitou um momento sequer em cavalgar para a vanguarda ao não vislumbrar mais o comandante ferido do batalhão. Ele conduziu seu batalhão debaixo de um fogo terrível de canhões por parte do inimigo, atacando a quarta bateria. Chamou as bandeiras de seu regimento para junto de si e pegou ele mesmo um alferes porta-bandeiras pelo braço. Foi ferido mais uma vez por uma bala, desta vez no braço esquerdo, de modo que não conseguia mais segurar a espada com a mão esquerda, e voltou pois a agarrá-la com a mão direita ferida, com os últimos dedos que lhe restavam e o polegar, e continuou avançando, e já se encontrava a apenas trinta passos desta última bateria, quando sua perna direita foi destroçada por um tiro de cartucho. Ele caiu do cavalo e gritou a seu pessoal: "Crianças, não abandonem vosso rei!"*

Ele tentou subir de novo ao cavalo duas vezes com a ajuda de outros; mas suas forças o abandonaram e ele desmaiou. Dois soldados de seu regimento o carregaram para a retaguarda. Um enfermeiro de campanha estava ocupado em atar a ferida quando foi baleado na cabeça. O Sr. von Kleist fez um movimento para ajudar seu médico ferido; em vão, este caiu já morto ao lado dele.

Pouco depois, chegaram cossacos, tiraram sua roupa, jogaram-no em um pântano e o deixaram lá. Cansado pelo grande movimento, ele acabou adormecendo no lugar, calmo como se estivesse deitado em sua barraca.

À noite, alguns hussardos russos o encontraram, arrastaram-no para o seco, deitaram-no sobre um pouco de palha junto ao fogo de seu acampamento, cobriram-no com um sobretudo e botaram um chapéu sobre sua cabeça. Também lhe deram pão e água. Um deles quis lhe dar uma moeda de oito vinténs, mas quando o ferido o proibiu de fazer isso, o hussardo a jogou com um gesto nobre de indignação em cima do sobretudo com o qual o havia coberto, e cavalgou para longe com seus companheiros.

Os cossacos voltaram na manhã seguinte e lhe tiraram tudo o que os hussardos de bom coração haviam lhe deixado. Eis que mais uma vez ele jazia nu sobre o chão; até que por volta do meio-dia passou por ali um oficial russo, ao qual ele se deu a conhecer, e que mandou colocá-lo sobre um coche e levá-lo até Frankfurt junto ao Oder. Ali ele chegou por volta do anoitecer, completamente sem forças, e recebeu o tratamento que lhe era devido.

Com todas as dores que sentia e que exigiram as ataduras que lhe foram feitas, ele estava bem calmo. Lia muitas vezes e falava com os sábios de Frankfurt junto ao Oder e com os oficiais russos que o visitavam, sempre muito animado. Na noite do dia 22 para o dia 23, os ossos destroçados se soltaram um do outro e rasgaram uma artéria. Ele perdeu muito sangue antes que o médico chegasse e pudesse estancar a hemorragia. Depois disso, ele ficou ainda mais fraco. A dor violenta lhe causou inclusive alguns movimentos convulsivos. Mas em nenhum momento ele perdeu o juízo, e morreu com a constância de um guerreiro e de um homem virtuoso no dia 24 bem cedo, às duas da madrugada, sob as rezas do catedrático Nikolai, que lhe fechou os olhos.

O voo faz a vida valer a pena.

Será que a negação da frase seria melhor?

Aqui não existe seria. Esse lugar não conhece nenhuma forma condicional.

Mas existe uma outra parte da história.

Sim. Nesse caso, o senhor precisa ir ao Cemitério Judeu, onde está enterrado Moses Mendelsohn, ou ao Cemitério Municipal Dorotheen. Ele nem fica muito longe daqui. Lá, o senhor vai encontrar Hegel, Fichte e Brecht. Mas estamos aqui porque o senhor assim o desejou, por causa dessa mulher.

E mais uma vez ele me empurrou o estojo e o isqueiro por baixo da cortina. Senti o calor de suas mãos no metal. Ele deve tê-lo segurado na mão por muito tempo. Acendi o cigarro e empurrei ambos de volta. Ouvi seu isqueiro ao lado, aquele clique.

O senhor, eu lhe perguntei, já se interessava pela aviação quando era criança?

Não, disse ele, nem um pouco.

Eu fumei e ouvi o que ele dizia.

Eu não me interessava por aviões, por Zeppelins, por carros, por bicicletas. Na minha infância, eu lembro de ter visto uma bicicleta de roda alta circular pela cidade. Não, tudo isso não me interessava de modo especial. Mas os navios sim. O Itz é tão raso e tão estreito em Coburg que nenhum barco pode navegar por lá. E então eu vi o Elba. Hamburgo. Certa vez viajei com meu pai, que viera de Hamburgo a Coburg, para sua cidade natal. Aquele olhar para o fluxo do rio, quando o trem passa por cima da ponte do Elba, foi subjugante. Os mastros dos veleiros, os vapores, as barcaças. Durante o dia, fui várias vezes com um primo um pouco mais velho até os ancoradouros, eu tinha 11 anos e ficava sentado lá, simplesmente ficava sentado, mesmo quando meu primo insistia em voltar para casa. Eu não me cansava de olhar os navios chegando e deixando o porto. Esse espanto com as diferentes formas e tamanhos dos navios. Um gigantesco vapor de passageiros estava ancorado por lá, atrás dele as barcas de quatro mastros, as barcaças, os botes do atracadouro. Um homem movia um desses botes adiante usando apenas um remo, também para isso havia uma palavra: *wriggen*. Eu voltei e surpreendi meu professor de inglês não apenas com o conhecimento de palavras especiais, *to scull*, mas também com um interesse pela língua inglesa, da qual estava e ainda estou convencido que consegue retratar como nenhuma outra a navegação, o mar. Ela é concisa, precisa e, ainda assim, tão rica. *Splice the main brace.* Coisa que significa não apenas usar o cordame das velas para mudar a direção da verga, mas também tem outro significado: uma caneca de grogue é servida como recompensa. Meu professor não parava de mostrar sua surpresa. Queria que eu estudasse inglês. Eu queria ir para o mar. E teria fugido se meu pai não tivesse sido razoável a ponto de nada me proibir, mas, antes pelo contrário, literalmente me encher de livros sobre a navegação. Assim, a nostalgia podia desembocar, toda ela, em histórias. Parece, diz ele, que nós não conseguimos simplesmente escolher nossos desejos, nossos interesses, mas que são eles que nos escolhem e nós passamos a persegui-los, sem mesmo saber dizer por quê. Só na idade adulta, com a profissão e as obrigações, os desejos perdem um pouco de sua força, se transformam em nostalgias tranquilas ou em hobby, ou ainda se camuflam, como naqueles que constroem seus trilhos e trens de brinquedo e creditam o interesse a seus filhos, que nem de longe se mostram tão entusiasmados com isso e talvez preferissem brincar com naviozinhos de cortiça.

Por que o senhor não foi para a Marinha?

Eu queria andar em veleiros, não em torpedeiros. A prova de conclusão dos estudos pré-universitários foi precária. Fui convocado para a infantaria. Um curso de oficial. Trincheiras no front ocidental. Depois fiquei de ponta-cabeça sobre a cadeira e fui para os aviadores. Mas aí está a recordação maravilhosa, quando fui levado pelo mesmo primo a uma excursão do colégio. Centenas de crianças andaram sobre um vapor de roda subindo o Elba. E quando este alcançou o lugarejo chamado Geesthacht, as crianças correram todas para o lado voltado para o lugarejo. O vapor se inclinou. Eu era o único a olhar para a roda das pás que girava no ar, e formava apenas respingos e um pouco de espuma na superfície da água. A tripulação empurrou os alunos para o outro lado, ao que o vapor se inclinou para aquele lado, e aos poucos foi levado por apenas uma roda de pás até a margem. O capitão berrava ordens. De repente, um espasmo tomou conta do vapor. Ele encalhou. Só ao anoitecer um dos rebocadores que havia sido chamado conseguiu botar o navio em ordem de novo. Lamentavelmente. Eu desejara com todo o fervor que o vapor ficasse encalhado até a manhã seguinte.

O detalhamento com que ele falava sobre suas experiências da infância tinha, ele mesmo, algo de infantil, coisa que me comovia, e mesmo assim eu devo ter pegado no sono em dado momento, pois quando me dei conta ele já estava falando de suas viagens pela China.

Também lá eu procuro, sempre que possível, hotéis que fiquem próximos da água. Por último, em Xangai, onde fiquei no *Cathay*, com vista para a torrente animada, o ir e vir de todos aqueles navios, navios fluviais, navios marinhos, vapores e juncos. A água maravilhosamente movimentada. Em compensação, as imagens dos vários sobrevoos do país na China e no Japão só ficaram palidamente em minha memória.

A paixão dela pela aviação, naquela noite, diz Miller, coloriu um pouco o modo de ver dele, pelo jeito como e também por aquilo que ele passou a contar a ela de repente, ele, que de resto era sempre tão taciturno. Ela agradara a ele, é claro, jovem, bonita, mas mais do que isso, ela tinha aquele crédito chamado futuro e a inocência de ainda poder falar às claras sobre desejos e sonhos. O horizonte era amplo. E ela estava literalmente apaixonada por voar, por sua máquina, *Olhadinha no mundo*, segundo o apelido carinhoso que ela tivera na infância, porque sempre queria buscar o mundo distante, um ímpeto de buscar as lonjuras do mundo. Nostalgia da distância, e não nostalgia do lar. *Fernweh*, uma bela palavra. Mas talvez também se tratasse de uma tradução simples, mas radical, assim como em Berlim também existia um cisne que havia se apaixonado por um barquinho que parecia com um cisne. O cisne não saía do lado do barquinho, mesmo quando ele era conduzido pelo lago do parque, mesmo no inverno, quando o barco era puxado para terra. Ambos hibernavam, porque não se sabia para onde levar os dois, familiarmente no zoológico. Daí, também, a expressão, que pode exprimir tanto surpresa quanto alívio: *mein lieber Schwan!* Meu querido cisne!

Uma dessas piadinhas de Miller.

Maravilhoso, diz ela, foi o voo sobre o deserto, ao longo da costa, de Agadir até o forte desértico Cabo Juby. Os oficiais franceses haviam me alertado a não voar baixo demais. O avião dos correios, que voava uma vez por semana, havia ficado na mira de beduínos revoltosos mais de uma vez, e tivera de escapar ao fogo.

E como posso encontrar o Forte?

É fácil, disse o oficial francês: a senhorita deve voar sempre ao longo da costa, e quando enxergar a próxima casa estará em Cabo Juby. Ao todo, uns bons 500 quilômetros.

Debaixo de mim, a rebentação. Eu sentia o sal na pele, nos lábios, tão baixo eu estava voando sobre as ondas, que quebravam na praia. Praia branca, atrás dela as colinas marrom-amareladas, com um leve brilho verde-claro em direção ao norte, e, acima, um céu dolorosamente claro. A estação de chuvas começara há poucos dias. De vez em quando, eu atravessava pancadas de chuva breves e violentas. O deserto estava em flor. Por toda a parte em que havia incisões nas colinas e a água da chuva podia se juntar, o verde se mostrava um pouco mais denso, em trechos rasos a terra era marrom-amarelada. O mar movimentado era verde-escuro, e, nas proximidades da praia, as bordas brancas da espuma. As ondas tinham algo transbordante aqui de cima.

Ali estão o vento e o sol, e ali as nuvens.

Ela se manteve jovem, suponho eu, diz o cinzento, nessa cama de pó de carvão com uma mistura de serragem e sulfato de zinco.

O voo fazia a vida valer a pena.

Esse Dahlem. Não era nenhum dos grandes ases, bem mais ou menos, foi derrubado seis vezes. Mas é preciso dizer também que tinha apenas 21 anos. Mandei checar na ficha dele. Havia algo de antiquado nele. E isso que ele provavelmente tenha sido o último a receber seu título de nobreza no reino. Müller, o cauteloso ao extremo, disse, atenção, nós sabemos pouco sobre ele. No fichário: passagem pela China, professor de aviação de Chiang Kai-Chek. Esteve nos Estados Unidos.

Coleciona vasos chineses. Jurista. Não tem filiação partidária. Por algum tempo foi cônsul honorário em Cantão. Mais cedo, comércio de armas na China, sabido pelo governo. Agora, professor de aviação. Vida bastante movimentada. Pode-se dizer. De qualquer modo, não era nenhum desses caretas. Encontrei esse Dahlem em Berlim, diz o senhor do fichário do inimigo. Ele se apresentou de modo marcadamente distanciado. Seu nome era o mesmo do bairro da cidade em que morava. Veio de terno, cinzento, gravata de seda, lenço da mesma cor no bolso. Ganhava seu dinheiro com aulas de aviação. Dizia ser apolítico. Mas essas coisas nunca se sabe. Voava muito bem, calmo, certa vez, quando o motor falhou, nem ficou nervoso. O senhor consegue, disse ele a mim. Vamos. De repente, nós navegávamos no ar. Em seguida, ele fez a aterrissagem.

Mais tarde, depois da minha prova de piloto, eu disse, venha até nós. Fiz uma oferta a ele. Precisamos de homens como o senhor. A Alemanha precisa de homens como o senhor. Experiência no front e experiência no estrangeiro. É o que falta à maioria. Os camaradas de partido são quase todos estrategistas de mesa de bar. Também lhe contei de minha viagem de instrução no navio de linha que ia para a Espanha. Eu disse: precisamos do senhor. O movimento nacional precisa do senhor. E ele disse não. A política não lhe interessava. Ele era um individualista ou, conforme ele disse em sua condição de aviador, um *stroller*. Me veio com inglês, esse esnobe. Levando à risca, uma falta de vergonha. São os aviadores, que cruzam o céu e esperam por um inimigo, com quem possam lutar. Os de estofo elitista, culturalmente, têm uma preferência pela França. Como Jünger, Benn e consortes. Os esnobes, com preferências democráticas, são apaixonados pela Inglaterra. Pelo menos há algo nos ingleses que agrada, a boa coesão, ao mesmo tempo uma proteção dura contra tudo o que é estrangeiro. *Right or wrong my country*. Qualquer esperteza, qualquer brutalidade é permitida. É a boa e velha herança anglo-saxã. Sempre preferi os ingleses a esses franceses amolecidos.

Mandei o caixa do partido pagar o dobro a Dahlem pelas aulas de aviação. A isso, o cara mandou a metade de volta. Disse ser um engano. Queria mostrar, assim, sua independência. Mandei escrever a ele que não se tratava de um engano, mas que era para que ele pudesse continuar a *strollen*, coisa que, aliás, soa como *strullen*, jorrar, urinar.

Esse som: *strull*. Ou *strullen*. Stripp, strap, strull. Essa é a língua alemã. O som das palavras descreve a atividade, *stripp*, o puxar das tetas do úbere, *strapp*, a volta rápida destas ao lugar anterior, e por fim o *strull*, em que pode ser ouvido onomatopaicamente o ruído do leite sibilando dentro do balde.

Que tipo esquisito é esse?

Um germanista. Conferencista para escrita no Departamento de Segurança do Reich. Responsável pela alemanização de termos estrangeiros e por questões conflituosas na linguagem e na cultura popular. Recebeu a Cruz do Mérito Guerreiro pela alemanização de palavras estrangeiras.

Bim, bam, bum. Essas são palavras sonoras, e ao mesmo tempo palavras ancestrais, assim como os radicais *Adel* (nobre), *Arbeit* (trabalho), *fahren* (dirigir), *klingen* (soar), *Knochen* (osso), *Zwerg* (anão), que em sua maior parte podem ser seguidos até a língua original indo-germânica. Enquanto as palavras emprestadas como *kochen* (cozinhar), *Mauer* (muro), *Platz* (praça) foram reformuladas pela língua alemã, e muitas vezes devem ser caracterizadas como nacionalizadas. Embora sempre seja necessário verificar se, caso a caso, não poderiam ser encontrados radicais melhores e mais antigos. Pois nós, os alemães, temos uma proximidade ainda maior com o objeto (*Ding*) e o objetual (*Dinghaften*). E em palavras como *Advokat, Büro, Präsident* o som estrangeiro pode ser ouvido imediatamente. Por isso, também, a substituição de patentes militares como *Leutnant* (tenente) e major para *Untersturmführer* e *Sturmbannführer*. A uma pergunta do Departamento de Segurança do Reich, poderia ser encontrada uma palavra para o ato de exumar (*Exhumieren*), que os alemães têm tanta dificuldade em pronunciar, eu fiquei feliz pelo fato de minha sugestão, *Enterdung* (desenterrar), ter sido aceita. Em algum caso específico, essa palavra, que soa tão estranha e lembra imediatamente de processos da medicina forense, pode até servir, mas no caso de pretensões maiores, por exemplo quando se trata de milhares de corpos, o uso dela é completamente despropositado.

Eu havia aterrissado ao lado do forte desértico, e dois oficiais espanhóis chegaram e me cumprimentaram. Um aviador dos correios me anunciara havia dois dias. Um deles, capitão, falava francês bastante bem, mas, mal havíamos trocado algumas palavras, começou a chover em grossos pingos. Minha máquina foi puxada para dentro de um hangar por um rebocador. A areia era tão fina que as rodas logo afundaram nela. Assim como os pés. Caminhar demandava um esforço extremo. O carro-esteira voltou e me levou para o forte junto com os oficiais. Um complexo fortificado por muros marrom-amarelados, com seteiras e alguns canhões postados sobre o parapeito. No forte, havia centenas de soldados espanhóis estacionados. Eles eram comandados por 16 oficiais. Eram obrigados a aguentar dois anos naquela solidão, sem férias, sem interrupções. O forte ficava nas proximidades da costa. Um ordenança e um tenente me conduziram até um quarto com um pequeno banheiro. A janela dava para o mar.

Eu ainda tive tempo suficiente para trocar de roupa para o almoço e cheguei à mesa em cuja cabeceira estava um velho coronel. O comportamento daqueles oficiais, que há meses não haviam visto uma mulher europeia, era dos mais cavalheirescos. Haviam se esforçado muito e preparado uma refeição com seis pratos. Para acompanhar, vinho, vinho branco, e também um excelente vinho tinto. A conversa foi conduzida em francês, sobretudo um dos jovens capitães falava muito bem, e de quando em vez tinha de traduzir alguma coisa.

Pouco depois, à tarde, eles me mostraram as cabanas dos beduínos diante do forte, tendas sujas feitas de estacas e trapos. Crianças, bem sujas, e mulheres em longos hábitos nos envolveram, mendigando. Eu tentei deixar claro a elas que não tinha dinheiro comigo. Um dos oficiais percebeu minha intenção e distribuiu pequenas moedas. À hora do crepúsculo, descemos ao mar, onde o sol descambava num vermelho vívido, que empalidecia aos poucos e se transformava num amarelo-verde jamais visto.

Eu estava deitada e ouvia como o vento soprava, e por um momento pensei que ele poderia ter dormido enquanto eu contava minha história, mas então ele disse que voar estreitava a mente.

A mente?

Sim. Ele disse que ao voar era outro, que via sua dor, seus desejos, também seus medos, como se fosse de fora, não diminuídos, mas em sua necessidade. E necessidade (*Notwendigkeit*) significava mudar o necessário (*die Not wenden*). Dizer sim, em suma.

O senhor está ouvindo a chuva?

Isso não é o vento? Um farfalhar nas folhas das árvores?

Não, é regular demais.

Os anjos conseguem voar, porque eles pegam leve consigo mesmos, é o que se diz, diz o cinzento e fica parado. Esse braço aqui, o senhor está vendo, estava erguido para um gesto gracioso, assim como a mão está torcida de leve para dentro, os dedos um pouco abertos, o indicador levemente esticado. Se o senhor observar o trabalho com atenção, vai reconhecer que foi um artista habilidoso que o cinzelou. Há despedida nele, luto, perda. Por causa das visitas guiadas que faço, eu conheço muito bem tudo que diz respeito aos anjos, a postura de seu corpo, os gestos, a posição das asas e, naturalmente, as cabeças, baixadas, levantadas, olhares desviados, prometedores, teimosos, nostálgicos, levemente sorridentes, luto, luto, luto, o olhar voltado para o céu, o olhar voltado para a terra, além e aquém, na maior parte das vezes muita doçura, suavidade, nada de tortura, medo e horror.

Assim eles estão parados por aí, os anjos, nos cemitérios. A mera imaginação que temos acerca dos anjos, que conhecemos através da Bíblia, do anjo, que encontra Tobias. Tobias, que carrega um peixe, cujo fígado curará a doença dos olhos de seu pai. Ou os três anjos que visitam Lot. Os moradores de Sodoma e Gomorra exigem de Lot que ele expulse os três de sua casa. Eles querem abater e saquear os três estranhos. Mas Lot se nega a entregá-los ao linchamento. Ele, o justo, o único na cidade. E os anjos ordenam a Lot que ele deixe a cidade com sua mulher e suas duas filhas. A cidade será aniquilada. Ou o anjo, que está sentado sobre o sepulcro aberto em Jerusalém. Eu fui olhar a pedra na Igreja do Sepulcro, é uma pedra crua trabalhada, um bloco de pedra, se poderia dizer, que até poderia jazer por aqui. Os mensageiros de Deus, mais do que isso, eles não significam, a princípio, mensageiros da palavra divina da anunciação, ou da boa-nova: ele ressuscitou. Ou os mensageiros que se limitam a levar uma notícia, notícias do mais próximo, do mais distante, mas também da burocracia. Só o que é transmitido em termos de prescrições alimentícias no Antigo Testamento é bem surpreendente. A boa-nova da anunciação e a notícia do departamento da receita. Também ela, Marga, se entendia como mensageira. Ela não queria simplesmente apenas buscar a distância, ela queria unir, queria realizar o entendimento além das fronteiras. Na Idade Média os mensageiros carregavam, aliás, como ainda hoje na África, um longo cajado, e a mensagem escrita enfiada dentro dele, de um conhecedor da escrita a um conhecedor da leitura. Ou eles transmitiam a mensagem oralmente. Mesmo assim tinha de ser a palavra exata, a palavra correta. Os mensageiros percorriam longos trechos, centenas de milhas, até alcançar seu objetivo. E, em seu caminho, eles ficavam sob a proteção da palavra, eles não são os orientadores, não são os poderosos, são apenas os transmissores. Por isso era considerado um delito cometer qualquer violência com eles, e nesse sentido também os golpes que Marga recebeu porque soltou o cachorro quando o mensageiro dos correios chegou, foram, conforme penso, o terceiro golpe, por assim dizer.

Se é que posso me exibir, me desculpe, mas se posso me exibir com Tomás de Aquino e sua *Suma Teológica*: lá podemos ler que os anjos não são imortais por natureza, mas sim pela graça de Deus. A essência dos anjos é a palavra, que está entre corpo e espírito, entre céu e terra, intermediária entre Deus e homem. A voz que a fala é carregada pelo corpo, sua expressão é a respiração, seu consolo é para os ouvintes. Quando ele consegue ouvir, ouvir quer dizer compreender, antes de qualquer compreensão meramente auditiva. Tomás escreve na 107ª questão de sua doutrina dos anjos: *A linguagem não está sempre aí para revelar algo a um outro, e sim também está disposta de quando em vez, em seu resultado final, a revelar algo até mesmo ao falante, assim como quando o aluno verifica algo com seu mestre.* A palavra da anunciação, a palavra, que era no princípio, só pode alcançar sua força para aquele que se encontra aberto, que ouve acreditando. Eu sou o incrédulo, diz o cinzento, mas acredito na palavra que pode desfazer a paralisia de outras palavras, que encontra palavras opostas, mesmo para a última palavra, a palavra formada para a solução final. A palavra pura não quer violência, porque precisa do ouvinte, do compreendedor para si, insubstituível para a palavra que nos conduz para dentro de nós mesmos, para nos conduzir para fora de nós mesmos.

Esse é o paradoxo. São eles, os anjos, que vão além do meramente visível, do perceptível através dos sentidos, para anunciar a palavra verdadeira, mas aqui eles se encontram parados por aí, usados indevidamente pelo poder e pela violência, e por eles machucados e mutilados. E os últimos fragmentos, como este braço, agora são reunidos e levados embora pelo departamento de jardinagem, e acabam em alguma lixeira pública. Talvez, porém, diz o cinzento, isso ainda seja melhor para os anjos do que, organizados por um círculo de amigos, ser restaurados e colocados de volta ao lugar em que estavam.

Sinto minhas pernas pesadas há algum tempo, e preciso fazer esforço para erguê-las.

De novo esse socar.

Não, não é aquele marchar reboante, é mais rítmico, são antes passos de dança, não exatamente leves, pairantes, mas um tanto grosseiros e desajeitados, pelo menos.

Para agradar Sua Majestade. Os vestidos ondeados das mulheres. A dança de Salomé. Mas Salomé tem bigode. Uma barba torcida para cima nas pontas. *O objetivo foi alcançado*, mas num formato pequeno. Parece uma águia. Uma águia-anã, que levanta suas asas. Como o anjo do general com o dragão trespassado. O dançarino não é mais jovem, tem 56 anos. E então, em meio ao torvelinho, o grito, e o homem cai de borco, diante de Sua Majestade, morto, o general da infantaria, general-ajudante conferencista do imperador e rei. Chefe do gabinete militar, à la suíte do regimento de guarda e de fuzileiros, o conde von Hülsen-Haeseler.

Eu estou muito feliz por ter dançado diante de Vossa Majestade.

Essas seriam suas últimas palavras. Ele jaz enterrado aqui, diz o cinzento. Isso foi um escândalo e tanto em novembro de 1908. O general no camarim de Sua Alteza, a princesa von Fürstenberg, aos pés de Sua Majestade, o imperador. E é do general que o senhor ouve as últimas palavras: Eu estou muito feliz de ter dançado diante de Vossa Majestade.

Eu olho para a cortina que se move de leve à corrente de ar. Foi a rebentação que me acompanhou num ritmo não muito fácil de ser determinado para a noite e para o sono. Sempre de novo, mas ainda assim impossível de ser contadas com precisão, ondas maiores rebentavam com um furor e um ímpeto a ponto de me fazer sentir o tremor até mesmo aqui, no forte de pedra.

Explosões de granadas. Calibre 15. As peças de artilharia devem estar postadas na curva do Spree. No meio, o bombardão de Stálin. Você precisa se abaixar, ficar raso como uma solha. Quando a granada acerta em cheio, nem isso ajuda. Você pode se abaixar o quanto quiser. Mas aqui até que dá certo. Seis metros de cimento acima da cabeça. E depois ainda um pouco de terra por cima. Mais 3 metros. Esse foi bem perto. Questão de se acostumar. Em Minsk, os fragmentos de telhas voavam em torno de nossas cabeças. Aqui ainda é bem confortável. Mais uma dessas malas gigantescas explodindo. E de novo o pó entra pela ventilação. Nenhum filtro é capaz de aguentar. Nós sim. E se não der, saímos. Nos mandamos. A guarda morre, mas não se entrega.

Quem está falando ali, e que soa tão abafado?
São os lá de trás, diz o cinzento. O Unterscharführer com seus homens. Na Chausseestrasse, ainda queriam romper o

cerco. Na manhã de 2 de maio. Os últimos. Eles jazem ali atrás. Quarenta ou cinquenta homens foram enterrados aqui. E espalharam calcário sobre eles. Já estavam fedendo. Estava bem quente em maio.

Depois do café da manhã, todos foram para a pista de areia. Uma vez que ali também os aviadores do correio aterrissavam uma vez por semana, e de quando em vez também aviadores militares da Espanha, eu esperava não atolar na areia ao partir. Todos os oficiais haviam vindo. Eu dei a partida, consegui sair da areia e levantei do chão, dando ainda uma volta em torno dos que acenavam embaixo e, em seguida, voei para o mar, em direção a Gran Canária. Eu ainda mandara ajustar a bússola e, depois de algum tempo, havia voado tão longe que não podia mais ver terra em parte alguma. Era um tanto sinistra a ideia de que o motor poderia falhar. Mas as nuvens que pareciam levantar do mar à minha frente eram maravilhosas, delineadas nitidamente em branco. Onde elas ficavam sobre a superfície do mar, o mar era de um verde profundo, ao passo que nas lacunas mostrava um cinza azulado cheio de caneluras.

Essa merda de ventilação. Poeira por toda parte. A cada explosão. Para que existem os engenheiros, esses punheteiros? Que construam filtros de verdade. Mais uma vez um serviço malfeito.

E no voo de volta eu trouxe laranjas para os soldados, que não tinham frutas frescas, não tinham legumes. Eu ajeitara as laranjas à minha frente, na máquina, seu cheiro chegava até a mim, o cheiro de um bosque de laranjeiras, que me acompanhou durante todo o voo de volta sobre o mar.

Depois do jantar, no qual mais uma vez sentei na mesa longa junto com os oficiais, dois deles, entre eles o jovem capitão, me acompanharam a um passeio pelo deserto noturno. O céu estava frio, mas as estrelas se encontravam tão próximas e distribuídas por todo o céu como se chovesse luz.

O jovem capitão perguntou se eu conhecia García Lorca, e, quando eu disse sim, declamou de um jeito bem calmo um poema em espanhol, que se chamava "Memento". Eu ouvi a língua, a melodia, sem entender, e entendi mesmo assim. Um poema no qual a morte é suspensa, suspensa no som.

E, depois de termos andado por algum tempo, ele me pediu que eu lhe declamasse um poema em alemão. Quando eu perguntei de qual poeta alemão, os dois responderam como se falassem em uníssono: Heine.

Quando no sábado nos sentamos,
Nos degraus de pedra diante da porta,
A fim de contar nossas histórias,
Com os corações pequenos a ouvir
E os olhos curiosos e espertos...
Enquanto as meninas maiores
Ao lado de potes de flores cheirosos
Sentavam diante de nós, à janela,
Rostos de rosas,
Sorridentes e iluminados pela lua.

Que sonzinho ajudeuzado é esse? É de Heine, não é verdade?, diz uma voz frágil vinda de longe.

É de novo aquele estertorar, aquele grugulejar rouco.

Também vem lá de trás, diz o cinzento. Capitão Berthold, piloto de caça, Primeira Guerra Mundial, 44 vitórias, portador da medalha *Pour le Mérite*. Depois, em 1919, chefe do Tropel de Ferro. Em 1920, marcha a Berlim, para o golpe de Kapp. Defumar o bando esquerdista. E esses murmúrios?

Seu subchefe, o tenente Mayerl, escrevera a Berthold: *Espero que o ditador vindouro não esqueça de declarar todos os judeus como foragidos. Uma noite basta para aniquilar esses cães. Eu já preparei uma lista negra para os daqui, a fim de que os certos sejam atingidos e mortos. Pois também alguns não judeus merecem esse destino.*

O Tropel de Ferro no Báltico. Essa foi nossa camaradagem. *Nós disparamos em aglomerações surpresas, e gritamos e atiramos e batemos e caçamos. Tangemos os letões como lebres pelo campo, botamos fogo em todas as casas, transformamos todas as pontes em pó e derrubamos todos os postes de telégrafo. Jogamos os cadáveres nos poços e depois granadas em cima deles. Aniquilamos o que caía em nossas mãos, queimamos o que podia ser queimado. A fúria nos levava adiante, não tínhamos mais nenhum sentimento humano no coração. Nos lugares em que ficávamos, o chão gemia sob o peso da aniquilação. Quando atacávamos, restavam apenas escombros onde outrora havia casas. Escombros e cinzas, e vigas ardentes, iguais a furúnculos purulentos em meio ao campo limpo. Um rolo de fumaça gigantesco marcava nosso caminho.*

E agora o Tropel de Ferro estava reunido em coluna, a caminho de Berlim. Queria acabar com os socialistas, com os vagabundos, por lá. Um estofador como presidente do Reich. Um borra-botas. Judeus, ocupando cargos descaradamente.

Traidores de setembro. A coluna é parada em Hamburgo. Por trabalhadores. Região de trabalhadores. Ele mandou disparar sobre os trabalhadores. Abrir caminho! Mandou disparar sobre as pessoas, também sobre as mulheres e crianças. Depois não havia mais munição, e então eles o arrastaram para fora. De que lhe adiantavam as 44 vitórias no ar, se agora eles chutam seu traseiro de jeito, é uma bofetada atrás da outra. Com a mão espalmada. O que importa a honra de oficial, aqui? Cala a boca! Passe o Blauer Max para cá. Então ele gargareja na fita da condecoração. Não quer entregá-la. Não. E mais um pontapé no traseiro. Vamos nos mandar, digo eu, a pistola. Passe-a para cá. E então os dois tiros, um logo após o outro.

Agora ele está em silêncio. Mas antes esse grugulejar, esse estertorar. Pavoroso.

Impossível de aguentar.

A esquadra, a esquadra alemã, garantia contra a Albion pérfida. Almas de merceeiro. O parlamentarismo acaba com qualquer patriotismo. O senhor me ouça, vou soletrar: P de próstata, A de ânus, R de rícino, L de lábil, A de ânus, M de marmelada, E de enjoo, N de ninguém, T de triquina.

Esse é Lebermann von Sonnenburg, inventor da expressão *Solução final para a questão judaica* e organizador de uma petição da Liga dos Antissemitas: exclusão dos judeus de todos os cargos públicos, assim como proibição rigorosa de imigração para todos os judeus. Duzentos e cinquenta mil cidadãos assinaram a petição em 1881. Bismarck, o chanceler do Reich, a quem a petição foi entregue, simplesmente a ignorou. Em algum lugar aqui, debaixo desse monte de folhas, ele deve estar enterrado. Sua lápide desapareceu, mas ele gosta de soletrar o alfabeto assim, consigo mesmo.

O que foi que ele perdeu aqui?, pergunta uma voz clara de comando. Não tem nada a revirar por aqui, esse idiota. Sobre Sonnenburg, só posso dizer que o sol brilhou tempo demais sobre seus miolos. Meu melhor amigo, fiel, decente, generoso, um judeu. Entendido. E agora, calem o bico!

Olhem para essa raiz, continua forte, vigorosa, nem um pouco podre, um carvalho, um carvalho alemão. Nas proximidades dele, a gente se conserva, e se conserva muito bem. Aqui, meus cabelos, as unhas das mãos, um pouco marrons por causa das labaredas, mas ainda bem conservadas.

Ora, mas o que é isso, eu nem queria vir pra cá. Não podia escolher para onde ir. Preferia ter ficado em Friedrichshain, com meus camaradas.

Pois é. Não há direito de reclamação.

O que ele está dizendo?

Larga do meu pé. Esse bando. Conheço todos eles muito bem. Sei, porque dirigi para eles. Uma vez foi esse Schmelling, Max, Max Schmelling. Abri a porta para ele, e, uma vez que uma das mocinhas com aqueles trapos de seda ficou na corrente de ar, ele fechou a porta com um safanão. Maldição, feche essa porta! Quase me arrancou os dedos. É claro que também havia os decentes, o conde Hardenberg e o Staehle, sempre amáveis. Ora, e não tiraram a cabeça da guilhotina. Dirigi pra eles um bom tempo, até que prenderam o Staehle, depois do atentado contra Adolf. Eles me interrogaram também, examinaram minha caderneta de viagens. Pra quem mais eu dirigi? Por acaso eu disse que sei? Quem é capaz de guardar todo mundo quando se trata de tantos? E esse, o senhor dirigiu pra ele alguma vez, esse ao qual faltava um olho e uma mão? Ora, mas são tantos os que não têm uma mão ou que não têm um olho hoje em dia. E Staehle, era coronel da Força Aérea Alemã? Não, não sei. Já não disse que dirigi algumas vezes, sem marcar as viagens na caderneta, pra aquele coronel ali atrás, que eles acabaram fuzilando depois? Tiro na nuca. De passagem, por assim dizer. Eu já disse, todos tinham prata nas ombreiras, não dá pra guardar um a um. Dirigia pra uns quatro ou cinco num só dia, às vezes. E, ele queria saber se eles não tinham conversado no carro, discutido alguma coisa. Alguma coisa contra o Führer, contra o partido, ou alguma coisa assim? Nada, eu disse. Eles iriam se mostrar bem burros se conversassem sobre isso dentro do carro, comigo por perto. Ele não parecia bem frio e não disse: a não ser que eles confiassem no senhor. Que susto que eu levei. Fiquei calmo por um bom tempo, e depois perguntei se já tinham visto um coronel que conversa com um cabo sobre a situação da guerra. Pois é, já vimos até cavalos vomitando na frente de uma farmácia, foi o que ele respondeu. Não. Eu só dirigi, mais nada. Eles cumprimentavam, diziam pra onde queriam ir, pro Comando Superior da Wehrmacht ou pra Zossen. E isso era tudo. Algumas vezes um deles dizia alguma coisa sobre as condições do tempo, ou perguntava onde ainda poderia encontrar um bom Eisbein. Ou, quando um vinha do front, onde havia alguma coisa pra se divertir. Mais do que isso nada. Mais nada? Não. Eles liam arquivos, olhavam pra fora, a maior parte dormia

Esgotados, completamente esgotados, todos trabalhavam dia e noite para a vitória final, ora. E então ele me olhou um bom tempo, o senhor tem aqui um carguinho bem bom, não corre nenhum perigo, não é, o senhor deveria ir pro front, onde todo mundo está lutando pela vitória final. E ele me mandou sair. Mas acabei ficando à disposição dos que precisavam de motorista em Berlim, até o fim. Pena pelo coronel Staehle. Era um cara bom. Ainda que fosse de outro mundo. Nunca pensei que um dia ficaríamos tão perto um do outro. Ele sempre me oferecia um cigarro. Da marca Nilo, com filtro dourado. E eu botava o cigarro no porta-luvas. Uma vez ele me perguntou o que eu penso sobre a resistência de nossos caminhões ao frio. Ruim, eu disse, bem ruim, os motores a diesel não pegam, são muito sensíveis. E ele disse apenas sim, sim. Esses senhores no começo gritavam todos hurrá e *heil*, ora. E nós éramos obrigados a erguer o braço direito pra cumprimentar na empresa. Front de trabalho. Ora, ora. Eu cerrava o punho esquerdo no bolso das calças. Mão pra cima, gritava *heil*, mas no bolso a esquerda estava cerrada em punho. *Heil* Hitler. Curar Hitler? Ora, cura ele se puderes, o Jan Hein disse uma vez. Na mesma noite, eles o levaram. Neuengamme. Oito meses depois, ele morreu de ataque cardíaco. A viúva ainda teve de pagar as despesas de sua incineração.

A água, as borlas brancas da arrebentação, a areia branca, depois giestas, devem ter sido giestas, labaredas amarelas terra adentro, atrás um verde suave, e mais uma vez o amarelo da areia, as ondas amarelas, que adentravam a terra, assim era a costa da Argélia, também ali diziam que eu não devia voar muito baixo porque os beduínos sempre abriam fogo contra os aviões.

A senhorita cantava?

Sim.

Quando girei em direção à Sicília, para o mar aberto, eu cantei. Cantei bem alto, cantei com o reboar do motor, como se tivesse de mantê-lo animado.

Em Túnis ela solicitou as previsões do tempo. O tempo era favorável. Nuvens a 300 metros de altura, leve possibilidade de chuvas, ventos de sul a sudoeste. Diante dela, um trecho de 450 quilômetros, dos quais 250 sobre o mar Mediterrâneo. E no princípio ela tinha um vento benfazejo soprando a suas costas. Era uma excursão ao desconhecido. Pousar na água seria impossível. Havia apenas uma possibilidade: chegar à Sicília ou não chegar nunca.

Para ela, diz o cinzento, voar significava prazer, alegria de fazer descobertas, aventura. E só de passagem, e, por certo, apenas para dar ao público um sentido um pouco maior de sua atividade, ela dizia à imprensa: uma demonstração em prol da Alemanha. Da indústria alemã, do valor do trabalho alemão. A Alemanha derrotada e humilhada na Primeira Guerra Mundial, rebaixada como tantos alemães se sentiram rebaixados na época. Ela queria levar uma outra imagem da Alemanha ao mundo. Assim como também a outra aviadora de grandes distâncias, Elly Beinhorn. Jovens e belas mulheres em aviões potentes. Foi o que provavelmente também se pensou na Junkers. A construção de aviões havia sido restringida depois do Tratado de Versalhes. Mas a Alemanha deveria se fortalecer de novo. Era o que pensavam os políticos nacionalistas. Ela não, não estava interessada em política. O que interessava a ela era voar. Para Dahlem, voar era outra coisa. Também ele não era um aviador da propaganda. Questões nacionais, pelo que sabemos, também não lhe interessavam. Voar era para ele uma forma de locomoção, mais rápida do que os trilhos de trem ou o automóvel, orientada para um propósito, unida a um objetivo determinado, que ele pretendia ou precisava alcançar. Uma olhada eventual para baixo em busca de orientação, era só isso que fazia parte de seus voos. De vez em quando, a atenção voltada para a beleza de um grupo de cumes montanhosos, de um delta de rio. Então ele disse a ela, sim, ele jamais falara tanto com seus camaradas do passado, os pilotos de caça, sobre voar, quanto fizera hoje com ela, naquele quarto mal iluminado pelas lâmpadas e dividido por uma cortina.

Já antes da partida, no sul, vinda do Saara, a parede negra de uma tempestade podia ser vista e também seu furor ainda distante podia ser ouvido. Eu parti e voei em direção nordeste. Era surpreendente como o vento me levava com velocidade cada vez maior para o mar adentro, e, quando olhei à minha volta depois de algum tempo, já não era mais possível ver nada da terra. Nuvens leves haviam se adiantado enquanto isso. A uns bons 300 metros de altura, eu voava debaixo de nuvens carregadas de chuva, e debaixo de mim o mar, cinza-esverdeado. As ondas tinham coroas de espuma. Também era estranho como a forma e a coloração das nuvens eram refletidas na cor cambiante da água. Ali, o verde-acinzentado e o verde-azulado se encontravam sem mediações, lá eles eram separados por uma faixa quase amarela. De quando em quando, havia pequenas rajadas de chuva e ventos impetuosos entre as nuvens das quais eles vinham. Eles não chegavam a me incomodar muito, pois os ventos me empurravam adiante. Em duas horas, eu estaria na costa da Sicília, segundo a previsão do tempo.

Mas então, poucos minutos mais tarde, eu me vi diante de uma segunda tempestade. À minha frente, uma gigantesca parede amarela e negra, perpassada de raios, que continuava aumentando. Contorná-la era impossível. Para ambos os lados, não podia ser visto o final da tempestade. Eu esperei não me desviar demais do meu curso naquele mar aberto.

Me precipitei na tempestade. O que veio então, aquelas horas, eu não as desejo a ninguém. Jamais vivenciei a natureza em sua violência elementar como naquele voo.

Mas é contra a natureza da mulher, diz uma voz distante e frágil.

Bobagem, quem está dizendo uma bobagem dessas?

Em volta, raios, ora eu ficava presa entre nuvens densas, ora pairava pouco acima da superfície do mar, ondas espumando, um amarelo-esverdeado dos mais desagradáveis. Depois mais uma vez nuvens, tão densas e de tal modo inconvenientes, que eu mal conseguia ver uma porção de água. As rajadas levavam a máquina como se fosse uma peteca, e em apenas alguns segundos a jogavam centenas de metros acima ou abaixo. Bem peculiar, mas eu não estava com medo. Comecei a cantar. Não, não por medo, como cantava quando era criança ao ficar sozinha no porão – e essa era uma prova de coragem que eu impunha a mim mesma –, não. Enquanto eu era tangida de um lado a outro no ar, era como se estivesse concordando com tudo, nenhum pensamento de susto, e sim aceitação alegre do que vinha. Eu acho que teria me precipitado no mar cantando.

Estaquei por um momento para ver se ele não havia adormecido, fiquei em silêncio, mas logo ele disse que quando as rajadas eram fortes, quando havia tempestade, a batalha no ar também virava obra do acaso. Se atingíamos ou éramos atingidos dependia de quanto se era lançado para baixo, se o inimigo não aparecia de repente atrás de nós. Embora o Fokker fosse muito melhor no vento do que os aviões ingleses. Mas tudo que ele dizia agora não podia ser comparado com o que ela estava contando. Com isso eu quero me referir, disse ele, não apenas àquilo que a senhorita está contando, mas à maneira como o faz. E também tenho um desejo.

Qual? Eu fiz a pergunta com tanta rapidez e descontração que cheguei a me sentir embaraçada.

Logo vou dizer. Quero que a senhorita continue contando, antes.

A tão ansiada Sicília. Assim que as nuvens liberavam a vista, eu olhava para a costa da Sicília. Mas vinha uma tempestade após a outra. Como um grande dilúvio, era o que estava me parecendo. Tentei descobrir de que direção vinha o vento. Em vão. Era impossível reconhecer para que lado a máquina era levada, e com isso a direção exata do vento e sua força aproximada por cima daquele fundo de ondas que jamais era o mesmo. Eu não sabia para onde o vento estava me levando. E o mar Mediterrâneo é bem grande. Então, de repente, quando eu já estava quase desesperançada e continuava procurando a costa apenas para seguir o hábito, descobri uma mancha negra entre os farrapos de nuvens. Não era terra, mas pelo menos um navio, um vapor, que navegava no mesmo curso que eu voava. Quer dizer que eu estava mesmo a caminho da Sicília! Pelo menos imaginei naquele momento que qualquer navio no mar Mediterrâneo tinha de se dirigir obrigatoriamente à Sicília. Mas passou mais uma hora naquele caos. E então o instante – o mais inesquecível naquele voo, o mais inesquecível de todos os meus voos – em que voltei a ver terra. Nós avançamos nos torturando por mais duas horas. Embaixo, apareceu um pequeno prado, e eu decidi aterrissar lá mesmo. A ventania era tão forte que o avião às vezes ficava no mesmo lugar, e o tanque já estava quase vazio. Era um curvar, um mergulhar contra a ventania, ignição para fora, e então a máquina já estava, incólume e intacta, em meio ao aguaceiro da chuva. Era o prado no qual no dia seguinte meu voo encontraria um triste fim.

Em determinado momento, ouvi que uma mulher dizia algo em voz baixa a Dahlem, em japonês. E pouco depois ele me perguntou se eu ainda queria beber um pouco de saquê. E quando eu disse sim, uma jovem mulher apareceu atrás da cortina. Ela usava um quimono azul, fez uma reverência e botou uma bandeja de laca vermelha com uma tigela sobre a mesinha. Na luz velada do ambiente, um ponto sobre a bandeja brilhava. Ao olhar mais de perto, reconheci uma mosca desenhada em ouro sobre ela. Em cima da bandeja vermelha havia uma tigela, na qual ela serviu o saquê vagarosamente. A tigela era pintada com flores, flores de ameixeira.

Uma coragem dessas. E uma decisão, mas suave, nenhum reboar, sempre calma e amável. Eu fiquei, como já disse, pra lá de balançado quando a vi saindo da máquina em Hiroshima.

Mas logo no primeiro dia os dados já haviam sido lançados, no momento em que Dahlem lhe ofereceu seu quarto.

Eu já voara uma vez, mas jamais com uma mulher. Ela era maravilhosa. Usava um casaco de piloto, feito de couro. Havia emprestado uma motocicleta.

Mas primeiro, disse eu, um conhaque duplo, por favor! Ela riu. O senhor não vai cair, não precisa se preocupar.

Sim, também isso, ela sabia andar de motocicleta. E como! Os japoneses ficaram em pé diante do hotel, admirando como ela ergueu com um solavanco a máquina emprestada do lugar em que estava estacionada, pisou no pedal de ignição uma, duas vezes, acelerou com a mão, saltou sobre o banco, me instou a se sentar atrás dela e a me segurar — eu a abracei pela cintura, que sensação a de senti-la, estar tão perto dela — e, com um pequeno tranco, começou a andar e se mandou para o aeroporto. Eu a abracei com força, uma sensação feita de medo e de alguma volúpia.

O Junkers dela já havia sido abastecido e estava na pista. Subimos para dentro do avião, eu fiquei sentado diante dela, botei os óculos sobre os olhos. Nós partimos. Ela me perguntou se eu estava com medo. Não, eu disse, todo corajoso. Levantamos voo e ela subiu em espiral, fez a máquina se inclinar, a fim de que eu pudesse ver melhor lá embaixo. Sobrevoamos a cidade que se estendia bem longe. O surpreendente era como se ficava próximo do céu, do ar, pois se estava sentado a céu aberto, ao ar livre. Uma sensação de poder pegar as nuvens, ainda que elas estivessem bem mais acima, uma percepção como jamais voltei a tê-la, de estar realmente no ar, de voar. Ela me tocou nas costas com a ponta do dedo e apontou para baixo. Lá estava o templo de Asakusa. Uma visão maravilhosa. Os jardins, as bandeirolas, aquelas longas bandeirolas. Eu ainda senti algo estranho ao levantar voo, sabia que ela tivera uma decolagem com acidente na Itália. Todos sabiam. E também faziam piadas. E então, é claro que mais tarde, quando ela voou adiante saindo do Japão em direção a Bangcoc, mais um acidente. Aí ela despencou de verdade. De 80 metros de altura. Perda total. E ela se ferira gravemente, trincara uma vértebra. Mas as pessoas faziam piadas às suas costas. Sorriam amarelo. Dahlem disse que isso podia acontecer com qualquer um. E sempre de novo volta a acontecer. Quando se trata de homens, fica todo mundo surpreso quando eles saem sangrando dos destroços, heroicos. Quando se trata de mulheres, todo mundo ri e diz: nós sabíamos que isso iria acontecer.

Ela aprendera a fazer voos acrobáticos, se inscrevera num curso, fizera seu primeiro voo de costas, fora obrigada a fazê-lo, pois ele era exigido para a prova de acrobacia aérea, ela mesma escreveu sobre isso, diz o cinzento. Para seu maior espanto, ela ficou sabendo que um voo de costas fazia parte da prova.

Anjos também precisam saber voar de costas, seu professor de voo lhe dissera.

Eu não podia imaginar de forma alguma que era bonito, disse ela, ficar voluntariamente, de uma hora para outra, por puro prazer, de cabeça virada para baixo e pernas para cima, como se isso fosse a coisa mais natural do mundo. Mas tinha de ser assim. Eu ainda rememorei tudo com cuidado antes de partir: o voo de costas é iniciado ao se dar torção ao avião até ele se inclinar de lado e, assim que se está de costas, mantendo a máquina em linha reta, acelerando com mais ou com menos força. O que importa nisso é tomar cuidado, já que o motor sem carburador às costas agora está apenas em ponto morto, e saber que o avião não pode mais manter a altura em que esteve até então. Eu subi até os mil metros prescritos e tentei inclinar a máquina até virá-la através da torção. Consegui apenas depois de algumas tentativas. Um solavanco – e de repente eu pendia, pesada, presa ao cinto. Eu não atara o cinto com força suficiente antes de partir. Agora ele mantinha meus braços presos. Não conseguia empurrar a alavanca de direção para a frente, a fim de voltar a botar a máquina em posição normal. Esse voo de costas deveria durar sete segundos. E estes eu já ultrapassara há tempo, pendurada como um saco, de cabeça para baixo, e via a terra se aproximando cada vez mais de mim. As nuvens estavam literalmente a meus pés, um cúmulo, que mais parecia um saco de batatas branco. Nesses segundos de susto, a gente percebe os detalhes mais insignificantes.

E, perguntou Dahlem, como foi que a senhorita conseguiu escapar dessa?

Puxei a alavanca de direção e fiz a máquina, que graças a Deus ainda estava suficientemente acelerada, voltar à posição normal de ponta-cabeça. E estava mais do que na hora, já que eu me encontrava a apenas 250 metros de altura.

Oh, disse Dahlem, nada mal.

Foi o que eu falei, diz o montador, quando vi a máquina em Catânia. Eu conhecia a máquina dela, o motor, fiz a manutenção junto com ela. Já era alguma coisa, aquela mulher, ela sabia de tudo, meus respeitos. Não se limitava a limpar as velas de ignição. Sabia desmontar o motor sozinha. Ela me chamou por telégrafo à Sicília. Fui de trem até Catânia, ela queria que eu visse se dava para consertar a máquina por lá mesmo. Ela sobrevoou a Europa inteira, entrou na África, sobre o mar e sobre o deserto, até as Ilhas Canárias, e depois, numa tempestade, fez a aterrissagem forçada na Sicília, desceu com segurança em meio à tormenta e à chuva, mas no dia seguinte ao partir não conseguiu levantar daquela lavoura. O chão amolecera por causa da chuva. E no final do campo havia uma daquelas mangueiras de pedra. Ela pelo menos conseguiu fazer a máquina subir a ponto de não bater de frente. Acelerou o quanto pôde, e quase teria conseguido, mas então tocou a mangueira com as rodas. Arrancou todo o trem de pouso. A máquina caíra de borco atrás do muro. E então ela desembarca, sangra na testa, o rosto cheio de sangue. Os italianos, os *carabinieri* chamados até ali, estavam bem espantados ao ver a mulher, que não chorava, não se queixava, mesmo com o rosto coberto de sangue escorrendo. Um fotógrafo alemão, que por acaso estava em Catânia, me contou como ela precisou acalmar os italianos, e depois ainda oferecer apoio a um dos *carabinieri*. Os joelhos dele haviam ficado fracos ao ver tanto sangue. Era mesmo uma mulher maravilhosa. Eu cheguei três dias mais tarde, e eles continuavam falando dela, como ela saíra da máquina e dissera, em francês: *ça va. Ça va.* Então eu cheguei e logo vi que não havia mais nada a fazer com o avião. Ele precisava ser consertado na Alemanha. Tão baixa e delicada, mãozinhas minúsculas, era incrível como ela botava mãos à obra. Tinha uma energia e tanto. Tentou me convencer, pedindo que eu tentasse, que pelo menos tentasse consertar o avião. Será que eu não poderia soldar as partes quebradas? Não há o que soldar aqui. Só trocar. Toda a parte dianteira, o trem de pouso, arrancado e quebrado, o material, como se sabe, era duralumínio, e ninguém sabia lidar com ele ali, na Itália inteira, não, impossível. Motor arrancado do lugar. Lamentei muito. Ela parecia triste. Sobre a testa, um curativo enorme. Quando a gente a via assim, não acreditava que ela sabia conduzir um avião. Tão pequena. Eu entendia muito bem, ela estava com vergonha de voltar para casa sem a máquina. Sai voando em meio a um grande rebuliço e volta pra casa com a alavanca de direção nas mãos. Mas realmente não havia nada a fazer. Sentei com ela num café de Catânia. De repente, ela começou a chorar, mas logo em seguida se esforçou para rir. Eu dei a ela meu lenço. Engomado pela minha mulher antes de eu partir, e disse que ele não havia sido usado. Obrigada. Nunca olhar para trás, disse ela, e secou as lágrimas, e depois riu de verdade. Ela ficava muito bonita quando ria. Tinha algo ousado e nem um pouco daquele nariz empinado, como muitos desses aviadores homens têm. Mulheres no ar eram coisa rara na época. Entre nós havia um bocado de diferença. Eu o montador, e ela a piloto. Mas ela era sempre amável. Cabelos cortados curtos, usava um vestido branco, sapatos brancos, tênis. Os oficiais italianos não perderam a oportunidade de fazer uma corte e tanto a ela. Mas não conseguiram nada. Mesmo um *capitano* italiano não conseguiu chegar nela. Apesar do uniforme com muita prata. Um cara bem simpático. Alguns disseram até que ela era lésbica. Não acredito. Antes estava, como vou dizer, por cima dessas coisas. Talvez até voasse por causa disso, talvez por isso as aterrissagens forçadas, não queria mais descer.

Ou queria descer. Talvez ela procurasse isso em seus voos, a morte. Quem aceita uma competição dessas, eu pergunto ao senhor. Pensei muito sobre ela. Quem se bota em perigo se também não deseja morrer secretamente fazendo o que faz?

Esse mecânico não tem razão? Não poderia ser, perguntou o cinzento, que o prazer com o perigo, também o prazer com a dor, o desejo na continuação do prazer, não eram ao mesmo tempo o desejo de que o prazer terminasse? Sentir a si mesmo de um jeito que jamais se sentia? O desespero, o desespero profundo que nos conduz a nós mesmos, no qual nós nos damos conta do que somos como de resto jamais conseguimos fazer.

Já passava muito da meia-noite. A chuva caiu, regular, um murmurar nos pinheiros e sobre o telhado. Da varanda, vinha o cheiro de madeira, madeira seca, que vai ficando úmida. Nós ficamos deitados por um bom tempo, e eu tinha certeza de que ele não estava dormindo, e sim escutava a chuva como eu. Como é estranho que os sentidos consigam nos fazer voltar, como até mesmo os cheiros são capazes de desencadear uma sensação repentina de felicidade. A chuva de verão que caía de uma única nuvem, e que se deita sobre o pó da estrada, um cheiro que sempre ficará vinculado à infância para mim. Esse correr esbaforido, estar com o corpo aquecido e procurar proteção debaixo da copa de uma árvore, os pingos pesados e frios sobre a pele. E então a alegria de poder continuar brincando, porque os raios do sol voltam a aparecer atrás da nuvem. O mesmo acontecia com aquele cheiro de madeira que umedece aos poucos com a chuva.

Para ele, disse o cinzento, aquele cheiro de chuva e madeira conduzia a um quartinho de sótão.

Um quartinho de sótão no qual o senhor morou?

Não se pode dizer que tivesse sido assim. Ele havia se encontrado naquele lugar, era verão, durante três semanas, com uma mulher.

Eu lhe perguntei se ele não queria me contar alguma coisa sobre aquele quartinho de sótão. A pergunta, mal ela me escapara, me deixou embaraçada, pois era muito mais uma pergunta sobre a mulher. E quanto mais tempo ele ficava calado, tanto mais embaraçada eu me sentia por ter lhe feito a pergunta. Desculpe, disse eu.

Não, disse ele, está bem. Tudo estava de tal modo distante, pelo menos em termos espaciais, que talvez fosse bom falar sobre isso pelo menos uma vez. Ele tinha um amigo e camarada com o qual voara durante a guerra, e o visitara anos depois em Berlim. O amigo morava numa mansão em Lichterfelde. Depois de os dois terem se cumprimentado, a mulher chegou descendo as escadas rapidamente e com uma leveza semelhante a que se tinha quando se era criança e descia as escadas correndo, até mesmo saltando. A impressão ainda foi aumentada pelo físico dela, baixa e sobretudo delicada. Cabelos escuros, quase negros, não, ele estacou, eles não eram simplesmente negros, mas à luz, à luz do sol, quando eles saíram para o terraço, os cabelos adquiriam um brilho levemente castanho, portanto levemente avermelhado. Então ele interrompeu a frase e ficou em silêncio. Como ele contava aquilo, como estacava, sua breve reflexão quando o negro se transformou em castanho para ele, como chegou àquele brilho avermelhado, tudo isso me tocava fundo. Não gosto da cor dos meus cabelos, esse louro-médio dos mais comuns. E pensei, como seria bom ter uma característica tão especial, que acompanha nossa vida como uma dádiva. Eu o ouvi mais uma vez quando ele disse como um único toque mudara tudo de repente. Mas primeiro havia sido o olhar. O olhar que agarrava e arrastava para dentro. E então, depois de eles terem se dado as mãos, coisa que havia sido um gesto habitual, que mal poderia ser percebido, houve um toque ao acaso, no qual, porém, logo ficou claro para ele que devia se tratar de um toque buscado, como se aquele primeiro aperto de mão imperceptível e passageiro tivesse de se transformar em um agarrar físico e consciente do outro. Um gesto, com o qual ele tocou nela, e ela nele, mais uma vez com a mão. Um tatear perceptível, a busca certeira da presença do outro, sim, como poderei dizer, a constatação de que ele estava vivo. Mas, consideradas as coisas à risca, tudo já aconteceu no momento em que ela descera as escadas, vindo em sua direção. Assim como o ímã atrai algo, disse ele, como naquele movimento jazia todo o afeto, sem palavras, e como ele, hipnotizado com ela, havia marcado um encontro para aquele entardecer, já com o objetivo de trair o amigo, que saíra brevemente para pegar alguma coisa. E como eles se encontraram num café dois dias mais tarde. E eu imaginei como eles estavam sentados naquele café, bebendo uma taça de vinho tinto, como a mulher disse que ela jamais bebia vinho tinto à tarde, mas naquele dia sim, como eles conversaram, primeiro sem profundidade, como se tivessem se encontrado por acaso, como o toque se repetiu quando ele, quando ela sentiu a pele de uma pessoa estranha a ela, e ele a de uma pessoa estranha a ele, uma pele que ele, que ela, gostou de sentir, quis sentir, como os dedos já se tocavam, como eles por fim se levantaram, saíram, ficaram parados na rua, como ficaram parados ali, quiseram se despedir, mas então se abraçaram de repente, se beijaram, ela o beijou retribuindo, pessoas passando, de dentro dava para vê-los, como eles combinaram um encontro, para breve, depois de amanhã, não, amanhã, era urgente, eles precisavam voltar a se ver. Esse encontro, eu o ouvi dizer objetivamente depois de uma pausa, esse primeiro encontro se transformou em desejo, em amor, rapidamente, os dois fora de si, sem consideração a outros, um amor escondido, diante do amigo, do camarada, sobre o qual pensara que jamais poderia lhe mentir, e ao qual agora os dois, a mulher e ele, mentiam, quando se encontravam no quartinho do sótão de uma casa que pertencia a seu amigo, que naqueles dias estava com sua família em férias de verão. Eles haviam levado junto a criada que morava no quartinho do sótão. Lá, na casa de um andar, ele a viu parada junto à lucarna, esperando por ele como Rapunzel, com aqueles cabelos longos, escuros, com algumas mechas iluminadas, castanho-avermelhadas, cabelos cheios, que ela já havia soltado. Eles ficavam deitados no quarto de teto inclinado, enquanto lá fora caía uma dessas chuvas repentinas de verão, uma nuvem, que soltava sua água e fazia aquele cheiro entrar no quartinho, madeira e folhas que ficam úmidas aos poucos.

Por um momento hesitei, mas depois acabei perguntando o que havia de tão especial naquele amor, depois de eles terem se conhecido de maneira tão pouco usual. Após uma longa pausa, na qual eu mais uma vez me censurei por ter deixado escapar essa pergunta, uma pergunta que, com razão, deveria parecer a ele que eu não tinha o menor direito de fazer, e que ainda assim era uma pergunta que tinha seu motivo urgente, profundamente silenciado, no fato de saber se eu também seria capaz de despertar nele um afeto semelhante. Depois desse silêncio que se estendeu, ouvi sua voz: a entrega dela. Uma entrega que não levava nada nem ninguém em consideração. Um dar-se que enriquece.

Enriquece em que sentido e com quê, eu perguntei, e percebi como minha voz soou insegura por causa da respiração contida.

Ficar fora de si, a dissolução de si mesmo. Ao mesmo tempo sua tranquilidade, depois a proteção. Essa havia sido sua sensação, disse ele, lhe dava proteção.

Esse era meu desejo: dar proteção e ser protegida. Eu desejo você. E fiz o propósito de deixar meus cabelos curtos crescerem.

Ela chegou a dizê-lo?
Não, disse o cinzento, eu acho que não.

O latir de um cão pôde ser ouvido, um outro cão latiu também, e os latidos prosseguiram, mais baixos, à distância. No silêncio que veio, o pio do pássaro noturno se fez ouvir mais uma vez. Um abibe estranho com seu qui-vit baixando melodicamente na escala sonora.

Posso perguntar algo à senhorita?, ele disse.

Claro. E esse claro veio rápido demais e foi demasiado alto. Fique calmo, meu coração, eu disse a mim mesma. Fique calmo.

A senhorita cantaria alguma coisa? Uma canção. Já faz meses que não ouço nenhuma canção alemã. Em nenhuma língua, nem no italiano, muito menos no francês nasalizado, é possível cantar como em alemão.

Minha decepção era grande. Sim, eu estava decepcionada. Eu desejara outros desejos para mim naquele momento. Ficar junto. Toque. Toques. Proteção.

Claro, disse eu, e cantei em voz baixa:
Córrego, deixa de lado teu borbulhar!
Rodas, acabem com esse troar,
Passarinhos todos,
Pequenos e grandes,
Parem de cantar!
Pelas campinas afora
Soe uma só rima agora;
A moleira amada é minha!
Minha! Primavera, são essas todas as tuas flores?
Sol, não tens raios com mais clarão?
Se é assim vou ficar sozinha,
Com a palavra minha,
Incompreendida na inteira criação!

Não o ouvi por muito tempo, ouvi apenas o murmurar da chuva, até que ele disse obrigado em voz baixa.

A corrente de ar que vinha de fora agora estava fria e úmida.

Kyó mo mie
kyó mo mie-keri
Fuji no yama!

O que esse daí já está murmurando de novo?

Alguma coisa sobre *Fuji no yama*. Um da embaixada japonesa ficou aqui quando os russos chegaram. Era intérprete. Ele traduziu o texto na época em que ela estava no Japão. Ele aprendera alemão na Universidade de Tóquio. Foi atingido por uma rajada de metralhadora quando queria impedir que os soldados do Exército Vermelho, que haviam tomado o centro da cidade, invadissem a embaixada. É preciso imaginar uma coisa dessas. Berlim em fogo, os russos chegando, e o homem faz questão de preservar a integridade territorial da embaixada japonesa. E agora ele jaz aqui. Ninguém o compreende. Só aquilo que ele traduzira para ela do jornal japonês, na época.

Notícia de 10 de setembro de 1931. A aviadora alemã, Srta. Etzdorf, que desde então se encontra na embaixada alemã para ver o Japão, disse, no dia 8, por volta do entardecer, quando voltava de Shuzenji, que queria ir logo para Fuji. Mas uma vez que a estação não é adequada para escalar o Fuji e o tempo além disso não estava bom, a embaixada alemã hesitou em conduzi-la até lá. O desejo dela, porém, era muito urgente.

Pelo amor de Deus, vá tomar no cu, não dá pra fechar a boca desse sujeito?

Fala tolices sem parar e ainda por cima de forma tão pouco nítida.

Sim, claro, tem um bocado de terra na boca.

Por isso a embaixada tomou providências imediatamente; como guias, se dispuseram o senhor secretário da legação Dr. Knoll e senhora, que são bem conhecidos como alpinistas e têm muita experiência em escalar o Fuji.

E assim eles se foram. Com o trem das 4:25 da tarde a Gotemba.

Já estava anoitecendo quando eles andaram de carro a partir de Gotemba, pelo campo aos pés do monte, onde flores encan-

tadoras florescem brancas e grilos cricrilam, até chegar ao hotel Onoya. Lá, eles tomaram um jantar frugal e partiram às 10 horas. De lá, seguiram a cavalo. Sininhos soavam às costas dos cavalos. E eles estavam alegres e divertidos.

No hotel Onoya, o dono lhes dissera que as previsões meteorológicas para escalar o Fuji eram favoráveis, mas que mesmo assim era necessário se preocupar: o tempo poderia mudar. Mas a Srta. Etzdorf, que vencera as piores correntes de ar dos montes Urais, foi corajosa em ousar escalar o Fuji sem qualquer hesitação.

Depois de uma hora, começou a chover: era uma fria chuva de outono. O clima que imperava era tranquilo e um tanto misterioso, o mesmo que só podia ser desfrutado nas montanhas. O monte Fuji estava em cima deles.

Entrementes, os postes de iluminação muitas vezes eram apagados pela violência do vento, e eles eram obrigados a esperar. Os cavalos estavam ocupados em não deixar seus hóspedes caírem de suas costas; pois os caminhos eram bem ruins, e eles quase teriam caído. Nas proximidades da encosta intermediária do monte, os carregadores não puderam mais segui-los por causa do cansaço e do frio. Às 3 horas da manhã eles chegaram ao assim chamado "sexto degrau" do monte. Ali eles deixaram os cavalos e seguiram adiante a pé. Atravessaram a noite e o vento apenas com a ajuda de uma lanterna de papel japonesa.

A Srta. Etzdorf, que até agora não havia escalado montanha alguma, disse sorrindo que subir montanhas era bem mais difícil que voar e muitas vezes gritava, como fazem os japoneses, "Rokkon Shojo". Quanto mais alto eles subiam, mais forte ficava o vento. A Srta. Etzdorf avaliou a força do vento em cerca de 10 metros. Logo depois, eles ficaram completamente molhados. Mas por volta do amanhecer, eles chegaram a uma cabana nas proxi-midades do cume, na qual puderam se aquecer junto ao fogão.

Chega, por favor, isso é de enlouquecer.
Fechem a boca desse japa!
Não há mais o que fechar. Ela já está cheia.

Depois de uma pausa de 15 minutos, depois de um café da manhã bem simples à base de chocolate e ovos, eles foram, com exceção da Sra. Knoll, embora. A Srta. Etzdorf logo passou a se mostrar bem corajosa e vivaz; parece-nos que ela está acostumada às camadas mais altas do ar e suas correntes. Por fim, eles chegaram ao cume do monte Fuji e gritaram "Banzai". Foi assim que a Srta. von Etzdorf subiu o monte.

Ela era corajosa e, diz Miller, graciosa. E era muito prussiana.
E lésbica.
Bobagem.
Mas é claro.
E se fosse?

E, disse sua voz atrás da cortina, quando a família do amigo junto com sua governanta e criada voltou das férias, eles haviam se encontrado alguns dias num parque e em cafés mais distantes. Quando eles, que não acreditavam poder ficar um sem o outro, voltaram a marcar um encontro certa tarde, ela chegara completamente desfeita, sim, seus cabelos estavam de fato desfeitos, e ela teria dito em voz alta, quase gritando e sem mais explicações, que eles precisavam se separar, imediatamente, agora mesmo, e se negara a dar qualquer explicação para sua decisão, dizendo apenas mais de uma vez: tem de ser assim. Depois, ela fora embora, lhe dera a entender com um movimento de mão que não a seguisse. Ele apenas suportara a separação por ter corrido todos os dias, o dia inteiro até a noite, e todas as vezes ao chegar em casa, esperava encontrar uma notícia dela. O que o ocupava, além disso, era a pergunta de como ela suportava essa separação, como ela podia suportar não mais vê-lo. Ele examinou sua recordação a fim de ver se já não havia sinais da intenção dela de se separar antes. Se ele talvez não tivesse dito ou feito algo impensado. Então, depois de três semanas de intranquilidade, de autoacusações, de pensamentos carregados de ódio contra ela, e sobretudo contra o amigo, que em sua imaginação se tornara cada vez mais insignificante, mais tedioso, mais descolorido, mais monótono, ainda que ele ao mesmo tempo tivesse de dizer a si mesmo como estava sendo injusto, e inclusive mesquinho em sua avaliação, ele encontrara os dois casualmente numa recepção. Viu como o sangue subiu ao rosto dela, e mais tarde se perguntara por que o coração dela não parara de bater ante o susto, como o dele fizera, do qual ele, aliás, sempre acreditava que pudesse controlá-lo; mas o coração dele falhara, e ele tivera de dizer a si mesmo, a seu coração, bata, bata, porque tivera medo de desabar, de perder a consciência. Ele tirara um cigarro de seu estojo, e então ela dissera, por favor, me dê um, e ela passara os dedos de leve sobre aquele estilhaço e dissera, ele protegeu seu coração. O amigo estava um pouco admirado com o fato de ela conhecer a história, e ela disse que ele a confiara a ela. Então ela fumara, e durante a noite inteira não voltara sequer uma vez os olhos para ele, e, à despedida, o olhara apenas brevemente e com indiferença. Depois daquela noite, ele se esforçara em conseguir o posto no consulado alemão na China, que acabou recebendo em razão das ligações com camaradas de guerra. Foi uma traição, disse Dahlem, uma traição a mim e ao amigo, a meu amigo, ao esposo dela.

Em que direção o senhor está deitado?

Tenho os olhos voltados para parede, uma parede cinzenta.

Se a senhorita olhar para a direita e levantar um pouco os olhos, disse a voz dele, vai ver um nicho na parede. Em muitas dessas casas a senhorita vai encontrar um espaço aberto no meio da madeira e dessa superfície de parede cinzenta e clara, e então verá dentro dele nada mais do que a parede e um vaso. O segundo vaso neste quarto.

Depois de uma pausa mais longa, na qual eu contemplei aquela sombra suavemente movimentada no nicho da parede, o vaso com um buquê de flores, flores brancas, maiores do que flores de cerejeira, eu disse que meu desejo seria voar uma vez com ele, ou juntos em duas máquinas ou ser conduzida por ele depois desse longo e solitário voo. Saber que o senhor está às costas, às minhas costas, e apenas poder olhar para cima e para baixo.

Pois bem, disse ele, vamos fazer isso.

Mas uma vez que estava terrivelmente frio, eles logo começaram a descida. Na volta, a Srta. Etzdorf estava bem alegre. Ela desceu com rapidez. No assim chamado "nono degrau" do monte, viram o sol brilhando. Mas a neblina voltou a encobrir o clarão do sol. De Umagaeshi, eles pegaram um carro e beberam um pouco de cerveja para espantar o cansaço. No dia 10, às 10 horas da ma-

nhã, eles deixaram Gotemba e voltaram a Tóquio. O fato de te-
rem subido o monte Fuji em 12 horas, numa noite fora da estação
adequada, também representou um recorde de rapidez.

Esse japa com sua conversa boba.

Mas a postura do homem, nos trinques. É preciso reconhecer.
Não são poucos aqui os que poderiam tirar uma fatia da coragem dele. Diz aos russos: alto lá. Território neutro. Eles não
entenderam nada. E se tivessem entendido, mesmo assim teriam aberto fogo. Apertaram o gatilho só uma vez, uma rajada
na altura da barriga.

 Ninguém estava presente.

 Estava sim. Eu. Pensei que estava em segurança na embaixada.

Segundo Tomás de Aquino, diz o cinzento, a luz é uma forma
do espírito.

Já passava muito da meia-noite, a chuva havia parado, e só de
quando em vez ela voltava a ouvir os pingos caindo das folhas
depois de um pé de vento. Dahlem disse, a senhorita antes
perguntou por esse estilhaço no estojo de cigarros, e eu quero
lhe mencionar a origem, como aliás também fiz à mulher da
qual lhe falei.

 Em outubro de 1918, pouco antes do cessar-fogo, exatamente no dia 15 de outubro, à tarde, ele fizera um voo de pa-
trulhamento. Normalmente, ele sempre ficava muito atento,
qualquer falta de atenção podia ser fatal. Naquele dia, porém,
vira dois cisnes que voavam a uma altura incomum. Só alguns

metros ao lado dele, eles seguiam adiante, tranquilos e sem se preocupar com a companhia estranha. Ele virara e diminuíra o ritmo da máquina para acompanhar melhor aquela maravilhosa vista e, pelo menos por um momento, voar junto com eles. De repente, e como se fosse um raio negro, uma sombra caiu sobre ele, e, quando olhou em volta e para cima, viu uma máquina se precipitando sobre si, vinda da direção do sol. Ele puxou, ou melhor, arrancou a alavanca da direção levando a máquina para a esquerda e fazendo uma curva aguda para o alto, viu como a listra escura da rajada de metralhadora passou raspando pela sua asa esquerda. Tentou girar para dentro, a fim de conseguir ficar atrás do inglês, pois se tratava de um caça inglês, e assim chegar à posição de tiro. O inimigo, disse Dahlem, era um desses habilidosos ingleses, isso ele reconhecera logo. Pois o outro imediatamente levara sua máquina para cima, percebendo a intenção de Dahlem, de modo que mais uma vez tinha um grande espaço de ataque, vindo de cima. Ele disse que foi como num jogo de xadrez, prever os movimentos do outro, impor a ele seus próprios movimentos. A diferença era que tudo se passava num espaço tridimensional e em frações de segundo, pois o inglês ao mesmo tempo tentava fazer com que ele, Dahlem, saísse das linhas alemãs e avançasse para o interior francês, para assim colocá-lo numa situação que, caso eles continuassem girando assim um em volta do outro tentando chegar em posição de tiro, ele em pouco seria obrigado a voar de volta por falta de gasolina, coisa que mais uma vez teria limitado seu raio de ação. Essa sensação de repentinamente ter diante de si um inimigo que não apenas estava à sua altura, mas inclusive era superior, teria sido nova para ele, e foi uma experiência terrível e assustadora.

De repente eu senti medo, disse ele. E a calma que de resto me caracterizava, a indiferença que eu alcançava através de um alto poder de concentração, era coisa do passado. Ele disse ter tentado levar o inglês para baixo e em direção às linhas alemãs, de onde poderia ser bombardeado pela infantaria. Mas o inglês reagiu como se minha intenção tivesse se revelado aos gritos para ele, rápido, e girou em espirais para o alto, cada vez mais alto, momento em que Dahlem, fazendo um giro à esquerda, de repente ficou atrás do inimigo e logo botou a metralhadora em ação, e viu como algumas balas atingiram a asa esquerda do inglês, que, no entanto, dando uma meia-volta, voltou a sair da linha de fogo, como se tivesse permitido que Dahlem desse alguns tirinhos para se divertir – o inglês chegou a levantar a mão, como se quisesse dizer exatamente isso –, e já no instante seguinte Dahlem o tinha às costas mais uma vez e só conseguiu se salvar com um voo picado numa fuga irrefletida. Devagar, voltou a subir fazendo curvas, e, de repente, não sabia como, o inglês estava voando rente a ele. Dahlem o viu, a menos de 20 metros de distância, os óculos de aviador, o homem riu, e então o aceno, sim, ele acenou brevemente para Dahlem. Um riso amável, um aceno amável. Assim como se acena em despedida a um amigo ou conhecido.

Assim nós nos separamos.

No dia seguinte, ele partira à mesma hora, à tarde, e pedira para isso a permissão de seu chefe de esquadrilha. Ele esperava reencontrar o inglês, voltar a lutar com ele, e, ao mesmo tempo, disse, alimentava, ainda que mal o reconhecesse, o desejo de que o inglês não estivesse voando naquele dia. Este, porém, parecia apenas estar esperando por ele. E mais uma vez começou aquele girar um em torno do outro, aquele atacar, desviar, avaliar a altura, a distância, a direção do vento, a espera pela possibilidade de tiro e a esquiva da posição de tiro inimiga. Isso que naquele dia para ele, Dahlem, soprava um forte vento favorável do oeste e eles eram empurrados para o lado do front alemão. Ele reconheceu como seu inimigo inglês era bom no fato de este, em nenhum momento, mesmo quando estava quase junto dele, mas apenas quase, disparar sua metralhadora. Na verdade, ele apenas atirara uma vez, consideradas as coisas à risca, logo no princípio, quando se precipitara sobre ele vindo da direção do sol. Enquanto isso, Dahlem já atirara quatro vezes, e a cada uma delas já sabia, ao tocar o botão vermelho, que não acertaria. E, ainda assim, o matraquear da metralhadora era como um alívio para sua tensão. A cada vez, o inglês se desviava da linha de tiro com um torneio elegante. Quanto mais aquele voltear um em torno do outro demorava, maior ficava a raiva, uma raiva alucinada que só fazia aumentar. A vontade incondicional de derrubar aquele inimigo, custasse o que custasse, uma raiva, não, um desejo quase tribal de levar ao chão aquele homem, que encarava a batalha com tanta esportividade. Ele tinha certeza de que o homem estava brincando com ele, que se exibia para os que estavam lá embaixo, todos os soldados que jaziam na sujeira, no lodo das trincheiras, e que agora observavam aquele duelo no céu. E o surpreendente naquilo tudo era que duas outras máquinas inglesas se mantinham à distância. Ao que tudo indica, se tratava de uma ordem de seu oponente, para que eles não se intrometessem na luta. Naquele momento, disse Dahlem, ficara claro para ele, que até estava superando sua capacidade, mas não conseguiria aguentar por mais tempo aquela tensão. Precisava forçar uma decisão. Talvez o inimigo tivesse tomado para si uma decisão semelhante, pelo menos eles voavam frontalmente um em direção ao outro como se tivessem combinado fazê-lo – ele, Dahlem, em sua raiva alucinada – para finalizar aquela luta, custasse o que custasse. Eu vi, disse ele, a máquina inglesa à minha frente, vi o rastro de luz da metralhadora vindo em minha direção, direto, abri fogo, mais fogo, e ouvi, apesar dessa loucura toda e do barulho do motor, os impactos nas asas, e então, quando levei a máquina para cima e para a direita pouco antes do choque, senti um golpe violento no peito, e quase ao mesmo tempo outro na cabeça. Escuridão imediata, a sensação de afundar no negror mais profundo. E, ainda assim, devem ter sido apenas alguns poucos segundos. Eu vi de repente um vermelho vivo, iluminado, com a nítida sensação de estar caindo, de estar caindo sem parar, tentei me agarrar em algo, voltei a mim e senti como puxara a alavanca de direção ao meu encontro no instante em que ficara inconsciente, e com isso levara a máquina, que agora se precipitava de costas, diretamente para cima. Eu tive de arrancar os óculos, sobre os quais o sangue escorria, e ainda consegui conter a máquina, vi a máquina inglesa debaixo de mim, ela voava em espiral, em torno de seu próprio eixo, tomada pelo fogo, em direção ao chão, vi como o piloto, que não carregava paraquedas, se levantou de seu banco e saltou para a morte escapando das chamas que vinham ao encontro dele, saindo do motor.

Quanto durou aquele silêncio, disse ela, aliás, o silêncio durou tanto quanto nossa conversa. Só depois de um bom tempo, ele continuou contando como conseguira aterrissar sua máquina num prado, ao lado de uma padaria de campanha alemã. Mais tarde, depois de terem limpado e costurado o rasgo em sua cabeça no hospital de campanha, ele quisera pegar um cigarro, e aí descobrira o estilhaço cravado na tampa do estojo, que ficava exatamente em cima de seu coração, no bolso do casaco do uniforme. É essa a imagem com a qual eu vivo, disse Dahlem, desse homem que salta para a morte para escapar das chamas. O estojo não me lembra apenas da minha vida que foi salva, mas também da morte do outro. O estilhaço é o acaso cego e sem sentido chamado vida.

Não, eu disse, não, ele é o belo acaso chamado vida.

Ele me empurrou o estojo por baixo da cortina, e quando o abri, vi que havia apenas um cigarro dentro dele.

Pode pegar, disse ele.

Não, obrigada. Eu o empurrei de volta, e disse que era uma lembrança muito difícil.

Sim.

Fiquei deitada ali, o travesseiro que havia sido trazido especialmente para mim debaixo da cabeça, e ouvia os pingos que caíam de vez em quando. A cortina se movia de leve ao sabor do vento. Esfriara. Puxei o cobertor para cima e cobri o peito. Eu poderia ter lhe dito como o pensamento na batalha e na morte em combinação com o voo me incomoda. Como ele se distancia da minha vontade de pairar no ar. Quando criança, eu tive muitos sonhos relacionados a voo, que de forma nenhuma estavam unidos ao medo, muito pelo contrário, era um pairar, que deixava todas as dificuldades para trás. Mas me calei.

Embora quando menina eu também tivesse admirado os pilotos de caça Boelcke e Richthofen, era muito mais pelo motivo de eles não terem sido derrubados do que por terem derrubado outros. Li como eles dominavam seus aparelhos. Como disparavam pelo céu, assim se dizia. Você está aí onde ninguém chega. E uma fotografia de uma revista ficou profundamente gravada dentro de mim, a fotografia de um avião militar. Quando se observa um deles, não se pensa em batalha, em sofrimento e morte. A fotografia mostra um avião acima das nuvens. Um campo instável de nuvens, no horizonte o sol se pondo, eu sempre tive a convicção, disse eu, de que poderia ser apenas o sol se pondo, à esquerda, em cima, a escuridão já se manifesta, debaixo das nuvens, sobre a terra está escuro, e também em cima, à esquerda, voando próximo nesse escuro de nuvens do céu, o avião de asas duplas com a Cruz de Ferro no leme de direção. O brilho do sol se pondo se reflete nos capacetes dos pilotos e do observador sentado um pouco mais alto. Um quadro cheio de melancolia, bem indeterminável. Quando eu o observava, sempre sentia que minha alma voava até lá. As imagens das máquinas pegando fogo e caindo, ao contrário, me eram profundamente odiosas.

Eu conheço essa foto bastante bem, disse ele. Posso dá-la de presente à senhorita, se a senhorita quiser.

Eu estava deitada e ouvia o silêncio.

Kyó mo mie
kyó mo mie-keri
Fuji no yama!

Procurei por muito tempo até encontrar um estojo de cigarros que me agradasse em Tóquio. Prateado, para duas camadas de cigarros. A tampa lisa e, dentro dele, os caracteres para nuvem e voo.

Eu o dei de presente a ele na noite anterior ao meu voo de volta do Japão à Alemanha, e disse que seria um objeto da sorte mais leve, como tudo que é novo, ainda sem inscrições, não contada a escrita cuneiforme dos pássaros quando migram.

Que berreiro torturante é esse, cheio de gemidos agudos, como se o mundo estivesse se rasgando, completamente desumano? Também não é um homem, é um cavalo. Meu bom cavalo, diz uma voz. Uma bala de canhão lhe arrancou a coxa traseira.

Sobre os campos de batalha jaziam não apenas milhares de mortos, mas também milhares de cadáveres. O bom cavalo era um entre incontáveis cavalos que haviam sido atingidos por baionetas, por tiros, por balas de canhão, e aos quais ninguém presta homenagem. Criaturas treinadas para não se assustarem mais, a fim de que os tiros, mesmo os de canhão, não os espantassem mais. E assim seu instinto, seu instinto de medo saudável e preservador da vida acabou sendo quebrado a favor de seus cavaleiros. Esse cavalo era um cavalo especial. Ele levou seu cavaleiro para a batalha de Gross-Görschen, o general Scharnhorst. Scharnhorst ainda conseguiu saltar do cavalo que desabava. Ainda podia ser ouvido aquele berrar, aquele som, entre o relincho e o gemido, vindo da massa sangrenta a rolar pelo chão, quando o sempre contido general Scharnhorst disse a seu ajudante que era importante cavalgar sem estribo na batalha, pois assim não se caía debaixo do cavalo.

155

Depois ele seguiu avançando a pé no princípio, com o sabre na mão, conduziu as tropas para a frente, ele, o estrategista, que criou as forças armadas do povo, nas quais as pessoas são promovidas por mérito e capacidade, não por origem e posição. Scharnhorst foi, disse o cinzento, com seu aluno Clausewitz, o opositor intelectual de Napoleão. Muito bonita e ainda há pouco restaurada, o senhor pode ver aqui sua lápide criada por Schinkel. O friso de mármore, que conta a vida de Scharnhorst em roupagem romana clássica, foi esboçado por Friedrich Tieck. No dia 2 de maio de 1813, na já mencionada batalha de Gross-Görschen, o general recebeu um tiro na perna, mas não se poupou, viajou e negociou com o czar e com Metternich, tudo para a libertação da Prússia. E isso embora não fosse prussiano, e sim hanoverano. A ferida da perna infeccionou e ele acabou morrendo dolorosamente, depois de duas operações, em Praga, no dia 28 de junho de 1813. Mais tarde, ele foi transferido para cá e enterrado no dia 9 de setembro de 1826. E isso tem um significado que só pode ser visto como mais profundo: o reformador das forças armadas prussianas, o *jacobino do norte*, foi enterrado aqui no momento em que os reacionários voltaram a ter o poder nas mãos. O leão moribundo sobre o sarcófago, modelado por Christian Daniel Rauch, aliás, foi forjado com o metal dos canhões franceses capturados. De um ponto de vista da história da arte, o monumento tumular, com certeza, é o ápice do cemitério.

Precisei de todas as minhas forças para continuar duro.

Engravidei de Miller, diz a intocável. Ele viajara para longe com sua trupe de teatro, e eu logo percebi que estava grávida. Meu corpo se modificou, sinais minúsculos. Meus cabelos ficavam elétricos quando eu caminhava, meus seios estavam mais duros. E então a certeza – a menstruação não veio. No quartel-general do Exército havia médicos, mas naturalmente nenhum ginecologista. Eu também não poderia, e aliás nem queria, ir a um deles e dizer que precisava de férias para fazer um aborto. Certa vez, eu estava no quarto mês e a saia do uniforme já estava ficando bem justa, ele ligou de Praga, ele, o todo-poderoso, o protetor substituto do Reich, o Obergruppenführer, assim ele foi anunciado por sua antessala, e perguntou, e então, como estão as coisas. Se eu estava com problemas, se eu precisava de alguma coisa. Não. Então, tudo de bom, e espero que não haja nada de judeu nesse sangue aí. Ele sabia de tudo, portanto, tinha seus informantes também aqui, no quartel-general do Exército. E sobretudo esse susto: dava para ver em meu rosto. Já era impossível esconder, ainda que eu encolhesse a barriga, tivesse alargado a saia, tirando as costuras laterais do uniforme e costurando-as de novo com mais folga. Eu me preocupava que ele pudesse fazer alguma coisa contra Miller. Mas então, três semanas mais tarde, o todo-poderoso acabou morrendo das consequências do atentado de que foi vítima.

Continuei na ativa até o sétimo mês. O sorriso malevolamente satisfeito não chegou a me tocar. O jovem major foi simpático, e não pude perceber nele nada de satisfação malévola. Ele se encontrava comigo, fazia as refeições comigo, até ser transferido. Pouco depois me deram folga. Eu voltei para Berlim. Miller estava na Itália cuidando do entretenimento das tropas. Ele me escrevera dizendo que não conseguira falar com sua mulher. E em cartas, isso não podia ser explicado, só de viva voz. Viajei até a casa da mulher de Miller, diz a intocável. Charlottenburg, em Berlim. Eu queria falar com ela. Queria falar de modo bem razoável com ela. Queria pedir a ela que concordasse o mais rápido possível com o divórcio. Subi de elevador, sentia a criança dentro de mim, que dava chutes e se virava em meu ventre. Ela me tomava um pouco do ar. E eu esperei até que ela se acalmasse, depois toquei a campainha e tentei respirar e, sobretudo, expirar com tranquilidade. A porta se abriu. Eu a reconheci imediatamente. Sua mulher. Vi logo, ela também estava grávida. Ela ainda não se encontrava tão adiantada quanto eu, um mês a menos, conforme avaliei. Ela perguntou, amável, por quem eu estava procurando. Eu olhei para ela, aquele rosto, olhos preocupados e amáveis, pômulos salientes, cabelos castanho-escuros. A senhora não está se sentindo bem?, ela perguntou. Quer um copo d'água?

Sim, eu disse.

Entre. Sente-se.

Obrigada, eu disse, obrigada, sim, se a senhora puder me trazer um copo d'água. E então me sento na cadeira e olho para o longo corredor, dizendo a mim mesma que era este, pois, o espelho no qual também ele se olhava, aquela a cômoda, aquele o cabide de roupas no qual ele e sua mulher penduravam seus sobretudos, lá há dois guarda-chuvas. E lá deve ser o quarto, onde supostamente há dois anos não acontece mais nada. Sua mulher veio da cozinha trazendo um copo d'água. Eu o bebi em pequenos goles. Obrigada. Me levantei. Ficamos paradas uma diante da outra, as duas usando vestidos de verão, nossas barrigas quase se tocaram. Eu comecei a rir, ri, me derramei de tanto rir.

Ela olhou para mim, primeiro admirada, depois amedrontada.

Eu fui, mas antes disso agradeci mais uma vez pela água.

Pensei, aquele merda, mas depois disse, e você, sua burra e tolinha, em voz alta, nas escadarias, insultando a mim mesma, em voz bem alta, eu sou uma burra e tolinha. Era grotesco. Era ridículo, porque eu acreditara nele, porque eu quisera acreditar nele, porque eu sufocara qualquer dúvida, porque a considerara exagerada.

E a senhora voltou a vê-lo?

Sim.

Voltou para ele?

Sim.

E ela, a mulher dele, não ficou sabendo de nada?

Ficou sim.

Ela o botou pra fora de casa?

Não. De repente ele tinha duas mulheres. Essa foi a punição. A punição dele.

O riso é claro e alto. Um riso que se alonga, durando muito.

Estranho, diz o cinzento, como se pode compreender uma coisa dessas.

Não há nada a compreender nisso.

E Miller?

Não consigo me lembrar de nada.

Por que alguns falam e outros não?

Os que falaram no passado, continuam falando, os que não disseram nada, continuam calados, e os que não tinham nada a dizer, também mais tarde não têm nada a dizer. É o retorno simplificado. Nada de mudanças, tudo firme e sempre igual. Se repete como um raio. As dúvidas, os desejos, os erros. Aqui nada é corrigível. Há movimento na luz. O antes, o depois, o agora, a possibilidade de escolha. Aqui a escolha não existe. Nós até podemos escolher um pouco, talvez trazer um pouco de luz, uma penumbra, um lusco-fusco. Nada é muito claro, mal nos curvamos sobre o acontecido, lançamos nossas sombras sobre ele. E o senhor sabe como uma sombra pode ser distorcida.

E então, disse o poeta, esse Miller tinha ainda um número de riso. E eu diria que um número de riso subversivo. Na sala, os soldados rasos se encontravam em seus bancos, apinhados. Trezentas figuras cinzentas. Miller conta uma de suas piadas. Gargalhadas. Pois é, diz ele, vivemos em tempos grandiosos, e agora formaremos um coro de riso, a fim de que as simpáticas damas dancem para nós mais uma vez. E, sobretudo, todos precisam rir! À direita: rá, rá, rá, e à esquerda: ri, ri, ri! Mais uma vez pela metade, sim, cada uma das metades, uma, grosso, a outra, fino: rá, rá, rá. E a mesma coisa com o ri, ri, ri. A quatro vozes, portanto. Miller dirigia, e aquele coro estúpido de risos começou. Ali estavam sentados trezentos homens uniformizados, e eles se comportavam como se estivessem num jardim de infância. Então Miller acenou de repente para que eles parassem e disse: chega de rir! Agora começa de novo a parte séria da vida. E foi incrível como todos de uma hora para outra ficaram sentados ali, mudos, e pensando, é verdade, não há motivo para rir, esse susto profundo do reconhecimento, era fantástico, realmente fantástico. Ao mesmo tempo, um desaforo e tanto da parte daquele Miller. O número de riso subversivo logo foi proibido. Um oficial do alto-comando se queixara. A palavra escatologia foi dita. Mas ele não podia provar que Miller era culpado disso. Todo o riso tinha de acabar em algum momento, ele explicou.

Pacote duplo. Típico desses atores de variedades. Afinal de contas, um povinho mambembe. Desorientado. Perdido.

Quando chegarem os comediantes, tirai as camisas e os linhos das cordas, levai-as para dentro de casa e trancai as portas.

Eu o vi em Tóquio, diz ela, em *Minna von Barnhelm*. Ele fez o papel de Riccaut de la Marlinière, o jogador embusteiro, e estava maravilhoso nesse papel, porque ele não o apresentou como um impostor francês sórdido, e sim mostrou como enganar pode ser uma arte, como, quando não se tem nenhuma propriedade e nenhum dinheiro, é necessário conseguir vencer na vida usando apenas a esperteza e o charme. Era uma espécie de *corriger la fortune*. Quando não somos contemplados com a sorte, é preciso dar uma ajudinha para que ela venha. O papel foi feito para ele. Miller tinha um jeito, como poderei dizer, de se mostrar sempre muito presente, falava alto, às vezes no mais nobre alemão, e logo em dialeto berlinense de novo, aliás, era muito bom em imitar dialetos, o dialeto bávaro, o renano, o suábio. E também imitava vozes de animais. Na maior parte das vezes, falava de si na terceira pessoa e contava histórias de alguma situação embaraçosa que acontecera com ele, ou de um erro que havia cometido. Aprendera a fazer mágicas sozinho na infância, foi o que ele me contou, não apenas para melhorar a mesada, mas também porque assim fazia o pai rir quando este era obrigado a assinar um boletim com notas ruins mais uma vez. Assim, ele dominava uma brincadeira de números que transformava uma nota dois em nota dez.

Ele mentia, disse a intocável.

Não apenas isso. Ele sabia fazer as pessoas rir. Ele sabia fazer os homens ficarem felizes por um momento. Nesses momentos, eles não pensavam em si, ou, se pensavam, pensavam que também podiam ser diferentes.

Ele mentia.

Vamos dizer que ele enganava. Eu sabia e gostava dele também por causa disso.

Desaparecia e permanecia desaparecido. Me deixou sozinha com o pequeno. Minha mãe me ajudou. Por sorte. E minha irmã. Algumas vezes, ele vinha me visitar depois de suas viagens. Depois voltava a desaparecer.

Vamos nos ver amanhã?
   Não, eu não quero mais ver você.

O vento ainda aumentou. Uma verdadeira tempestade. A neve cai. Os pinheiros se dobram, estalam, a cada pouco um galho se quebra, e cai no chão soltando estilhaços. Primeiro eles gritam. Cacarejam em grande número.

Eu nao consigo mais ver o senhor.

Mas ainda consegue me ouvir?

Mal. Muito distante.

Pode falar mais alto?

Vou tentar.

Voar, um sonho de tempos distantes, como o senhor sabe. Nossos sonhos de queda são mensageiros do medo daqueles tempos distantes, quando nossos ancestrais ainda podiam cair das árvores. É o que também acontece com os sonhos de voar, na maior parte das vezes sonhos leves, que nos deixam felizes. Sonhos proibidos. Sonhos, que sobretudo as mulheres têm. Se libertar das algemas do cotidiano. Sonhos escondidos, que no passado estavam sob suspeita de bruxaria. E que mesmo assim apenas expressam o que é o desejo de levantar do chão, de superar o peso do terreno, de voar para amores distantes. A nostalgia, ao anoitecer, de voar atrás do sol que se põe. O desejo de ficar próximo das nuvens. As nuvens são para nós a imagem visível da distância e da leveza maravilhosas, e livres, fugindo à influência dos homens, elas seguem sempre adiante, sem parar de mudar jamais.

Mas por trás desses desejos um tanto românticos, diz ela, há também alguns bem práticos, por exemplo: chegar até um amigo ou uma amiga distante, visitar um doente ou um ferido, isso de repente se torna possível em poucas horas, enquanto no passado eram necessários dias, semanas, até mesmo meses. Viagens em que tínhamos de nos torturar em coches desconfortáveis, depois em trens superlotados ou estradas ruins dentro de carros. Todas essas distâncias diminuem com a aviação. Espaço e tempo se juntam e se atraem. E a perspectiva do futuro se torna possível, prever o que ainda virá, tempestades, ciclones, maremotos. Isso ajuda a chegar a uma compreensão que ultrapassa todas as fronteiras, entre os povos, e pode assim contribuir para uma vida pacífica em sociedade. Esses aparelhos de voo não são levados ao alto pela força dos músculos, mas sim pelo espírito inventor. E assim também se pode dirigir o aeroplano sendo mulher. Este é um desses exemplos da técnica, que pode criar um equilíbrio na injustiça decretada pela natureza. Voar não tem apenas as vantagens práticas, mas também é bonito em uma medida perfeitamente visível. Não somente o avião no céu, em seus voos acrobáticos, mas também sua construção e sua parte técnica são dignas de ser admiradas. Dê uma olhada na hélice, essa peça de madeira altamente complicada, complexa, perfeita em sua forma, trabalhada com a maior exatidão, levemente abobadada, que vai do arredondado ao raso e se torna cada vez mais fina, e através da qual o que quase parece inacreditável se torna possível: se levantar aos ares. Algo para o que somente a força dos músculos jamais seria suficiente. Nós conhecemos os esboços complicados de Leonardo da Vinci, eles parecem moinhos de vento, que precisariam ser impulsionados pela força dos braços e das pernas, portanto pela força dos músculos, mas que jamais teria bastado para levantar um homem aos ares, a não ser que o homem tivesse seis vezes a potência de seus músculos, e mesmo assim só conseguiria levantar brevemente do chão. A hélice é a descoberta maravilhosa que, com a máquina e as asas, torna possível o impossível. Sinal visível de como o homem é capaz de se superar. O homem não é fixo, tudo está aberto para ele, o céu, a terra e a água. Submetei a terra, está escrito na Bíblia.

Nenhuma outra atividade é um sinal tão visível disso quanto a aviação. O voo faz a vida valer a pena.

Um discurso bem entusiástico.

Sim. Ele tende à poesia e à ênfase. Um discurso como o de Péricles diante dos atenienses mortos em combate. Um discurso que ela fez em uma pequena cidade da Pomerânia, diz o cinzento. Pouco antes de seu último voo. É fácil imaginar que ela encontrava espectadores entusiasmados justamente entre mulheres e moças. Mas, na maior parte das vezes, ela começava seus discursos de maneira antes sóbria:

Se eu e Elly Beinhorn executamos voos assim, o fazemos não por vontade de causar sensação ou para nos tornar interessantes, mas sim para mostrar ao exterior que nós, apesar das limitações do Tratado de Versalhes, mesmo assim temos uma aviação, ainda que seja apenas uma aviação esportiva. Nós somos embaixadoras de uma Alemanha que é pacífica e tem uma grande tradição na música, na filosofia, mas também na técnica e na ciência. Dedico essa palestra à memória do primeiro aviador da história da humanidade: Otto Lilienthal.

Lilienthal, o nome, é um judeu por acaso?, pergunta a voz de Liebermann von Sonnenberg.

Cale o bico!, diz o bebum. Era um camarada aviador, um dos bons. Ousado. Caiu numa tentativa de voo, morreu a morte heroica dos aviadores.

Ela organizou 180 palestras, também no exterior, na Holanda, na Letônia, na Áustria e na Suíça. Inclusive fez muitas das palestras em pequenas províncias alemãs, como em Greifenberg, na Pomerânia. Na época, a palestra foi assistida por uma estudante que também veio para cá do leste. Apenas depois do fim da guerra. Reassentada. Agora ela jaz aqui, junto com aqueles que conquistaram o leste e queriam ainda mais leste.

Nós passamos por Tetzlaffshagen com o comboio e seguimos até Dorphagen, onde pernoitamos em uma casa de camponeses e não fomos incomodados durante a noite. O comboio de Konitz queria voltar a seguir em direção a Konitz, mas eu queria ir em direção norte, para a região de Cammin. Me juntei a um comboio do povoado de Grambow. Estranhamente, era o mesmo carro no qual eu havia me escondido dos russos em Schwirsen. Porém, não conseguimos ir muito longe e fomos acossados de volta pelas forças militares russas e buscamos alojamento em uma casa de camponeses próxima da estrada, no povoado de Lüttkenhagen. Ficamos todos no mesmo ambiente. À noite, mais uma vez apareceu um russo de aspecto ameaçador, meneou sua metralhadora e arrastou uma menina de 14 anos e eu para fora da casa, e queria nos levar para uma chácara de camponeses. A caminho, eu sussurrei para a menina: "Vou contar até três e aí nós vamos fugir." A noite estava muito escura. Eu me joguei imediatamente na vala da estrada. O russo disparou algumas vezes. Mas não ouvi se ele estava se afastando. Fiquei deitada pelo menos duas horas, imóvel, no lodo de neve da valeta, o rosto apertado contra o chão, e depois comecei a rastejar vagarosamente por um sulco da lavoura a fim de me distanciar da estrada. À noite, pelo menos 20 tanques russos andaram do norte em direção ao sul. O campo estava iluminado por holofotes, por isso não ousei me levantar. De repente, ainda apareceu um caminhão militar russo no meio do campo. É provável que o russo estivesse instalando cabos de telefone e tenha me considerado morta. Quando enfim tudo ficou tranquilo, tentei chegar ao povoado de Lüttkenhagen, e, na tentativa de atravessar o rio, caí dentro dele e fiquei completamente molhada. Vi como o povoado foi saqueado e me escondi até o amanhecer. "Você não vai escapar desta viva", eu disse a mim mesma, e só a vontade de ver meus pais mais uma vez, me manteve firme, e andei sozinha até o povoado. Devo ter parecido tão indescritivelmente suja que nenhum russo me molestou ou será que eu devia isso a meu pequeno lenço branco, agora sujo, que havia prendido na parte da frente do meu sobretudo, em sinal de paz? O povoado havia sido evacuado, e um russo me mandou sair dali com as palavras "Sai, Mattka" (eu ainda era tão nova).

E mais uma vez eu estava sozinha. Para não perder a orientação, corri pelo campo até o norte sem perder a estrada de vista. Ao norte de Lüttkenhagen começava agora um violento bombardeio. Por isso, corri para uma casa de camponeses, bem distante, da qual um alemão me enxotou com as palavras: "A casa está cheia de soldados russos." Rastejei para uma tapada de abetos, miseravelmente com frio e molhada até a alma, um vento gelado me perpassava a medula e os ossos. Meus olhos se fechavam. Mas eu sempre me assustava e acordava com o violento bombardeio, e, em vez de ser morta com um tiro, escolhi a casa de camponeses em que estavam os russos, onde, no entanto, fui rechaçada pela segunda vez pelo alemão. Ele me apontou um carro de comboio à distância, na estrada, que eu talvez ainda pudesse alcançar. Era o mesmo carro de comboio, já pela terceira vez. Todos me receberam com um silêncio gelado, mais tarde me fizeram censuras por eu não ter deixado me violentar pelos russos, já que o russo teria voltado, e levara consigo a menina de 14 anos, que voltara correndo para a casa, e uma mulher, para depois trazê-

› *las de volta. Mais tarde, começaram a se mostrar mais amáveis e também compreenderam por que foi que agi assim.*

Chegamos até bem perto do povoado de Grambow, mas fomos acossados de volta pelos russos e acabamos no povoado de Morgow. Aquilo ainda era região de guerra. Lá, encontrei a Sra. Jess na família Dallmann, com sua filha Gisela, de 16 anos, do povoado de Revenow. Elas me contaram que meus pais há tempo já me consideravam morta. Havia sido encontrado um cadáver irreconhecível de mulher na época. E havia sido impossível para mim voltar para o povoado de Revenow, pois no povoado de Königsmühl estava postada a artilharia russa. No começo, nós contamos com a proteção de um sargento russo, que impediu qualquer ataque ao povoado. Lamentavelmente, ele foi transferido ao front de Berlim em seguida. Também dois telefonistas poloneses, que ficaram dois dias na casa, nos protegeram. Depois nós, as mulheres e meninas, muitas vezes nos escondíamos no porão das batatas, ao qual se podia chegar por um alçapão coberto por um tapete, que ficava na sala.

Ela está contando dos lá de trás. Jazem todos misturados. A maior parte deles nem é conhecida. Tudo o que encontraram quando os combates terminaram, nas ruas, nos parques, nas pontes. Em trincheiras abertas às pressas, crateras de bombas, debaixo dos escombros das casas. Queimados, dilacerados, partes dos corpos apenas que não podiam mais ser identificadas. Homens velhos, donas de casa e alguns prisioneiros de guerra juntaram a carne e a removeram. Fedia. Uma deterioração. Moscas do tamanho de feijões selvagens, gordas, cintilando em azul. Jamais haviam sido vistas moscas de carniça como aquelas. Esse foi o fim do Reich. Fama e honra. Tudo escuro.

Esferas de iluminação vermelhas e verdes levantavam das florestas.

Eu me escondi.

Quem é que está falando?

Não sei.

Que nomes esquisitos: Lüttkenhagen, Dorphagen, Bandesow, Revenow, Grambow, Cammin. Como eles soam, esse longo Revenow, como a terra que os envolvia. Cammin naturalmente fica nas proximidades da água. E as consoantes em Grambow descansam um bocado, apoiadas no "o".

Há muito esquecido, ninguém mais o pronuncia – Bandesow.

Enter first murderer to the door.

O quê?

Enter first murderer.

São elas de novo, as botas. Subindo escadas, descendo escadas. E o que está se estilhaçando ali, o senhor está ouvindo, o que está se estilhaçando é a vidraça de uma janela, como isso cintila à luz do poste de iluminação, como se fosse chuva que cai sobre o calçamento.

E o que elas estão gritando?

Morra. Fora.

Ali, na janela, atrás da cortina, ali está ele, o Sr. Birnbaum. Ao lado dele, a mulher. E mais uma vez esse tilintar. Uma pedra atingiu a vidraça da janela de sua casa. A sombra do Sr. Birnbaum desaparece.

Morra.

Quem é que está gritando aí?

É o dono da papelaria.

Mas é o vizinho, e isso já há vinte anos.

Nachbar (vizinho) vem de *nachgebur*, ou seja, *nach* (depois, próximo) e *Bauer* (camponês), bem preservado no inglês: *neighbour*.

Não, quero dizer que o Sr. Schulze sempre negociou com o Sr. Birnbaum, amavelmente, inclusive lhe pediu emprestado, tinha dívidas com ele, sempre amavelmente, e agora está berrando. Esse homem amável e tranquilo está berrando. O que ele está berrando? Morra, ele está berrando, morra.

O som ecoa. Mais pedras. Mais estilhaços. Tanto vidro. Como ele tilinta. Uma embriaguez, sim, sem vinho. Como isso trincoleja, como isso tilinta.

O que significa esse movimento?

O leste me traz uma boa narração?

O movimento novo de suas asas

Refresca a funda ferida no coraçao.

O senhor está ouvindo, diz o cinzento, ela está cantando.

E em seguida os dois velhos, os Silberstein, que moravam na Bismarckstrasse. Eles foram para a estação ferroviária. Cada um com uma mala nas mãos. Dez quilos, foram obrigados a pesar. Dez quilos. E as outras coisas? Nenhum problema, vai ficar tudo onde está.

E por que eles tiveram de ir embora?

O nome, o nome diz tudo, ora.

Silberstein, um nome tão bonito, era o que eu achava quando era criança.

A porta rangeu e a Sra. Silberstein disse a seu marido: mas eu pedi que você passasse óleo nela. E então Siberstein foi buscar mais um pouco de óleo e deixou cair três pingos em cada um dos buracos das dobradiças destinados a isso.

Depois eles foram embora. O caminho até a estação ferroviária não era longo. Lá esperavam 12 mulheres, 5 homens e 4 crianças. O policial contou: 21. E marcou alguns vistos em sua lista.

Quem está murmurando aí?

O inventor do fichário do inimigo está ditando, diz o cinzento, para o serviço secreto, qual é o tratamento que se deve adotar em relação aos tchecos.

Existem os seguintes tipos de pessoas dois pontos uns são de boa raça e de boa índole vírgula e isso é bem simples vírgula eles podem ser germanizados ponto e então temos os outros vírgula que são exatamente o oposto ponto e vírgula de raça má e má índole ponto estas pessoas eu preciso afastar do lugar ponto no leste há muito espaço ponto e no meio restará então uma camada intermediária vírgula que eu preciso analisar com exatidão ponto nessa camada há indivíduos de raça má e boa índole e indivíduos de raça boa e má índole ponto no que diz respeito aos de raça má e boa índole provavelmente seja necessário agir de tal modo vírgula que sejam usados em algum lugar do Reich e se providencie para que não tenham mais filhos ponto ponto ponto por fim os que restam são os de boa raça e má índole ponto estes são os mais perigosos vírgula pois se trata da camada dirigente de boa raça ponto ponto ponto com parte dos de boa raça e má índole só restará uma coisa a fazer vírgula tentar transferi-los a uma região em que haja somente alemães vírgula germanizá-los e educá-los até adquirirem boa índole ou vírgula caso isso não der certo vírgula colocá-los definitivamente no paredão ponto e vírgula pois transferi-los eu não posso vírgula porque eles formariam uma camada de dirigentes no leste vírgula que se voltaria contra nós ponto

E os judeus?
Eliminados.

E eles, todos eles, há alguns deles aqui?
Não, aqui nesse lugar não.
B'allma di v'ra...
Só esse sussurrar que vem do leste, lá, atrás do muro.
Muitas, muitas vozes mesmo, suspiros leves, gemidos.
Chir'usei v'jamlich malchusei...

E assim eles partiram, era início de dezembro, ainda não nevara, mas no céu pairavam nuvens pesadas e cinzentas, bem baixas, que haveriam de trazer neve.

Eu vi como eles foram para a estação, como o gendarme Wolf exigiu rudemente que eles se apressassem, como eles caminharam pela plataforma até o trem que esperava por eles. E como o guarda da estação estava parado ali, com seu quepe vermelho, e sorria. Um trem de passageiros. Um vagão da terceira classe havia sido reservado para eles.

Para onde?

Um ponto de coleta em Stettin.

E depois?

Depois: rumo ao leste.

Quando eles partiram e a neve caiu pouco depois, eu sabia que jamais voltaria a vê-los. E mais tarde, quando nós fugimos, eu sabia que a partida deles era o princípio de nossa partida. Eu sou testemunha, eu vi eles partindo, e não disse nada.

As pedras falam alemão.

Absurdo.

O senhor nem sequer está ouvindo.

Estou sim, mas estou vendo o morto de frio de novo. O que ele está procurando ali?

Fincando um pau na terra.

Há algum sentido em todo esse absurdo?

Você está ouvindo?

E a voz responde baixinho, sim.

Não está conseguindo me ver?

Não. Onde você está?

Estou aqui, no chão.

Estou debaixo da escada. No pequeno espaço oco.

Mal consigo entender você. Não pode falar mais alto?

Não. Estou ouvindo os passos. Subindo escadas, descendo escadas. Aí está de novo aquele choro.

Alguma vez antes se chorou tanto assim?

Ela voou descrevendo um laço, e mais outro, agora já bem baixo sobre a casa e o jardim, e balançou as asas, depois levou a máquina para o alto e seguiu seu curso em direção ao sul.

Um ponto negro cada vez menor, era ela.

Marga era órfã de pai e de mãe. Seus pais morreram num acidente. Ela e sua irmã foram criadas pelos avós. Na condição de órfã, instintivamente se procura um ninho, assim como sua irmã, ou se procura voar o mais rápido possível pelo mundo afora. E já quando era criança, diz a tia-avó, Marga queria voar, pediu balões de ar no aniversário, seis ao todo, atou uma pequena gôndola de palha neles, botou o hamster dentro dela, e lá se foi o animal para os ares. Não muito alto, talvez 3 metros. E, depois, sempre máquinas. Os pais haviam morrido, e assim as duas pequenas vinham até nossa casa, em Berlim, no inverno, e no verão iam para a chácara dos avôs, na Lausácia. A irmã dela queria virar amazona. Estava sempre junto com os cavalos. E Marga sempre junto do motorista. O carro, a trituradora que o avô havia adquirido. Ela não podia ser segurada com facilidade. Era bem diferente das outras meninas. Tinha uma vontade que superava tudo, teimosa, não podia ser convencida a não fazer o que havia metido na cabeça. E era uma criança tão alegre. Todos gostavam dela. Do jeito como ela andava por aí ainda menina, um laço nos cabelos louros, o pequeno cajado de passeio, que ela mesma havia entalhado, sobre o ombro, e depois indo pelo mundo afora. Olhadinha no mundo, era como nós a chamávamos. Subia em árvores, andava no lago, andava junto na ceifadeira, ninguém a imitava nisso, ela conseguia pegar camundongos usando apenas as mãos.

A cabeça tinha duas perfurações a bala, enegrecidas do lado esquerdo, exatamente na têmpora e abaixo do olho esquerdo. As balas saíram em cada um dos lados da orelha direita. Os tiros atravessaram a cabeça sem esfacelar o rosto. Uma das balas ras-

pou o canto da amurada do nicho da janela a uma altura de poucos centímetros acima da cabeça, atravessou a vidraça, bateu na veneziana de madeira, ricocheteou de volta atravessando a vidraça, e caiu sobre o parapeito da janela. A outra bala atravessou o travesseiro e caiu no colchão. Os cartuchos jaziam ao lado do cadáver.

A aviadora, portanto, se deitou na cama com a cabeça sobre o travesseiro, apoiou a metralhadora automática com a mão esquerda sobre o lado esquerdo do corpo, postou o cano bem próximo da metade esquerda do rosto e, com o indicador da mão direita, que apresentou as respectivas marcas, acionou o gatilho. Os dois tiros foram mortais. O segundo tiro, ao que parece, se seguiu automaticamente.

O campo de pouso passou imediatamente a notícia por telefone ao médico e ao general-comandante em Alepo. Até a chegada da comissão de justiça, nada foi alterado no cadáver nem no quarto. A comissão registrou o diagnóstico e fotografou o cadáver em sua posição original diversas vezes.

No dia seguinte, o cadáver foi levado para o hospital sírio em Alepo, que é conduzido por freiras franciscanas francesas. O delegado francês foi imediatamente ao hospital. Com injeções de formol, o cadáver foi conservado contra a deterioração.

Dahlem havia dito o nome a ela, capitão Heymann. Ele podia ser chamado de representante. Oferecia armas. Era pago diretamente, coisa que não acontecia com Dahlem, que apenas fazia os contatos, e portanto não vendia diretamente. Dahlem também por certo teria se negado a fazer algo assim. Teria parecido a si mesmo um vendedor de espumante ou de vinho. Dahlem também havia feito contato com ela. É provável que ele caracterizasse a si mesmo como intermediário. Não mais, não menos do que isso. Dinheiro em maços, assim sem mais, ele não teria aceito. Tudo era combinado de outra maneira. Ele recebia através de depósitos em conta. Honorários, era como se chamava a isso. Dahlem era convidado em toda parte. Sempre bem-visto, onde quer que fosse.

Coragem, é o que ressoa. Combater até o fim.
Sem levar as perdas em consideração. Matar e morrer.
Isso mesmo.

O senhor dos fichários não queria se limitar a voar só um pouquinho, voos esportivos com curvas e giros, mas queria algo quente de verdade. Quando a luta heroica principiou, ele fez curso de piloto, caça Messerschmidt Bf109D. Guardei comigo: Bf109D. Mais tarde ele fez voos de guerra na Noruega e na Holanda. E depois na Rússia, inclusive com um caça privado. Disse ao surpreso comandante da esquadrilha que o avião era um presente de Udet, o general mestre de aviadores, que o entregara pessoalmente a ele. O Príncipe das Trevas já capotara em uma decolagem em Stavanger, acelerara demais. Sempre demais. O avião virara sucata. Dahlem me contou. E, naturalmente, o Anjo Negro logo estava na Rússia, foi derrubado, aterrissou entre os fronts. É preciso imaginar uma coisa dessas, o chefe do Departamento de Segurança do Reich nas mãos de Stálin. Teria sido uma presa e tanto. Depois, ele foi proibido de voar por Himmler, o bobinho do Reich. Mas de resto – sempre avante. Mulheres e aviões de caça. Caça privado, as runas da SS borrifadas no casco.

Borrifadas é bom. Mas, em compensação, eu pelo menos podia, também à noite, até mesmo quando havia alarme de ataque aéreo, andar com meu carro, disse o bebum. Recebi uma placa da polícia. Uma mão lava a outra. Eu sabia que a mão do inventor do fichário do inimigo alcançava bem longe.

Se ele soubesse de mim, simplesmente acabaria comigo, ou mandaria alguém acabar comigo. Que sei eu o que ele pensava que ela poderia ter me contado. E isso que ele dissera a ela: não tenho absolutamente nada contra os judeus. Pessoalmente. A intocável e eu ficamos juntos diante dos olhos de todo mundo, andávamos juntos por aí. E então, na segunda noite, eis que ela me fala dele. Posso dizer, sim, que meu coração chegou a parar.

Não, eu contei tudo logo na primeira noite.

Pouco importa. Ele era frio como o gelo. O Anjo da Morte. Eu fiquei realmente feliz quando ele foi para o inferno.

Nada de céu, nada de inferno, diz o cinzento.

Vi a coisa chegando, bem nítida, redonda, mais ou menos como uma bola de beisebol. E eu sabia, antes mesmo que ela explodisse, que era uma bomba. O carro andava devagar, capota aberta, um belo dia. E então o estrondo. Vi o homem na curva, que se jogara ao chão, nitidamente, estava vermelho no rosto, até chamava a atenção. É claro que atirei. Fiquei em pé no carro, ereto; a pistola na direita, estava bem frio, bem calmo, fiz pontaria e apertei o gatilho. Clique. Nada. Não estava carregada, por causa das crianças, em casa. Eu era um excelente atirador de pistola. Teria atirado nas pernas. Três horas de interrogatório, e ele teria confessado tudo. Então meu motorista, esse idiota, correu atrás dele, entrando num açougue, e ali ainda acabou levando um tiro nas pernas, esse idiota. Mais tarde disse que se tivesse atirado teria atingido as mulheres com suas sacolas de compras. Idiota, um idiota e tanto. Eu teria gostado de lhe dar um pontapé na bunda. Esperei no carro, e só então senti a dor. E nenhuma ambulância chegava. Nenhuma organização. Eles tiveram de me deitar na carroceria de uma caminhonete, entre caixas de cera de assoalho. Eu só podia deitar de barriga. O carro pertencia a um tcheco. Manter a postura e mostrar dureza.

Tentei de tudo. Nenhuma possibilidade. Não foi um erro médico. Esse boato de não ter feito tudo. Erro da arte médica. Erro de tratamento. Infame. Fiz de tudo. Tudo o que se pode imaginar. Ele foi trazido. Estava completamente consciente. Bem concentrado, postura fantástica. Exatamente como o conhecemos. Naturalmente sentia dor, mas não deixava que ninguém percebesse. Disse: vamos, coragem, faça o que o senhor achar que é correto fazer. A ferida à esquerda, nas costas, era pequena. Estilhaços de metal e pelos de cavalo do estofamento do carro haviam entrado nela e destruído o baço. O baço foi retirado, a ferida costurada. Mas então, no dia seguinte, houve uma infecção generalizada na região da barriga. Tentamos com sulfonamidas. Não havia penicilina. Deveríamos ter pedido aos ingleses. Rá, rá, rá. Sulfonamida ajuda. Quando é aplicada a tempo. Os boatos, as suspeitas, tudo é falso.

O protetor substituto poderia ter conseguido. Posso provar tudo. Exigi cem prisioneiros para um tratamento especial. Todos com infecção generalizada, e os tratei com sulfonamida. É necessário que sejam cem, para poder avaliar os resultados cientificamente. Oitenta e cinco sobreviveram, portanto um sucesso de tratamento, uma cura de 85 por cento.

O que haveria de ser se um alemão tivesse jogado a bomba, diz o cinzento.

No ano de 1942, teria sido um sinal. Em Berlim, no entanto, ele podia andar em seu conversível aberto sem o menor problema. Nenhuma mão se mexia.

Eu era mais humano.

Que vozes são essas ali atrás, e esses gritos?

Um que jaz ali atrás, onde estão todos enterrados juntos, aqueles que foram dilacerados por bombas, queimados no fósforo, mortos a tiros e a pancadas. E alguns deles mataram outros a tiros e pancadas antes. Uma mulher estava enfiada no asfalto, que derretera por causa do calor, ela estava enfiada dentro dele, afundava lentamente e gritava.

Os últimos dias de abril, os dois primeiros dias de maio diz o cinzento.

Aquele dali diz que era mais humano, foi ele, um soldado alemão, que deveria vigiar sete homens idosos na rua do gueto, que negociavam com algo proibido, talvez também tivessem roubado um pouco de pão. Eles estavam sentados ali, e cinco deles morreram de fome, e quando também os dois últimos caíram, um pedestre passou por eles e disse, não é mais humano se você os matar a tiros? O soldado pensou por um instante, depois disparou.

Pessoalmente, eu não tenho nada contra os judeus.

Quem é esse?

Ele, aquele que fez uma palavra se tornar realidade.

Que murmúrio é esse?

Um escritor de cartas.

Meus queridos em casa, na pátria: *Em Bereza-Kartuska, onde eu fiquei estacionado durante a tarde, haviam fuzilado cerca de 1.300 judeus justamente no dia anterior. Eles foram levados para uma depressão no terreno, fora do lugarejo. Homens, mulheres e crianças foram obrigados a tirar todas as suas roupas e foram todos abatidos com tiros na nuca. As roupas foram desinfetadas e depois reutilizadas. Eu tenho a seguinte convicção: se a guerra durar ainda muito tempo, vão acabar fazendo salsichas dos judeus e servi-las aos prisioneiros de guerra russos ou aos trabalhadores judeus especializados.*

Primeiro amortalhado em Praga, depois na sala de mosaicos da chancelaria do Reich. Guarda de honra. Depois remoção até aqui. Todos presentes. O primeiro time inteiro. De preto, cinza e marrom. Muito ouro, muita prata. Ribombar de tambores. A mulher, postura bem germânica. Os filhos, de calças curtas e meias brancas. Também o pequeno. Controle-se! Impecável. Nada de lápide. Uma simples tábua de madeira, capacete de aço sobre ela, como com os camaradas que sucumbiram à morte heroica, na Rússia, na França, na África, na Noruega. Naturalmente nada de cruz, mas sim uma runa para o nascimento, outra para a morte. 7 de março de 1904 – 4 de junho de 1942.

Eu vim para chamar os pecadores e não os justos.

Quem está dizendo isso?

Aquele que está parado ali, ali, à esquerda, coberto de hera até as asas, um tanto bombardeado, faltam-lhe uma perna e um braço.

Eu os juntei, diz ele, os justos.

Não são muitos.

Dahlem se apresentou com seu colega de escola na rua, em Coburg. O colega de escola era médico e tinha a estrela amarela costurada sobre o terno, à esquerda, seguindo rigorosamente a prescrição. Dahlem estava de uniforme, Cruz de Primeira Classe na lapela. Isso foi na primavera de 1943. Eles caminharam juntos ao longo da rua da SA, de braços dados. E foram denunciados.

O médico foi deportado a Theresienstadt, onde, conforme se disse, morreu em 1944. Dahlem foi degradado a cabo por comportamento desonroso. Alemães não podiam se apresentar em público com judeus. Dahlem não respeitara a proibição.

Isso não é exatamente muito.

Não muito, mas mesmo assim um pouco, conforme já foi dito. Muito menos teria impedido um pouco mais.

Quando o encontrei pela última vez, diz Miller, ele vestia o uniforme rude dos soldados rasos. Tecido de lona. Não mais o corte elegante, o azul-pombo da força aérea, o lenço livre, o uniforme agora era frouxo e o tecido desconfortável. Ele continuava tendo uma boa postura e, mesmo assim, havia se tornado outro, mais modesto. Talvez tivesse sido aquele uniforme desconfortável e sem hierarquia que me fez perguntar o que eu jamais teria perguntado se não fosse assim, ou seja, se ele por acaso não tinha se apaixonado naquela época, no Japão.

Não, disse ele.

E como ele imaginava o resto, agora.

Pois é, posição e uniforme agora podem ser bem justificados, disse ele.

Ele tinha um fino sentimento de honra. Perguntei se ele se censurava por causa daquela mulher.

Não, ele disse. Foi decisão dela.

Assim também se pode ver as coisas. E então eu perguntei a ele o que ele achava, por que ela havia se suicidado com um tiro.

Por um sentimento de honra.

Sentimento de honra?

Sim.

Por que ela aterrissou com o vento às costas?

Também por isso.

O vaso com as orquídeas. A beleza não pega nas coisas, mas está no lusco-fusco, no jogo de sombras, que se desdobra entre as coisas, diz o poeta Tanizaki Junichiro. E eu penso que é realmente assim que as coisas se desenham para cada um de nós, de maneira diferente. Só no nosso olhar, que parte sempre de uma determinada perspectiva, de uma tendência, é que elas se tornam belas.

Ela está deitada ali e ouve o vento, ouve os movimentos dele. Mas tudo está em silêncio no quarto, um silêncio profundo. E ela pensa, eu poderia dizer o seguinte: eu desejo você. Um pouco depois, ela ouviu a voz dele, baixa e um tanto sonolenta.

Na minha primeira viagem à China, disse ele, encontrei um camarada alemão de mais idade. Um coronel, que já estivera na China em 1899 e serviu por lá, no estado-maior do conde Waldersee, durante a Rebelião dos Boxers. O oficial, que na época acabara de ser promovido a capitão, testemunhou a execução de diversos revoltosos. Os chineses estavam parados em uma longa fila e esperavam, enquanto o carrasco fazia seu trabalho com uma espada, lá na frente. O delinquente era obrigado a se ajoelhar diante de um bloco, colocar a cabeça sobre ele, o carrasco golpeava, a cabeça caía num cesto preparado para tanto. O cesto e o corpo eram levados embora. Dois carrascos se revezavam no trabalho. Na fila dos que esperavam, sem algemas, havia também um jovem chinês. Ele lia um livro. Sem levantar os olhos, avançava vagarosamente em direção ao bloco. O capitão pediu ao funcionário chinês que supervisionava a execução que indultasse o jovem. Seu desejo foi atendido. A notícia foi dada ao homem que estava lendo. Ele fechou o livro sem dizer nada e foi embora.

Essa postura, esse seria meu desejo, disse Dahlem, que eu gostaria de vivenciar.

Sasou mizu
araba to kishi no
yanagi kana

Também sobre isso você precisa falar.

Não consigo me lembrar de nada.

Você se lembra apenas daquilo que gosta. Não disso, das palmas, dos jovens soldados entusiasmados. Que estão sentados naquela sala. Cinzentos os uniformes, bem cuidados, o front nem parece estar próximo.

Mas eles não pisoteiam o chão.

Não, são muito disciplinados. Apenas batem palmas.

Eu não podia agir de modo diferente. Cheguei até mesmo a botar atestado médico. Mas então eles vieram, disseram, escute aqui, disse o comprido com a caveira no quepe e riu, mas não era um riso amável, para isso ele mostrava dentes demais, esse resfriadinho de nada, disse ele, e esse pouquinho de febre, se nós deixássemos a carabina de lado por causa disso, os russos logo estariam aqui. E isso o senhor por certo não vai querer. Portanto, se o senhor não se apresentar, seremos quase obrigados a suspeitar que o senhor tem alguma coisa contra o fato de estarmos aqui.

Eu disse que eu mal conseguia falar.

Então apresente pelo menos um de seus números de mágica. O senhor consegue fazer muito bem. Vamos, faça uma mágica para nós. Não precisa falar nada enquanto isso.

Queremos uma peça divertida, disse o outro caveira. A tenaz do ponche, ou alguma coisa assim. E, é claro, por favor, nada que tenha a ver com esse Nathan, disse o comandante, e então os dois caveiras riram.

E você fez mágicas. O seu número com as cartas. Você tirou as cartas da manga do uniforme de um desses jovens inexperientes, cheirando um pouco a formalina. E todos riram.

Não consigo me lembrar disso.

Mas é claro, você foi de carro, disse a intocável. Não era muito longe de Munique. Você voltou e bebeu. Sei muito bem, li tudo nos arquivos do departamento.

O pai do inventor do fichário do inimigo era professor de música e compôs uma ópera com o título de *Amém*. O personagem principal da ópera se chama Reinhard. Em homenagem a ele é que o filho recebeu seu nome.

Na manhã do dia 5 de março de 1945, por volta das oito e meia, a ponte de Rega foi explodida.

— Quem é esse?

Um dos refugiados, disse o cinzento, jaz ali atrás. Só chegou aqui mais tarde.

A essa hora eu deixei, junto com o camarada Willi Lemke e M. Bolle, quase na condição de últimos, nossa cidade em direção a Cammin. Só conseguimos chegar até Stuchow, e lá tivemos de pernoitar com a torrente formidável de fugitivos, já que em torno de Cammin os combates eram terríveis. Em Stuchow mesmo, ainda havia uma guarda de castelo alemã de 8 a 12 homens, que foram atacados por dois russos invasores na aurora do dia 6 de março. Na ocasião, um dos russos foi gravemente ferido por um suboficial alemão, enquanto o segundo fugiu. Reconhecemos imediatamente a falta de perspectivas de nossa fuga, e por isso batemos em retirada de volta a Greifenberg. Depois de mais ou menos 3 quilômetros de marcha a pé, os primeiros tanques e caminhões russos vieram ao nosso encontro. As tripulações jogaram pequenas salsichas em nossa direção, que nós deixamos de lado sem lhes dar atenção. Na casa junto à estrada, encontramos a primeira tropa de infantaria russa, que imediatamente nos saqueou. Pouco antes de Greifenberg, fomos parados mais uma vez na estrada de Cammin e nos alertaram que a artilharia havia se posicionado na estrada de Trieglaff. Eu usei então o caminho dos ciclistas e cheguei até a Bismarckstrasse, onde tropas mongóis estavam sa-

queando as casas novas e carregando baús e caixas. O primeiro mongol me parou e pediu fogo. Eu lhe dei meus últimos palitos de fósforo, e queria prosseguir em meu caminho, quando ele ordenou que eu parasse, me devolveu os palitos de fósforo e, além disso, dez cigarros. Agora eu podia seguir adiante, e assim acabei chegando, passando pela Bismarckstrasse, pela Wallstrasse, sem ser notado, até minha casa, na Marienstrasse 30. Ali passei uma noite sozinho em casa, mas gostaria de me poupar de descrever as impressões que tive por lá. Em nosso pátio, diretamente em frente da porta que dava para ele, encontrei um cadáver de homem, de idade entre 50 e 60 anos, em bom estado alimentar e vestindo um casaco de passeio, uma calça preta e uma cartola. Todos os seus bolsos estavam virados do avesso e faltavam os documentos. Ainda que eu conhecesse muitos dos moradores de Greifenberg pessoalmente, não consegui reconhecer o morto. Também a família R. Voigt não reconheceu o cadáver... Na minha opinião, não se tratava de um morador de Greifenberg.

É o que se diz.

Meados de abril.

Pois é, e além do mais o aumento da temperatura.

Os escombros em chamas. Não há água para apagá-los.

A porta de aço não pode ser aberta. Literalmente soldada.

Pois é, mas não exagere.

Não, foram os escombros, pedras, entre eles as vigas em fogo, madeira, piso. Muita madeira. Queima muito tempo, uma espécie de forno, por assim dizer. E além disso o carvão de coque no porão do vizinho.

Nunca queria ser cremado. Não por motivos religiosos. Sou ateu, mas sempre imaginei correta a noção de ser enterrado. Voltar à terra, virar terra. Também os vermes não chegam a me incomodar. De maneira nenhuma. No máximo o cheiro, este sim. Mas de resto, como já disse, sempre gostei da frase: terra à terra. Uma pequena pazinha em cima. Mais tarde, plantar um pé de rosas com a mesma pazinha. Isso tem algo consolador. Ainda que não mude nada no fundo, é claro.

Mas assim. A porta, como que soldada. E a parede, a parede de tijolos, a saída de emergência. Golpear aqui. Ali atrás ficava o carvão de coque. Uma brasa que faz os tijolos virarem ferro quente. Estava diante da porta do porão, ainda a vi caindo, à luz do holofote, pontos negros que logo ficaram maiores. Mal consegui fechar a porta de aço, mover as alavancas, aí o golpe veio como um terremoto. Estrondo. Luz apagada. E nenhuma luz de emergência. Só as listras de fósforo nos muros brilhavam, pálidas.

Eu me apresentei sem perder tempo no front oriental, voluntariamente, sabia voar, ora, aprendi com Dahlem. Os outros não conseguem levantar o traseiro do assento, são os representantes do levante nacional. Bebem e soltam seus bordões, traseiros gordos, barrigões, que eles levantam à custa de cintos largos. Bebem cerveja e raciocinam. Caciques do partido. Pilotos de caça. O russo, pendurado à minha frente. Eu vi como ele deu a volta, acelerei assim mesmo e vi como ele foi arrebentado, voando em meio a uma chuva de estilhaços de metal. A sorte do caçador. A sorte do vitorioso. Não a covardia, que se esconde atrás da compaixão. A sensação do poder. E degustar a sensação da força.

E esse gemido, ali atrás?

É um dos círculos mais inferiores, disse o cinzento. O homem foi Scharführer e supervisionava as câmaras em Birkenau. Quando as portas, depois de o gás ter feito seu efeito, eram abertas, e os cadáveres, como sempre, eram puxados com ganchos para fora, de repente, coisa que em todos aqueles meses jamais havia acontecido, alguém ainda estava vivo. Uma menina. Ela saiu chorando do bunker. Talvez tenha pressionado o rosto no sobretudo da mãe, talvez tivesse respirado pelo tecido da própria manga, que continha um pouco de calcário, talvez se tratasse simplesmente de um milagre. Esse milagre impossível de ser explicado botou fora de controle o seu Sturmführer, seu chefe, o mais durão entre todos os Sturmführer. Ele lutava para ficar calmo de novo. Levou um choque terrível. Compaixão. E então, por desespero, ordenou que a menina fosse fuzilada. Mas foi embora para não precisar acompanhar o fuzilamento. Um momento de fraqueza.

Ele poderia tê-la pegado pela mão, diz a voz de um homem.

Quem é esse?

Um sonhador, diz o cinzento. O Sturmführer poderia ter ido embora, diz o sonhador, com a criança na mão. E mesmo que fosse apenas até a barreira mais próxima. Lá onde os caveiras montavam guarda.

E então?

Talvez essa, essa ação única e espontânea tivesse mudado tudo. Talvez também os outros tivessem despertado da loucura assassina, mesmo que fosse apenas por um instante.

Não. A criança seria empurrada para o bunker com o grupo seguinte. E o Sturmführer seria mandado para a casa de repouso da SS.

E eis que ocorreu um grande terremoto. Pois o anjo do senhor desceu dos céus, se aproximou e rolou a pedra que estava diante da porta, e se sentou sobre ela.

E sua figura era como o raio e seu vestido branco era como a neve.

Não, nenhum anjo veio, nada aconteceu, nenhum tremor, nenhum raio, nenhuma escuridão. Tudo seguiu adiante como sempre. O vento sopra. A chuva cai. O céu passa. E peço ao senhor que não me venha de novo com os anjos. Quantos anjos encontram lugar em cima de um alfinete. Isso é escolástica, desinteressante, completamente desinteressante.

E esse ali de trás, esses murmúrios de velho?

O que isso quer dizer?

Protejam minha ala direita!

Também é um piloto?

Não, não é anjo, nem piloto. Um estrategista. Dizendo como os franceses devem ser vencidos. Envolver pelos dois lados e, em seguida, aniquilar o arqui-inimigo. E então vem um tenente-coronel e vê alguns soldados franceses sapateando junto ao Marne, supostamente a ponta de lança de um exército, que ultrapassa nossas alas com suas alas – e tudo se foi. Incapacidade. Se é que não é traição.

Mas é claro que é traição.

Traição junto ao Marne.

Traição em novembro.

Em julho de 1932, parentes, amigos e representantes da imprensa aguardavam no aeroporto Tempelhof. Ela foi trazida pela companhia aérea Holland-Batavia de Bangcoc a Viena, e de lá voara num avião emprestado até Berlim. Queriam lhe poupar a vinda de trem para casa. Em Bangcoc, ela mandara fazer uma jaqueta de piloto e um boné do couro de uma *python*, e, assim, vestida no couro de uma serpente, ela desceu da máquina.

Como o anjo caído.

O infortúnio começou quando o homem tentou voar. Sim, o homem queria voar para fora do Jardim do Éden.

Bobagem. O que o de uniforme preto tem a ver com a aviadora?

Os dois voavam.

Ora, ela voava pacificamente, o outro pilotava um caça, e de modo bem temerário.

O que quer dizer pacificamente? Pacificamente, com uma metralhadora automática?

Metido a besta.

Só posso rir disso.

A merda no cano de um canhão graças a Deus é bem rara.

Voar significa desafiar Deus, é a reascensão de Lúcifer, que foi precipitado no inferno por presunção.

Besteira.

Cale a boca ali atrás.

Olha ele de novo. Digam a ele: ricota pisada se espalha, mas nem por isso fica mais forte, diz o bebum. Conheço essas coisas. Tudo começou com aparelhos nos quais era necessário deitar no chão para ver se eles se levantavam ao menos um pouco nos ares, depois, na guerra, o salto enorme. A guerra é a mãe de todas as coisas. Os primeiros caças. Os Fokker, de asas triplas, simplesmente fantástico. Os primeiros bombardeiros. As primeiras máquinas civis. A boa e velha Tante Ju. A próxima geração de caças, cada vez mais rápidos, mais ágeis. Aviões civis, motores melhores, por fim turbinas, radares, mísseis, simplesmente fantástico.

Eles vão acabar com a vida na Terra e com a própria Terra, conforme foi profetizado: e eu vejo que o sexto selo se abre, e vejo que houve um grande terremoto, e que o sol se fez negro como um saco de pele de cabra, e que a lua se fez sangue. E as estrelas do céu caíram sobre a terra, como se uma figueira lançasse ao chão seus figos ao ser batida pelo vento forte. E o céu se evadiu como um pergaminho enrolado, e todas as montanhas e ilhas foram movidas para longe de seus lugares.

Com a leve corrente de ar, que também move suavemente a cortina, chegou para dentro do quarto o cheiro da relva e da terra. Ele perguntara se eu vivia sozinha, e eu dissera que sim. E, depois de uma longa pausa, na qual ouvi o primeiro canto de pássaro da manhã, um melro, contei a ela da amiga. Há um ano eu conhecera uma mulher. Contei, sem que ele tivesse continuado a perguntar, e nem sequer tinha certeza se ele não estava dormindo. Contei, com o olhar voltado para a cortina, pela primeira vez, dessa russa, que depois de um espetáculo de voo esperara por mim em Berlim. Eu mostrara meu programa, giros, loopings, turns, mas não exatamente isso que Ernst Udet, que vinha depois de mim, apresentaria. Ele era de uma classe bem diferente. Ela se apresentou: Olga. Seu alemão tinha um leve sotaque que denunciava a presença do leste. Foram perguntas incomuns para uma entrevista, não as mesmas que já me haviam sido feitas às centenas: do que a senhorita tem mais medo, da aterrissagem ou da decolagem? Ela perguntou qual o momento em que eu me sentia realmente feliz. E como eu reagia fisicamente a ele. Quando estou com medo, um medo realmente chocante, tenho a sensação de que os pelos de minha nunca se levantam. E quando se trata de uma sensação agradável? De uma sensação intensa de felicidade? Então, sim, são os pelos de meus braços que se levantam. Ela riu e me pediu para que eu mostrasse meu antebraço a ela. Eu hesitei por um momento, depois levantei a manga da jaqueta de couro um pouco, hesitei, disse que aquela era a entrevista mais estranha que eu jamais havia dado. Minha risada pareceu a mim mesma um tanto embaraçada. Eu não sabia ao certo como deveria lidar com aquela aproximação, aquele pedido repentino e tão íntimo, dirigido de tal modo a uma tentativa de proximidade física, um pedido que contrastava tanto com a elegância severa dela, o traje cortado com rigor, os sapatos de salto alto de couro de cobra, a blusa de seda bege, a corrente de ouro singela mas de elos grossos. Um relógio de pulso dourado com uma pulseira de ouro trançada. Eram, isso eu via, velhas joias de família. Levantei a manga da blusa. Posso?, ela perguntou, e no momento seguinte passou a mão em meu antebraço, contra a direção dos pelos. E obviamente os pelos finos de meu braço se levantaram. Como a senhorita descreveria a sensação? Agradável, disse eu. Essa sensação, essa sensação agradável, é perceptível apenas nos braços ou também nos pelos das pernas? Eu ri e disse que estes não podiam se levantar porque eu os raspava. Também ela riu, mas em seguida quis saber se essa sensação era comparável com a que se instala quando levanto do chão. Um pouco, talvez, disse eu, mas talvez também não, essa sensação é agradável demais, pois se dirige apenas a si mesma, e deseja duração. A sensação ao voar, pelo contrário, é uma sensação de alívio, que sucede a partir da concentração dos movimentos técnicos que devem ser executados. Ela riu. A senhorita não se incomoda com o barulho dos motores, que sempre a acompanha? Não, de maneira nenhuma. Ele lhe concede a sensação de força? Sim. Talvez. Sim. Uma força capaz de levá-la para além de si mesma? Sim. Exatamente.

Ela me convidou a ir até a casa dela no dia seguinte. Ela morava no quarto de uma pensão e já preparara um coquetel, salgadinhos de queijo e taças. Disse, que bom que a senhorita ilumina a imagem das mulheres por aqui, contou de um escritor, um escritor russo, emigrante como ela, com o qual ela de quando em quando jogava tênis na Cicerostrasse, e com o qual ela concordava na opinião de que a maior parte das berlinenses era muito feia, de que elas se vestiam com desleixo e sem apuro, com os cabelos sempre parecendo meio sujos. Também Tchekhov ficou decepcionado. Ele escreveu que achou as mulheres de Berlim tão terríveis, feias, fora de moda, descuidadas. A senhorita, disse ela para mim, é uma embaixadora maravilhosa, uma exceção, a exceção especial, que quebra qualquer regra. Eu perguntei pelo quadro pendurado na parede, um retângulo transversal, marrom-avermelhado, semelhante às asas de um avião, debaixo dele outros retângulos maiores e menores, em cores de matiz marrom e verde, e, na parte de cima, sobre o retângulo marrom-avermelhado, uma superfície preta redonda, em forma de pingo. Gosta dele? Muito. É um quadro de Kasimir Malevitch. Ela disse que o trouxera enrolado junto consigo da Rússia. Ela, a filha de um almirante russo, tivera de fugir em 1918. Uma fuga complicada e enrolada, que a levou ao sul, para a ilha de Krim, e durou quatro semanas, apenas com uma pequena mala de couro, e dentro dela roupas de baixo para trocar. E uma bolsa de mão, na qual levara suas joias. A família havia escondido a parte restante das joias no reservatório de carvão da mansão em que moravam. Esta havia sido consumida mais tarde até restarem algumas poucas peças. Ela contou da ilha de Krim, das batalhas das tropas de Wrangel contra os vermelhos, da fuga pelo Mar Negro, para Istambul, e, de lá, com os restos da frota fiel ao czar, adiante até Túnis, onde ela vivera três anos, e como por fim saíra de lá, passara por Gênova, para enfim chegar a Berlim com sua mala de couro. Das joias, lhe restara apenas a corrente de ouro e o relógio de seu irmão, que tombara na luta contra os vermelhos. Aqui, isso é tudo. E, ao dizê-lo, ela ergueu o pulso esquerdo com o relógio de ouro e a pulseira trançada também de ouro. E quando toquei com os dedos nas peças, ela segurou meu braço, se virou para mim e beijou a palma da minha mão, meu pulso, meu antebraço, a dobradura do braço. Você está vendo?, disse ela, e mostrou seu braço para mim, no qual os pelinhos escuros haviam se levantado, esse é o nervo simpático, que acompanha você também durante os voos. Eu estava sentada ao lado dela e sentia meu corpo como se estivesse fora dele – eu – junto do corpo dela, suave, os braços, aqui o decote, os seios. Tive de rir, mas então, pouco depois, não havia mais nada de cômico naquela proximidade, no fato de estarmos sentadas uma ao lado da outra, e, aos poucos, rirmos de nós mesmas, ela do meu embaraço e eu da satisfação dela.

Fiz uma pausa maior e ouvi de repente a respiração tranquila, regular, e com pausas um pouco maiores entre um movimento e outro. Ele não respondeu minha pergunta, feita em voz baixa. Eu desejei estar deitada ao lado dele. Desejei sentir os tremores de seu corpo mexido pelos sonhos, o tatear impaciente dos olhos debaixo das pálpebras. Por quais países distantes anda aquele que sonha?

Clareara um pouco no quarto, o halo em torno da lâmpada de petróleo não brilhava mais naquela luz quente e amarela, mas sim estava tomado pelo cinza do dia que principiava. À distância, ouvi o canto de um galo.

Ela ficou mais tempo do que o previsto no Japão, diz Miller. Esperou que os distúrbios na China chegassem ao fim, para então voar de volta pela mesma rota. Os combates entre a Kuomintang e as tropas de Mao haviam se espalhado, e por isso ela se decidiu a voltar por Hong Kong, Tailândia, Iraque e Turquia.

Sempre de novo ela adiava o voo de volta, e a cada vez esperava por Dahlem, que partiu três ou quatro vezes em voos mais curtos para as regiões da Guerra Civil. Ela até quis acompanhá-lo, mas ele se recusou terminantemente a levá-la consigo. Disseram que ela foi retida pelas circunstâncias, mas, no fundo, era ela mesma que se retinha por lá. Enquanto ficamos em Tóquio, eu estive muitas vezes com ela, às vezes também com ela e Dahlem – quando ele também estava na cidade – e saíamos juntos para nadar na piscina de um clube, no qual muitos europeus, mas também japoneses se encontravam. Ela estava bronzeada, era de constituição robusta, e mesmo assim seus braços e pernas eram esguios. Ela nadava maravilhosamente bem, era mais rápida do que eu, do que Dahlem, mas talvez também ele a deixasse ganhar. No peito de Dahlem podiam ser vistas duas cicatrizes, no peito e no ombro. São arranhões da época das trincheiras, respondeu ele à pergunta dela. Mais tarde, quando estávamos sentados juntos no restaurante do clube, ele disse que precisava voar para a China, por três semanas. Nesse momento, ela anunciou que nos próximos dias começaria o voo de volta por Hong Kong e Bangcoc. As formalidades de sobrevoo já haviam sido concedidas, seu punhado de coisas já havia sido empacotado, ela disse. Voo em três dias. Talvez ela estivesse esperando que Dahlem a convencesse a ficar. Mas não se pôde perceber nada em Dahlem nesse sentido.

Antes, porém, eu ainda gostaria de voar uma vez com o senhor.

Pois bem, disse ele, com prazer.

À despedida, ele beijou a mão dela, ela, porém, em sua saia branca e sua blusa azul de bolinhas brancas, o abraçou, repentinamente e com um movimento rápido e intempestivo, um pouco descontrolado e desajeitado. Ele riu, e conseguiu mudar a situação para os que estavam em volta de modo a fazer parecer que havia sido ele que a abraçava. Mas eu o conhecia, e entrementes também a conhecia. Dahlem contribuíra para a prorrogação da estada dela, ele equipara os partidos com armas. Seus negócios andavam bem.

O representante-geral de uma empresa de aço alemã convidou todo mundo para o jantar de despedida. O homem vinha da Baviera e encomendara de um açougueiro japonês um bolo de carne embutido, traduzindo ao japonês a receita bávara. Bolo de carne embutido, e sobre ele um ovo estrelado. Estranhamente, o bolo de carne tinha gosto de reboco, e, com certeza, também teria sido possível tampar buracos com ele, diz Miller. Mas os convidados japoneses estavam maravilhados. Uma outra especialidade, que encontrou grande aceitação entre os japoneses, foi Danziger Goldwasser. Todo mundo queria beber as raspas de ouro boiando no fundo. Cagar ouro uma vez na vida. Todos pediram para ser servidos. Também uma das mulheres. A mulher de um redator japonês estava a fim de Dahlem. Eu suponho que os dois já tivessem tido algo antes daquela noite. O jeito como ele olhava para ela, e sobretudo o jeito como ela, quanto mais bebiam na roda, o tocava, acariciava, e por fim pegava – eles estavam sentados no chão, um ao lado do outro –, por certo dava na vista de todo mundo na roda. Só o marido dela, que já estava um tanto embriagado, é que não percebia nada. Dahlem não mostrava nenhuma reciprocidade, nada sobre um eventual interesse por ela, mas de qualquer modo também não fazia o menor sinal para rechaçá-la. Em dado momento, a japonesa enfiou o dedo mindinho num anel de guardanapo e o mexeu de um lado a outro, um pedido gestual mais do que nítido. Marga, que também estava vendo tudo, olhou descontraída, mas de qualquer modo fazendo algum esforço, para outro lado. Ela estava sentada ali e nada dizia. Bebia sua Danziger Goldwasser e de repente se levantou, ainda faltava muito para a meia-noite, aliás, com muita habilidade, como se fosse uma japonesa, com um pequeno arranque dos joelhos aos pés, e disse que tinha um bom trecho à sua frente para a manhã seguinte. E então, sim, é preciso dizê-lo assim mesmo, então ela reuniu toda sua coragem e pediu a Dahlem que a acompanhasse até fora da casa. Eu pude ver os dois, como eles conversavam ao clarão da lua cheia. Ele se despediu com um beijo na mão dela.

No dia anterior ao jantar, eles haviam voado juntos. Apresentaram uma pequena seção privada de acrobacias aéreas, sem muita propaganda, ela se limitara a buscar permissão com o general Nagaoka, que, aliás, a admirava muito. Ela pedira várias vezes a Dahlem que fizesse um voo de formação com ela. Dahlem não era piloto por paixão, isso todo mundo sabia. Ela teve de convencê-lo. E já surgira a impressão de que Dahlem não era tão bom no voo, que ele apenas sabia voar, para o que, conforme ela disse, não era necessário muito, aterrissar, decolar, isso até é um pouco mais complicado, todo o resto quase acontece por si mesmo, pelo menos nos casos em que se conhece a região em que se voa. A arte começava nas acrobacias no ar, e o voo artístico com suas diferentes volutas havia se desenvolvido a partir dos combates aéreos. A suspeita de que ele não dominava o voo artístico muito bem não pareceu incomodá-lo de modo especial. Então, com o anúncio de que ela voaria de volta para casa, ele por fim concordara – e eu estou convicto de que foi muito mais para fazer um agrado a ela do que para provar às pessoas que sabia voar e, ademais, sabia voar muito bem. Ela providenciou um Junkers para ele, ambos pilotaram o mesmo tipo de avião, portanto. Ainda que o espetáculo não tenha sido muito anunciado, um grande número de pessoas se reuniu naquela manhã, das embaixadas, mas também pilotos militares japoneses. Seria, ao mesmo tempo, um voo de propaganda para a fábrica Junkers, mesmo que isso jamais tenha sido mencionado claramente.

Ela partiu primeiro, depois ele, e os dois começaram a fazer acrobacias no céu. Fizeram loopings, giros, voos picados e o que mais havia em manobras de voo. Eu cheguei bem rápido à impressão de que ela voava de forma bem mais elegante do que ele, cujos movimentos eram bem menos harmônicos. Em dado momento, o jeito de voar dela mudou, ela parecia estar tentando ficar em posição de tiro, portanto atrás dele. E a perseguição começou, nítida, naquele instante em que a brincadeira livre se transformou em caça, com ela o desafiando, sim, como se fosse um verdadeiro combate dos dois no céu. Naturalmente ela conhecia a *Dicta Boelcke*. Ora, Boelcke era o piloto de caça com o qual todos haviam aprendido, Richthofen, Udet e todos os outros: *o ataque ao inimigo deve ser encaminhado sempre por trás. Atacar sempre vindo da direção em que está o sol* e assim por diante. Via-se como ela tentou se posicionar atrás de Dahlem, e como este, ao perceber a intenção dela, voou de lado, levantou a máquina fazendo uma curva e se dirigiu para o outro lado, o esquerdo. Ela o seguiu, e ele voou em zigue-zague, as curvas dele eram angulosas e abruptas, bem mais suaves e ainda assim mais curtas eram as dela, e assim continuaram por algum tempo, ela se aproximando cada vez mais dele, a ponto de, em dado momento, conforme garantimos uns aos outros mais tarde, termos todos a impressão de que ela queria bater nele de lado por trás, tão próxima que estava da máquina dele. Alguns espectadores chegaram a gritar, e então Dahlem escapou mais uma vez com um giro, e mais uma vez começou a perseguição por parte dela, e mais uma vez ela conseguiu ficar atrás dele, ao que um piloto da Primeira Guerra, um inglês, parado ao meu lado, disse que ela ainda não estava em posição de tiro. Mas, então, de repente, ela estava quase exatamente atrás dele, quando ele fez a máquina levantar quase verticalmente, e depois fez um giro agudo à direita e de repente estava atrás dela. Por um instante, por alguns segundos, ele voou exatamente atrás dela, e o inglês ao meu lado disse, isso, agora ele pegou ela. Então Dahlem abandonou a perseguição. Um pouco mais tarde, ambos voaram lado a lado, ele acenava para ela e ela para ele.

Quando aterrissaram, primeiro ela, depois ele, vimos que ambos estavam banhados em suor, mas ambos riam.

Ele disse que ela teria vencido naquela guerra aérea de brincadeira. Não consegui pegá-la.

Conseguiu sim, disse ela, você conseguiu me pegar.

Era a primeira vez que ela o chamava por você em público.

Mais tarde, diz Miller, eu perguntei a ele por que ele não dera uma chance a ela, por que não lhe concedera aquele pequeno triunfo.

Eu queria. Mas foi um reflexo repentino. Um susto, quando a vi atrás de mim, não ela, o avião. O momento de um susto fatal. Pode até ser ridículo, mas foi assim, pior, eu berrei, gritei um sim longo, selvagem e triunfal.

Na frente voava um forte, porém um mais forte o seguia.

À noite, depois daquela batalha aérea, sentamos juntos e festejamos. O vestido dela, preto, um colar de pérolas, o espanto dos japoneses com os saltos altos de seus sapatos. Também Lindbergh, o aviador do Atlântico, que estava no Japão, a cada pouco olhava, conforme percebi, para as pernas dela. Naquela noite desfrutei o pequeno triunfo de Dahlem não saber ou não querer dançar. Dancei com ela, bem apertado, um foxtrote, e senti que ela não era nenhuma amazona.

E mais uma coisa. Estou certo de que não houve nada ali, diz Miller. Uma mulher ainda virginal. Dava pra ver nela. Havia algo fisicamente estranho nela. Algo estranho a si mesma. Uma distância na maneira como ela se apresentava, se comportava, uma distância também em relação a si mesma. E isso que ela se apresentava sempre de modo absolutamente seguro, calmo, certa de seu talento, de sua nobreza, de seu sucesso. E ainda assim havia um restinho de algo mal resolvido. Sei como avaliar um corpo, uma postura. Não, eu tenho certeza de que até aquela noite ela jamais estivera com um homem. Depois daquela noite atrás da cortina, porém, ela se tornou outra.

Ela havia mudado. Os traços de seu rosto estavam suavizados, ela se mostrava um pouco mais aberta. Naquela noite ela saiu, olhou no espelho e, quando voltou, vi que ela havia se penteado e retocado os lábios e as sobrancelhas.

Ela partiu na manhã seguinte. Haviam aparecido muitas pessoas, conhecidos e curiosos. Entrementes, ela fizera muitas amizades, inclusive com japoneses. O general Nagaoka também apareceu, os membros da embaixada e, é claro, Dahlem. Pequenas recordações foram entregues a ela.

Dahlem lhe deu de presente um pacotinho embrulhado com capricho. Para trazer sorte, ele disse. Mas só o desembrulhe quando já estiver no ar.

Ela deu a partida, e por um momento pareceu que ela não conseguiria subir a tempo de se desviar de um muro. Até mesmo Dahlem esqueceu sua postura descontraída e gritou, ainda que ela não pudesse ouvir, vamos!, levantar! Então, enfim, ela ganhou altura, e ainda deu uma volta no ar, balançou as asas e se afastou em direção ao oeste, ficando cada vez menor.

Só desembrulhei o pacotinho que ele me deu pouco antes da decolagem, e que pesava em minha mão, quando já estava sobre o mar. Era o estojo dele, o estojo de cigarros prateado com o estilhaço de latão. Uma recordação pesada.

Todo o resto é conhecido e pode ser contado bem rápido, diz o cinzento. Ela voou para Hong Kong, onde foi recebida pelo governador inglês, fez palestras, encontrou os membros da colônia alemã, e onde também foi olhar o porto, mandando de lá um cartão-postal para Dahlem, em Tóquio. No cartão-postal, podem ser vistos juncos e uma barca portuária. "*Dear* Christian, escrevo este cartão-postal olhando para a enseada. Penso que poderia ser seu olhar: as belas águas que se movem com os juncos velejando dentro delas, vagarosamente. No ancoradouro, um cargueiro se livra de sua carga. O sol acaba de deslizar para trás da cadeia de colinas. Amanhã sigo adiante, para Bangcoc. *Yours*. M."

O cartão não foi selado, diz o cinzento. Ela deve tê-lo mandado num envelope. E também não usou nenhum "querido" mais insistente, e sim o belo "dear", que deixa tudo em aberto.

De Hong Kong ela voou para Bangcoc. Lá, ela caiu ao decolar, de uma altura de 80 metros. Tiraram-na dos escombros da máquina, gravemente ferida e inconsciente. Uma fratura na coluna vertebral. Os médicos franceses temeram uma paralisia definitiva das pernas. Quando ela despertou do desmaio e lhe perguntaram se sentia dores, ela disse, estou bem. *Ça va*. Mas ela mordera os lábios a ponto de sangrarem, até receber morfina. Os médicos franceses pareciam mais açougueiros, mas eram simpáticos e sobretudo cirurgiões excelentes. Quando mandou notícias para casa, ela escreveu: *Por um fio de cabelo, sabe lá Deus, e tudo teria dado errado. Ninguém que viu a queda ou mesmo as imagens da mesma quis acreditar que um ser humano pudesse sair ainda meio vivo de entre os escombros de meu pobre Olhadinha no mundo. Nem mesmo eu sei como foi possível. O motor falhou, e eu caí de bico de uma altura de 80 metros.*

Essa altura, é preciso imaginar uma coisa dessas, 80 metros, inacreditável. E o cinzento tossiu. Assim como o senhor está tossindo aí, disse eu, deveria mandar o médico examinar se não está com tuberculose. As infecções voltaram a crescer muito em Berlim desde que o leste voltou a se abrir.

Mas o cinzento apenas sacudiu a cabeça, disse, não, não, ouça isso daqui. *Uma vértebra se deslocou em virtude do susto, e está quase 2 centímetros ao lado da outra, além disso uma distorção na espinha dorsal, esmagamento dos rins, sangramento interno na coluna vertebral, pancada na cabeça, buraco na perna, e eu desejaria que tivesse no bolso tantos táleres quanto ela tem de manchas azuis pelo corpo.* E mais uma vez o cinzento tossiu espasmodicamente. *Os primeiros dias, apesar da morfina e de todo o resto, obviamente foram terríveis, com suas dores alucinadas.*

Após algumas semanas, ela conseguiu voltar a andar, primeiro de muletas, depois começou a reaprender a andar sozinha aos poucos. Sua grande preocupação era o fato de o avião ter virado sucata. Perda total. Todo seu capital jazia destruído no chão. *Minha existência e minha subsistência jaziam ali.* Ela ganhava algum dinheiro com artigos que escrevia para jornais alemães, entre eles um relato sobre a festa de casamento do rei, para a qual havia sido convidada. Adiara por muito tempo o voo de volta. Por fim, voou com um avião de linha para a Europa, até Viena, e de lá numa máquina emprestada até Berlim. Ao aterrissar, usava uma jaqueta e um boné de couro de *python*. Flores, música, aplausos, mas todo mundo sabia que ela caíra mais uma vez, e quando se observa as fotos com cuidado, diz o cinzento, vê-se um sorriso de troça em alguns dos homens. Como ela está sentada ali, sobre a máquina, um buquê de flores na mão esquerda, e a direita levantada em cumprimento como se fosse um general romano. Ela escapara por pouco de morrer. Para poder tomar parte nisso, teria sido necessário testemunhar o ocorrido. Há pouco ainda nos ares, ousada, e no momento seguinte o avião jaz amassado e destroçado no chão, grosseiramente imóvel. Uma confusão absurda de latão, arames, aros de metal. Uma metáfora para a expressão: a soberba antecede a queda. No Antigo Testamento, Deus precipita o presunçoso anjo Lúcifer, que disse *non servio*. Quem paga a soberba com a morte é visto como uma figura trágica, quem segue capengando por aí, como uma figura cômica. Naturalmente ela, essa mulher sensível e inteligente, sabia disso. Em sua tentativa, ela tentara salvar pelo menos um pouco do voo ousado, mas depois acabara escolhendo o meio errado, quando se mostrara naquela roupagem de piloto feita de couro de cobra. Se ela tivesse saído da máquina com uma jaqueta de couro rasgada e suja de óleo, isso teria lembrado da estafa, das dores, daquele fracasso aventuresco. Assim, no entanto, sua aparição era como algo cosmético. Todo mundo sabia que ela estava financeiramente arruinada, e agora ainda descia de um avião emprestado em trajes elegantes e exóticos.

Ela não se deixou abater. Tentou arranjar dinheiro para um voo até a Austrália. Mas ninguém quis lhe dar um avião. Sucata duas vezes era demais. Eu a admirei. Aqueles homens ousados, simplesmente terrível. Mas no caso dela tudo era diferente. Meiga, sem toda essa afetação, essa demonstração de força.

E mesmo que fosse apenas em sonho, confessar meu amor a ele.

Uma queda em cada um de seus voos de longo curso. Da Alemanha às Ilhas Canárias, passando pela Espanha e por Marrocos. De Berlim a Istambul, de Berlim a Tóquio. Voos loucos e ousados, e então, a cada um dos voos de volta, ela acaba caindo. Ninguém é capaz de aguentar uma coisa dessas. Ou? Em cada um dos voos. Na Sicília, batendo num muro ao decolar. Sangra na cabeça. No voo de volta do Japão, ao partir de Bangcoc, quebra uma das vértebras de sua coluna. E sempre volta para casa com a alavanca da direção nas mãos.

Ela sabia o que esperava por ela em casa.

Ela se matou por vergonha, diz uma voz. Ela sabia o que diriam, o que aquele ali de trás disse, para voar é preciso ter pensamento lógico, agir sem emoção. Ter talento combinatório, entendimento técnico. Dá na vista, as mulheres sabem muito menos do que os homens o que é preciso fazer numa pane de bicicleta.

Que tipo roceiro!, berra o bebum. Vi mulheres que sabiam voar que era uma maravilha, nenhuma diferença em relação aos homens. A Hanna Reitsch, por exemplo, a maravilhosa Strassmann, a Elly Beinhorn, e também a Marga von Etzdorf.

Marga foi a Maria Azarada entre as aviadoras, diz Miller, a Maria Felizarda foi a Beinhorn, Elly, que assim como Marga nasceu em 1907. Elly Beinhorn voou para a Austrália, depois para a África, para a América do Sul, sobrevoou desertos, mares, os Andes, o Himalaia. Ela era festejada onde quer que chegasse. Seu riso era um brilho só. Também seus acidentes se transformavam num sucesso brilhante seguindo uma lei misteriosa. Foi o que aconteceu com seu pouso forçado às margens do Saara. Ela é considerada desaparecida, ninguém sabe se ainda está viva, até que Elly aparece montada num cavalo em Timbuctu, depois de vários dias. É preciso imaginar uma coisa dessas, a mulher chegando em Timbuctu montada num cavalo. Essa cidade de conto de fadas. Lugar de carga e descarga para sal e ouro. Eu sempre quis ir a Timbuctu. Teria aceitado imediata e voluntariamente fazer teatro no front por ali, mas nossos rapazes não chegaram a avançar tão longe, sul adentro. Por sorte. Mas isso é preciso imaginar, esse sonho de mulher, loura, numa região de negros. Ela é recebida com a maior amabilidade. Fica amiga de uma mulher tuaregue. Tudo dá certo pra ela. Ela conserta o duto da gasolina e voa adiante, voa de volta à Alemanha. É festejada, aquele riso, maravilhosa, loura, um rosto suave de mocinha. Maravilhosa.

Agora o homem já está delirando pela segunda aviadora, diz o cinzento.

À distância. Eu a vi duas ou três vezes. Ouvi-a falando. Talvez ela também tenha me visto e ouvido no palco alguma vez. Mas jamais trocamos uma palavra sequer. Ela era admirada por todos, e também no amor tudo dava certo com ela, casou-se com o piloto de corridas Bernd Rosemeyer. Um casal jovem e radiante. Os amados pelos deuses recebem tudo inteiro, as alegrias, infinitas, as dores, infinitas, tudo eles recebem por inteiro. É como diz nosso conselho secreto. No entanto, e esse foi o tributo de ambos aos deuses, esse piloto de corridas jovem e radiante foi vítima de um acidente fatal dois anos depois. Os amados pelos deuses também são levados jovens pelos deuses, foi o que disseram na época. Isso naturalmente é bobagem. Ela, a Maria Felizarda, que nasceu no mesmo ano em que nasceu Marga, chegou aos cem anos, cem anos no sol, na luz. Marga, ao contrário, já seu nome tem algo de um infortúnio rouco, é o que eu acho, diz Miller, soa a magra, mal completou 25 anos, caiu duas vezes, se feriu em cada uma delas, e na terceira se matou com um tiro. Que postura. Uma prussiana. Que orgulho. Ela agiu como um samurai. A batalha estava perdida. Foi a primeira mulher a voar sozinha para o Japão. Viveu durante meses no Japão, aprendeu a comer macarrão de arroz com palitinhos, a beber chá conforme a cerimônia e conheceu o significado da sombra, ouviu o que é sepuco, esse corte aplicado no lado esquerdo, e conduzido ao lado direito, atingindo profundamente as vísceras, enquanto o homem do séquito que está atrás decepa a cabeça com a espada, aprendeu o significado de sombras e penumbras. Foi recebida pelo general Nagaoko, o primeiro aviador do país, que deixara seu bigode branco crescer para os lados como asas, sim, como asas de avião, aprendeu que porcelana quebrada não era simplesmente lixo, mas que ela inclusive ganha em seu aspecto, caso os pedaços voltem a ser colados de modo nitidamente visível, unindo assim o fabricado, o quebrado, e o restaurado num só objeto. Uma obra de arte digna de admiração. Ela havia sido cortejada pelo general Nagaoko. Ele havia dado de presente a ela um quimono de seda tecida em Cando, um quimono com aviões estilizados, algo completamente incomum. Tradição e quebra da tradição. Uma foto o mostra, como ele pega cautelosamente o braço dela, deixando perceber a distância mantida no toque. Um gesto que expressa respeito e desejo ao mesmo tempo. Como ela está parada ali, com aquele sorriso amável, tão soberana em seu quimono, cujas cores, uma vez que se trata de uma fotografia em preto e branco, lamentavelmente não podem ser reconhecidas.

E Dahlem havia interpretado para ela o espaço, a luz, a sombra e aquele quadro no para-vento. Confúcio, cavalgando sobre uma rês, para levar sua sabedoria adiante. Ele irá superar as montanhas. Ele verá o sol nascendo e se pondo. Ele irradia a calma, assim como seu animal de carga, o búfalo. Ele carrega em si a sabedoria do mundo. O indivíduo está numa passagem, num atalho. Ele se perde no silêncio. Os pinheiros desenhados com mão leve, as montanhas, os caminhos, que mostram nuvens que parecem ter sido pintadas com um hausto; está em nós como as coisas aparecem.

A felicidade da calma.

Não, diz o cinzento, não foi apenas orgulho, isso por certo também, mas alguma coisa no significado de voar também havia se deslocado. Não era mais simplesmente um voo no qual ela, sozinha e na condição de mulher, deveria superar um longo trecho, que passava por continentes, mas de repente ela passou a ter de voar na condição de mulher, de alemã. Um piloto de caça como presidente do Reichstag. *Pour le Mérite*. O Blauer Max. Aprendizes de sapateiro corriam atrás dos oficiais, que usavam o Blauer Max, visível, também no inverno, na gola do sobretudo do uniforme. Guardas eram obrigados a sair e ficar de armas na mão. Os jornais escreviam que ela levaria a glória da Alemanha para a Austrália.

A campainha tocou, e ele estava diante da porta. Voltara da Ásia. Deve ter sido assim. Quase um ano se passara, e de repente ele estava em pé diante da porta. Nenhuma carta desde então, nenhuma notícia. Ele disse que queria fazer uma surpresa, que queria enfim transformar em ação a conhecida expressão, e entrar chutando a porta. Ele depôs uma caixinha sobre a mesa, e quando ela a desembrulhou com cautela, encontrou dentro dela uma tigelinha de um verde como ela jamais vira outro verde igual. Uma tigela de chá, cujas fissuras eram marcadas em ouro.

Uma mishima, disse ela, maravilhosa, vou cuidar bem dela.

Ele já dissera a ela no Japão que não escrevia cartas, que não podia escrevê-las. Nenhuma explicação a mais. Ela disse a si mesma que também o correio de um diplomata não devia estar seguro diante de uma bisbilhotada alheia. Foi assim que ela explicou seu silêncio com seus botões. Ele perguntou se ela tinha tempo e vontade de sair com ele para comer. E ela disse sim, ainda que pensasse que esse sim poderia soar como se ela estivesse esperando há meses por aquela noite. E ela sabia que era assim.

Ela esperara.

Ela lhe ofereceu um conhaque, e ele se sentou no sofá e fumou enquanto ela trocava de roupa, um vestido preto, curto, pouco abaixo dos joelhos. Ela mandara encurtá-lo há uma semana, como se estivesse pressentindo a chegada dele.

Fomos de táxi até um restaurante. Ele reservara uma mesa. Sentamos e conversamos. Vez em vez, e como que por acaso, nossas mãos se tocavam, quando ele me dava fogo, quando ele, ao comermos os linguados, botou de volta ao meu colo o guardanapo que a cada pouco caía, com rapidez e quase sem que eu percebesse, porque eu estava contando algo de modo um tanto confuso, mas esse breve toque da mão direita eu senti, e inclusive esperei por ele. Ele contou sobre o Japão e sobre a China, e sobre as confusões de guerra que havia por lá. Bebemos vinho, um vinho branco bem gelado. Saímos para o frescor da noite, na qual já havia um hausto do ar da primavera. Depois de poucos passos, ele pegou minha mão, e nós ficamos parados. Olhei para ele. Tudo foi bem rápido, surpreendente, e ainda assim natural, seus lábios, meus lábios, suas mãos, minhas mãos. Suas mãos estavam por toda parte, diz ela. Foi a primeira vez que você me tocou assim, esses toques cautelosos e tateantes, que de repente se tornaram mais firmes e objetivos, que se dirigiam ao mesmo tempo a mim e a mim, a mulher. Por um momento, fui obrigada a pensar em sua narrativa sobre o anoitecer com aquela outra mulher, essa situação semelhante, mas eu disse a mim mesma que muitas coisas se repetem e se parecem, e ainda assim são únicas.

Eu queria aquele homem, diz ela.

Nós somos isóbaros, temos a mesma pressão de ar em diferentes lugares. Eu quero você.

Ele riu e disse que isso lhe agradava muito. Ora, você também é uma colecionadora de nuvens.

Por certo é preciso dizê-lo assim, observa Miller. Ela queria voar. Tinha uma vontade forte, mas, nesse caso, ela era fraca. Muitos me contam muitas coisas, como todos que não dão nenhum bom conselho, que são, eles mesmos, os faltantes, os que não se decidem, os incorrigíveis, cheios de cobiça pela vida, pela própria e pela dos outros. Os que falam de si, de seus medos e de seus fracassos, de suas derrotas, de suas mágoas e de suas vergonhas.

O senhor do fichário do inimigo, diz o cinzento, nunca falava de hesitação, dúvida, medos; em contrapartida, esse uso perdulário de *extirpar, excluir, expelir, ex, ex, ex,* tudo pra fora, a morte.

E Dahlem?

Dahlem disse que se retiraria dos negócios. Esses marrons nazistoides não lhe agradavam. Ele também conhecia o senhor do fichário do inimigo, ao qual dera aulas de voo. O homem do coração de ferro, conforme seus paladinos o chamavam, cheios de admiração. E os outros, os joões-vão-com-os-outros? Populacho, disse ele, e cabeças ocas. Não param de falar em honra, mas não têm honra nenhuma. Aquilo não era seu pessoal. Não era seu governo. Ele era capaz de uma fina diferenciação.

Comércio de armas. Pois é, diz Miller, eu não teria me metido nisso.

Mas, pelo menos, diz o cinzento, ele era capaz de fazer uma diferenciação.

Ela queria realmente voar para a Austrália. Não teria sido a primeira mulher a voar sozinha para a Austrália. Antes dela, Elly Beinhorn e Amy Johnson já haviam estado lá. O voo passava pela Índia, por Jacarta, Bali, Timor, e depois levava até a Austrália sobre o mar do Timor. Um voo sensacional, respeitado também internacionalmente. Marga von Etzdorf queria voar por outro curso. Mas ninguém queria dar dinheiro para o voo, nem mesmo para o avião da Maria Azarada.

Não, Maria Azarada, não, Maria das Quedas.

Na noite seguinte, ela o visitou em seu apartamento. Ele mostrou sua coleção de vasos coreanos, japoneses e chineses, entre eles um da época Ming, do qual ele gostava especialmente, e que estava sobre sua escrivaninha. Na verdade, um erro do forno. A estampa azul parecia ter escorrido e lembrava antes um quadro impressionista. Ela segurou o vaso nas mãos, conforme me contou, com todo o cuidado, como se fosse um animalzinho, e disse, ele é maravilhoso, e depois, sem mais delongas, que ela queria voar de qualquer jeito, que precisava voar, mas depois da perda total de sua máquina não havia mais dinheiro para tanto. Ela vira sua herança no chão, destroçada, um monte de sucata, e não apenas isso, ela tinha dívidas, vultosas, com amigos e conhecidos, até mesmo com conhecidos distantes. Depois de refletir um pouco, ele disse que talvez existisse uma possibilidade de arranjar dinheiro. Que haveria alguém que poderia ajudar. Que talvez pudesse lhe arranjar um avião, e também o dinheiro necessário para a gasolina e para as outras despesas, um homem com bons contatos no novo governo. Um certo Heymann, ex-capitão da tropa de aviadores, que trabalhava para uma fábrica de armas alemã. A empresa Schmeisser. Ele estabelecera alguns contatos na China e no Japão para aquele homem há algum tempo. Caso ela estivesse de acordo, ele poderia passar o endereço dela a ele.

Ela quis dizer que não queria ter nada a ver com armas, mas isso teria sido ofensivo para Dahlem. Ela já ouvira no Japão que ele estava metido em negócios de armas, mas na época eles eram, ainda que secretamente, acobertados pelo Estado.

Pouco antes de seu último voo, diz Miller, nós nos encontramos. Como se costuma dizer, ela abriu seu coração pra mim. Uma conversa fraterna, assim se poderia chamá-la. Também de minha parte não houve nenhuma tentativa no sentido de me aproveitar da situação. E, aliás, não teria dado certo. Dahlem viajara para a Suíça. Por certo tinha de fazer seus negócios por lá. Mais do que isso, ela não quis dizer.

Ela mexia e revirava o presente de Dahlem, seu estojo prateado, nas mãos. Ele o dera a ela depois que ela lhe comprara um estojo semelhante no Japão, um estojo com a ficha limpa, conforme ela disse. E ela me mostrou o estojo de Dahlem. Eu naturalmente o conhecia, mas agora o segurava pela primeira vez nas mãos, a tampa lisa, bordejada de pequenas folhas de louro, e, na tampa de prata, o estilhaço de latão. Ela o tomava como um talismã. Mas da parte dele deve ter sido um presente de despedida. Ela não teve seu amor retribuído. Não chegou a dizer nada a esse respeito, mas deve ter sido assim.

Dahlem viajara para Genebra, e no dia seguinte o capitão Heymann ligou e sugeriu um encontro no hotel Adlon.

Como vamos nos reconhecer? Honorável senhora, eu naturalmente a conheço, de fotos. Ele esperou por ela no saguão, um homem com uma longa cicatriz que se estendia da testa sobre o nariz e a face, como uma estocada de sabre. A sobrancelha esquerda havia se juntado num redemoinho. Suas formas acuradas de tratamento, o jeito como ele beijou minha mão, como me passou o isqueiro, como se levantava quando eu me levantava, esperava até que eu voltasse a me sentar, eram destacadas de maneira a dar na vista, a ponto de se reconhecer o esforço nelas, ao contrário do que acontecia com a casualidade treinada que Dahlem encaminhava os mesmos rituais. Heymann logo conduziu a conversa para o lado político. Finalmente havia passado a época daqueles tratados que tolhiam a Alemanha. A humilhação chegara ao fim, a submissão aos órgãos internacionais acabara com o novo governo, afinal. Tempo de despertar. Tempo de mostrar com orgulho e naturalidade o que a Alemanha fez, o que a Alemanha é. Um tempo em que o sentimento de pátria e a tradição mais uma vez ganham a importância que merecem, quer dizer, um tempo em que eles também poderiam ser reanimados. Receber uma nova grandeza. E a senhorita, disse ele, e isso é realmente grande, pode fazer sua parte nisso. O valor do trabalho alemão, era preciso mostrá-lo, e o comércio seria a condição necessária para um vigoroso sentimento nacional de valor. Ele falou em espírito descobridor, arte engenheira, ética de artesão. Passou de Borsig a Dürer, a representação do cavaleiro com o dragão e a morte, e de Dürer passou a Richthofen, que era tão parecido com o cavaleiro, e logo à metralhadora, que sabidamente disparava através da hélice girando sem rebentá-la, e da hélice chegou à metralhadora automática, na qual os sírios estariam interessados. Sírios que se sentiam oprimidos pelo poderio mandatário francês. E que dispunham do dinheiro necessário. Ela precisaria apenas levar um exemplar consigo, mostrá-lo, um modelo, nada mais do que isso, e alguns cartuchos, para que se pudesse avaliar a velocidade de fogo e a precisão do tiro. Ela teria um tempo para pensar. No que dizia respeito ao avião, ele falaria com Göring, o ministro do Reich. O ministro era piloto, piloto de caça, portador da medalha *Pour le Mérite*, conforme ela sabia, ele é, disse ele, da mesma cavalariça, por assim dizer. E está do nosso lado.

Como assim do nosso lado, eu pensei. Qual é o meu lado? Eu fumei, pensei e disse que precisaria pensar com mais calma sobre isso.

Mas é claro, disse Heymann. Quando, honorável senhora, posso lhe telefonar? Amanhã ou depois de amanhã?

E o que Dahlem diz disso?

Ele não está aqui.

Mas ele se retirara do negócio, ao passo que ela estava prestes a entrar nele, diz o cinzento.

O despertar nacional torna tudo possível, disse Heymann, quando eles voltaram a se encontrar três dias depois. O avião será colocado à disposição pela fábrica de aviões Klemm, e com a intermediação do governo. A senhorita agora voará pela bandeira da Alemanha. Será mais do que apenas um voo privado. Tenho todo o respeito por seus voos anteriores. Uma coisa grandiosa. Mas o voo de agora será parte de nosso levante nacional. A senhorita pode se sentir orgulhosa. Faremos de tudo para que a senhorita possa executar seu voo o mais rápido possível. Göring está cuidando de tudo pessoalmente, se é que posso dizê-lo assim. Ele é um conhecedor, conforme a senhorita sabe; derrubou 22 inimigos pelo menos. O voo é uma questão de honra. A senhorita voará pela bandeira da Alemanha.

Por que não?, eu pensei. Até agora voei pela minha bandeira. É claro que todos sabiam que eu vinha da Alemanha, mas em primeira mão quem voava era sempre a Etzdorf, o Eu que voava, e só em seguida a mulher, e depois o país do qual eu vinha. Agora seria um voo de propaganda. Para o país. Para a nação. Voar era algo que ultrapassava as fronteiras. Destinado a suplantar fronteiras, a unir pessoas. Essa era a compreensão que unia a nós, os pilotos, todo mundo se ajudava. Agora a questão era voar com essa missão pelo mundo inteiro, ou se contentar com algum voo eventual em um avião emprestado.

Depois de uma breve hesitação, eu acabei dizendo: muito bem, concordo. Vou voar.

Será que ela já sabia da outra condição naquele momento?

Para sua surpresa, o capitão trouxe um homem consigo no dia seguinte. Ele usava trajes civis, era de meia altura, robusto, e o que mais chamava a atenção nele era um tremor nervoso que a cada pouco percorria seu rosto. Mais tarde, o capitão Heymann contou a ela que o homem havia sido soterrado em uma trincheira junto ao Somme depois de um longo tiroteio e resgatado apenas dois dias depois. Desde então aquele tremor o acompanhava, sem que ele conseguisse dominá-lo.

O homem disse, com um rosto que parecia anunciar uma tempestade, que todas as questões diplomáticas seriam resolvidas com rapidez. O avião já estava pronto. Ela poderia, disse ele, levar um aparelho junto, que ela não precisaria, aliás não deveria anunciar, um aparelho de filmagem.

Mas conduzir aparelhos de filmagem é estritamente proibido.

Deus do céu, disse ele, quantas coisas não são proibidas. Caso se considerasse todas as proibições, não se poderia nem comprar um pãozinho na esquina pela manhã. Pois bem, o reconhecimento estava interessado em gravações da região sob o poder mandatário da França, na Síria, e, mais tarde, naturalmente, também da Austrália. Instalações portuárias, navios ingleses, sobretudo navios de guerra, as docas e antenas de transmissão em terra seriam especialmente importantes.

Ela hesitou, mas acabou concordando.

Quem cai ao decolar, no fundo prefere ficar em terra; quem cai ao aterrissar, não está a fim de descer mais.

Frase lida na borra do café.

Não. Deve ter sido isso mesmo, diz Miller. A sorte não estava mais do lado dela.

Sorte tem, grita uma voz tumular, apenas quem é capaz, era o que meu tio sempre dizia.

E quem diz isso é logo aquele que botou tudo a perder ali, junto ao Marne. Em 1914. O tio dele, o grande Moltke, teria controlado os nervos, marchado avante, vencido a batalha, ocupado Paris.

Quem é esse?

O estrategista, que queria fortalecer a ala direita.

Pó. E teia de aranha.

Ela saiu ao mundo em busca de aventuras, e agora se tornara uma aviadora representante. Algo fugiu ao seu controle, diz Miller. Ela perdeu sua proteção natural. Pois havia mais uma coisa. Não quero dizer que ela sempre pensava nele, mas algo mais profundo se juntou ao desejo de voar. Voar para lugares longínquos continuava sendo o desejo mais íntimo dela, mas isso estava encoberto por um outro desejo ou, digamos, sobre seu desejo caiu a sombra de um outro desejo. Dahlem. Já no Japão.

Não se pode ter duas paixões.

Ou será que sim?

E depois da ida ao restaurante?

Ela não fala sobre isso.

Ninguém queria lhe dar dinheiro para o voo, nem mesmo para o avião. Até que Dahlem lhe recomendou o capitão Heymann.

Apostando tudo em uma carta. Contrabando de armas. Mais exatamente: representante de venda de metralhadoras automáticas. E uma missão de espionagem. Nada grandioso, mas ainda assim importante para guerras futuras. Instalações em docas, torres de transmissão, aeroportos. Na noite anterior a seu voo ela me convidou a ir a sua casa. Ela contou tudo. Pra mim se pode mesmo contar tudo mesmo. Nenhuma repreensão, nenhuma conversalhada moral. E ela contou dele, daquela primeira noite em Hiroshima, quando encontrou Dahlem e também a mim. Foi a mais pura sorte, disse ela. E então, depois de um longo silêncio, perguntou se podia me perguntar uma coisa? Mas é claro. O senhor sabe se Dahlem viajou com aquela mulher para Genebra? Que mulher? Uma mulher que ela não conhecia, e que chamava de Rapunzel. Um nome engraçadinho. Sim, disse ela, mas pra mim ele não tem nada de engraçado. O senhor sabe se Dahlem está com ela agora? Eu não sabia, realmente não sabia. Dahlem se preservava em tudo, em suas histórias com mulheres, nos negócios. Contava pouco ou nada sobre si mesmo. Era um ouvinte, um perguntador, um preservador. Quando se o encontrava depois de meses ou anos, ele era capaz de perguntar sobre detalhes que a gente mesmo já havia esquecido. Naquela noite, porém, também ele contou sobre si, assim como ela fizera sobre ela. Ela abrira seu coração a ele. Sim, pode-se dizer que ela o fez. Ela perdera sua blindagem.

À direita, ao lado da cabeça, se encontra o coração num recipiente de vidro, envolvido por uma solução de formol, enquanto as partes internas foram enterradas no cemitério.

Lá, na frente de Udet, jazia Richthofen.

Mas não se ouve nada dele.

Não. Ele não está mais aqui. Foi transferido. Depois que o muro foi construído aqui e o Exército do Povo passou a patrulhar a região. Os parentes acharam que ele não gostaria de ficar enterrado nesse lugar, na fronteira do Estado dos Trabalhadores e Camponeses. O campo estava abandonado, tomado pelo mato, à beira da linha mortal, diante dele o caminho da patrulha.

Também a sepultura de Marga havia sido revolvida por granadas nas batalhas de 1945, a lápide fora estilhaçada. Mas eu sabia onde podia encontrá-la, disse o cinzento. Aqui. E assim pude investigar sua história.

No dia 30 de maio, quatro horas da tarde, o médico das forças francesas encaminhou a autópsia oficial em minha presença. O cadáver estava bem conservado, a entrada e a saída dos tiros podiam ser claramente reconhecidas. A entrada de ambos era envolvida por uma borda de pólvora enegrecida e mostrava o diâmetro de 9mm. Com a inserção de sondas, os canais abertos pelos tiros foram claramente demonstrados. O indicador direito mostrava uma região de sangue coagulado. De resto, o corpo não tinha nenhum tipo de ferimento. O rosto mostrava uma expressão calma e tranquila. O cadáver ainda estava vestido nas roupas de piloto, com as quais a Srta. von Etzdorf havia entrado em seu quarto. Uma vez que as circunstâncias eram claras, eu dispensei a abertura do crânio.

Eu queria voar para a Austrália. No princípio, sobrevoando a Cidade do Cabo. Mas Elly Beinhorn acabava de voar para lá. Eu não queria ser a segunda. Não podia ser a segunda, pois ninguém mais dava atenção a voos assim. Eu queria voar por um curso que nenhuma mulher do continente havia voado.

Ela queria ser a primeira. Ela queria ir para lugares onde nenhum homem havia estado antes. Onde havia algo a descobrir, algo que ainda não havia sido investigado centenas de vezes. O novo, em que a gente se descobre de novo. Onde ela mesma se descobriria, correndo riscos e passando por necessidades, para assim mergulhar em seu interior como jamais fizera antes, penetrar no estranho, no estranho total, justamente através do susto e do espanto. Isso, diz o cinzento, é o que eu admiro nessa mulher.

E eu queria ver a Gloriosa. Uma formação de nuvens que aparece por lá todas as manhãs. Um veterinário havia chegado na chácara dos avós, examinara os animais, um método de exame com o qual pretendia fazer sua tese de livre-docência mais tarde. Ele tinha o belo nome de Gottschalk e estivera na África, com a tropa de proteção alemã, e passara os dias em uma estação distante, quase sem ocupação, olhando para o céu. Estava tentando configurar uma nova sistemática das nuvens. Mais tarde, estivera na condição de veterinário na Austrália, onde encontrou um antigo colega, também veterinário, que havia desertado das tropas de proteção alemãs. Esse Gottschalk me contara sobre a Gloriosa, essa formação de nuvens, um rolo que se estendia ao longo do horizonte, e que era tão único, de todo indescritível, tão somente pela cor. Como se poderia descrever aqueles diferentes matizes, que começavam num azul-escuro, se estendiam a um laranja-amarelado para terminar num verde-maçã? Na época eu mal havia completado 11 anos e já desejava viajar para a Austrália. Assim nossos desejos nos acompanham pela vida.

O coração dela se encontra ao lado direito de sua cabeça, em um vidro com solução de formalina.

Absurdo foi o fato de saber que era o fim de sua carreira de aviadora. Ninguém voltaria a lhe dar um avião. As mulheres devem ficar onde é seu lugar: cozinha, igreja, filhos. Igreja? Não, isso está ultrapassado, mas casa e crianças.

Caricaturas apareceriam. Srta. von Etzdorf, deixe tudo em seu lugar. Piadinhas idiotas. Risadas, públicas e às suas costas. Partiu três vezes, voltou as três vezes sem avião. Ela, a Maria Azarada. A Maria das Quedas.

Era um amor não correspondido, diz Miller. Era a dor da traição, que jaz no amor desperto e não correspondido. E então: Dahlem a entregou a Heymann e ao homem com o tremor no rosto.

Mas foi para ajudá-la.

Certamente a intenção foi boa. Mas ele poderia ter imaginado quais seriam as consequências. Ele deveria tê-la alertado. Não se trata do desequilíbrio que existe no sentimento e não pode ser questionado, mas sim do despropósito, assim se pode dizer, de deixá-la sozinha com seus desejos e com aqueles dois agentes e seus interesses totalmente diversos.

No instante de escorregar para o sono, eu o ouvi gritar. Um grito estranho, baixo, no qual havia admiração e também susto Eu logo estava completamente desperta, e vi um clarão de luz atrás da cortina. Ouvi como ele se movimentava com cautela. Ele ligara a lanterna de bolso, ao que parece estava procurando alguma coisa.

Depois de um momento, eu disse: o senhor pode buscar uma das lâmpadas, sem problema.

Não é necessário.

Também não estou conseguindo dormir, eu disse, e pensei, ele nem sequer percebeu que havia adormecido. É a lua cheia.

Sim, disse ele, mas a lua está sempre aí. Seu clarão apenas está encoberto pela sombra da terra. Mas nós sabemos da maré baixa e da maré alta o quanto a água é atraída por essa camarada luminosa.

Está bem frio agora.

Ao fundo, as duas lâmpadas continuavam iluminando precariamente o quarto.

Vamos dividir.

O quê?, perguntei eu, e em minha pergunta a surpresa soou junto.

Nós ainda temos um cigarro.

Ele não fumara o último cigarro, e sim o cortara ao meio.

Obrigada, não, pode fumá-lo.

Eu o faria sentindo o mesmo peso na consciência que a senhorita sentiria se eu dormisse no corredor.

Eu ri. Não, realmente não há motivo para isso.

O clarão do isqueiro pôde ser visto brevemente. Eu comecei a fumar de um jeito bem diferente da senhorita. Na época das trincheiras. Virei craque em fumar tocos de cigarro. Nas trincheiras, nós enfiávamos em palitos de fósforos os restos dos cigarros que não conseguíamos mais segurar entre os dedos de jeito nenhum. Alguns camaradas tinham bolhas de queimaduras nos lábios, disse ele. Fumar era praticamente o único prazer disponível. Um prazer com bolhas de queimadura. E às vezes fatal. Por isso, nós fumávamos na concha da mão, à noite, nas trincheiras. Mas não quero falar das trincheiras. Queria lhe contar dessa viagem em um riquixá, por Macau, essa minúscula fração lusitana da China, com o cassino, os chineses, ingleses e portugueses cobiçosos, esperando o bafejo da sorte, os comerciantes inescrupulosos, os negócios de ouro, os bordéis com menores de idade de todas as raças, os oficiais portugueses em seus uniformes brancos. Um riquixá deveria me levar para o porto, quando ouvi meu nome sendo chamado: Christian. O que menos se espera na China é ser chamado pelo prenome. Mandei parar e vi um monge de sotaina preta. Ele veio em minha direção. Não o reconheci logo. Um antigo camarada, da época das trincheiras. Havíamos morado juntos um ano em uma caverna na terra. Ele se convertera depois do fim da guerra e acabara monge. Estávamos parados numa praça. E o que sempre volto a achar estranho são os nomes de ruas e praças escritos em caracteres chineses sobre azulejos portugueses azuis: *São Lázaro*. Eu lhe disse que eu lamentavelmente estava com pressa, uma vez que precisava pegar a barca a Hong Kong a tempo. E perguntei o que ele andava fazendo na China, se estava pescando almas. Ele riu e disse que, se eu achava que era isso, era isso mesmo.

Ele não perguntou o que eu estava fazendo. Suspeitei que ele soubesse. Ele disse, quando nos separamos, quero que saiba que lhe desejo paz, e vou rezar por você. A cada Natal.

Nós nos demos as mãos, e o condutor do riquixá seguiu adiante.

Consegui pegar a barca, fiquei em pé junto à amurada e olhei para a enseada, sobre a água que se movimentava de leve, que lá se mostrava tingida de marrom-amarelado pelo rio Pérola.

Estranho, desde então tenho de pensar nisso muitas vezes. Esse "vou rezar por você" é como uma promessa. Eu estou entre os incréus, não por indiferença, mas sim por não poder acreditar. Esse não poder acreditar é uma expressão combinada que, suficientemente estranha em si, também acaba unindo.

Um silêncio profundo, o vento continuava, mais uma vez o pio distante de um pássaro. Um abibe e seu qui-vit. Ainda são imagens conhecidas de pessoas, situações, acontecimentos, mas outras já se misturam a elas, estranhas, diferentes, que, no princípio, ainda causam admiração, para, no instante seguinte, fazer com que as mesmas pareçam bem naturais.

Ela me mandou de Aleppo, disse Miller, o estojo de cigarros que Dahlem lhe havia dado de presente. Esse foi seu legado, pois ela sabia que eu contaria sobre ele. Isóbaros. Não. O que justamente não havia entre ele e ela era a mesma pressão de ar, conforme ela acreditara. Encontrei Dahlem anos depois em Berlim. Quarenta e dois, verão tardio. Ele era capitão e pilotava um avião de reconhecimento à distância, na África. Viera de férias. Estava bonito em seu uniforme da Força Aérea Alemã, as medalhas, o branco do casaco de uniforme só acentuava o bronzeado de seu rosto. Até então eu jamais o vira de uniforme. À minha pergunta, ele contou o que fazia por lá, de suas missões. Para caças, ele já estava velho demais com seus 45 anos. Voos de reconhecimento, próximos e distantes. Vejo muito do deserto. Lonjuras. Relevos de montanhas. Oásis. As superfícies de areia, levemente onduladas, uma duna longa e amarelada. No voo de volta, à luz do sol se pondo, uma planície, um marrom-acinzentado, e sobre ele as sombras das rochas. Profundeza espacial. E ele disse, eu vi essa frase do Antigo Testamento: E a terra estava devastada e vazia. E, conforme sei desde então, lá ela é de uma beleza inocente.

E os ingleses permitem um voo tão sossegado?

Como sempre, ele desdenhou do perigo desses voos.

Tenho um excelente atirador de MG, disse ele, para o caso de os ingleses aparecerem com seus caças. Ele falou detalhadamente das diferenças sutis do azul empalidecido dos panos dos tuaregues, como se a cor das roupas pretendesse fazer a mediação entre céu e deserto. Uma sombra portátil. Pensei no momento que, talvez, tivessem sido frases assim que despertaram o desejo dela, o desejo incondicional de ficar próxima dele. Ele disse que encontrara alguns tuaregues famintos numa pista bem isolada em meio ao deserto. Uma de suas mulheres mendigara com grande dignidade, como se fosse um presente que ela dava a ele ao lhe pedir dinheiro. Os homens ficaram de lado com espadas presas às costas. Ele disse que foi uma sensação de felicidade poder lhe dar o presente. E ela também o aceitou com a maior naturalidade.

Numa pausa da conversa, eu tirei o estojo do bolso. Ela mandou que o entregassem a mim em Aleppo. Sem comentário. Provavelmente desejando que eu o repassasse a você.

Ele ficou surpreso. Pegou o estojo nas mãos. Leu a inscrição. Isóbaros.

Eu disse a ele que não sabia por que merecera que ela o mandasse a mim.

Ele o devolveu. Você faz as pessoas rir.

Pois é.

Isso é muita coisa, ora.

Eu voltei a estender o estojo a ele. Você pode utilizá-lo muito bem em seus voos de reconhecimento.

Não, disse ele, isso só protege uma vez.

E ela?, eu perguntei a ele.

Ele se calou e sacudiu a cabeça.

Não.

Eu estava com meus pensamentos em outro lugar, ela disse, pois tão simples são as coisas. Também se poderia dizer que eu sonhei.

Ela estava insegura. Era como se a abelha percebesse, disse Dahlem, que suas asas são demasiado curtas para voar com elas. Que ela se precipitaria imediatamente ao chão.

E você?

Dahlem pensou por um momento, depois disse: fique com ele. Para você ele vai trazer sorte.

Tudo sempre tem alguma ligação, diz o cinzento. Uma atmosfera. Não é necessária muita coisa. Alguém não cumprimenta você. Um homem diz, eu gosto de você, mas não a amo. Alguém se vê no espelho ao fazer a barba. A cada manhã, já há anos, se vê, e de repente se vê como alguém que faz sempre a mesma coisa. E sempre o mesmo rosto. Isso pode bastar. Talvez ela tivesse achado o banheiro sujo demais. Talvez a vida fosse incômoda para ela.

Não. Foi o orgulho. Dignidade. Algo que vai se perdendo aos poucos, cada vez mais. Dar um exemplo. Um exemplo a si mesma e aos outros numa só tacada. Algo que nos deixa indignados, algo que podemos explicar claramente apenas com a última coisa, com algo extremo. Algo que põe em dúvida qualquer tacanhice. Que exige a liberdade radical de ser Eu. A grandeza na autodeterminação.

Dar testemunho, diz a voz daquele que está passando frio.

E a moral da história?

Não existe.

Quem é esse?

O piloto de caça Mölders, derrubou 101 inimigos. Altamente condecorado: brilhantes para as espadas e para as folhas de carvalho da Cruz de Cavaleiro.

Sua voz ainda pode ser ouvida com nitidez.

Sim. Ele continua conversando. E se lembrando. Sobre seu túmulo há coroas, ramalhetes, laços nas cores preto, branco e vermelho. A família. Seu irmão Victor. Lá, um laço em preto, vermelho e dourado. E rosas. Rosas em cada canto. O queridinho das mulheres. Ganhou experiência como piloto de caça na Espanha, durante a Guerra Civil, ao lado de Franco, contra os republicanos.

Alguém está chegando, sempre os mesmos passos, que logo ficam mais vagarosos, agora se ouve um cajado rangendo no cascalho. Os passos de uma mulher. Ela vem para visitá-lo.

Minha mulher, diz o coronel dos pilotos de caça. Eu estava casado há apenas algumas semanas. Vim para Berlim, para o funeral daquele que jaz diante de mim, ou debaixo de mim, conforme o ponto de vista. Ele caiu, era o que se dizia, outros declararam que ele se suicidou com um tiro. Solenidade oficial. Eu estava em voo de ida, deveria manter guarda junto ao esquife de Udet. Vinha da ilha de Krim, com um Heinkel He 111. Pouco antes de Breslau, o motor esquerdo falhou. A máquina de repente ficou pendendo, inclinada, em meio à neblina de novembro. O piloto tenta. Acelera o outro motor, e então também o direito para de funcionar. Uma chaminé idiota em meio à paisagem. Ainda olhei pela janela e vi como a terra se aproximava, puxei a alavanca de direção por reflexo, como se pudesse controlar a máquina e evitar que ela caísse. Nem sequer estava no volante. E vrummm. Em seguida, o estrondo. Sim, a gente continua ouvindo muito tempo, muito mais tempo do que vê. A gente ouve, e ouve. Não dá para acreditar, gritos, explosões, e eu ouvia a mim mesmo, ainda me perguntei se era mesmo eu que estava gritando.

Quando uma granada explodia nas proximidades, a lâmpada do teto se mexia de leve. O teto do bunker tinha 6 metros de espessura. O cheiro de argamassa e fogo chegava pela ventilação. A intocável recebeu o texto de um telegrama, que ela deveria enviar imediatamente: *Meus agradecimentos ao senhor, Duce, por seus cumprimentos pelo meu aniversário. A batalha que estamos travando pela nossa simples existência alcançou seu ápice. Com o emprego ilimitado de material, o bolchevismo e as tropas do judaísmo apostam tudo no sentido de unir suas forças destruidoras na Alemanha, e assim precipitar nosso continente em um caos...*

Pela ventilação, chegava o cheiro de chifre queimado. Ela se sentiu mal e pediu que a substituíssem.

Saí para a cidade tomada pelo fogo, passei por fachadas destruídas, asfalto aberto, os canos e dutos foram arrancados das ruas como vísceras. No ar, havia o cheiro de fogo e decomposição. Disseram a nós que poderíamos ir, que o Führer não precisava mais de nós. Isso significava o fim de minhas obrigações em serviço. Eu queria voltar para meu filho, que estava com minha mãe. Andei muito. Nas ruas paralelas ainda havia combates. De um prédio saíam chamas claras, já era noite, e as fagulhas voavam pelo ar. Mais adiante, na frente, explodiam granadas, ali já era a Fehrbelliner Strasse. E mais uma vez. Lá eu me perdi.

Enfim, disse eu em voz alta, enfim, esses entulhos, esses escombros fumegantes, sobre os quais eu caminhava, o aço dos prédios se destacava como esqueletos em meio aos escombros, vigas ardentes, vapor saindo de porões, fumaça, gritos, o prédio no qual eu morava, labaredas saindo dele, janelas rachando, corpos jogados no chão, semicarbonizados, prisioneiros de calças e casacos listrados carregavam corpos carbonizados para fora, pelas janelas voavam papéis, fichas, impressos de árvores genealógicas, e todo o tipo de coisas pairava nos ares, tudo negro e carbonizado. Os que haviam berrado, os que haviam gritado Hurra e *Heil*, perambulavam pelas ruas, carrinhos de bebês carregados de coisas, carrinhos de lenha, carrinhos de fabricação própria, mulheres com crianças pelas mãos, vagões postos de través, cheios de tijolos, feridos com ataduras sujas, nos braços e nas pernas, e por toda parte cheiro de incêndio e, veja, ali a fumaça saía do país como a fumaça saía de um fogão.

Abraão, diz o cinzento, reduziu o número de justos por causa dos quais Sodoma e Gomorra deveriam ser poupadas de cinquenta para dez, numa das cenas maravilhosas do primeiro livro de Moisés, um negócio como se ambos estivessem num bazar. E Deus concorda com cada uma das reduções propostas: Eu não farei nada contra as cidades por causa dos quarenta, dos trinta, dos vinte, dos dez. Pois bem. Mas não eram nem sequer dez, só Lot com suas filhas, e estas, por falta de homens, deixam que o pai embebedado pelo vinho lhes faça dois filhos.

O fato de a Etzdorf ter disparado duas vezes, inacreditável. Vontade de aço. Sempre a admirei. Só consegui apertar o gatilho uma vez, ouvi o estrondo, alto e logo maravilhoso, como poderei dizer, assumindo a forma de onda, e eu fui arrastada junto. Pois é. Era isso.

Alto, postura ereta, uniforme bem justo, a prata dos botões, o galão, os louros sobre a gola, as botas de cano alto, no cinturão a pistola ou o sabre, no quepe a caveira prateada, o símbolo do poderio. A maior liberdade imaginável: ser senhor sobre a vida e sobre a morte.

Eu o achava engraçado, com aquela voz esganiçada, aquele riso que mais parecia um balido. Eles o chamavam de cabra, diz Miller. Mas então, quando ele tinha todo o poder nas mãos, o que ele espalhou foi o terror, também em mim. Também eu estava cheio de medo. Mas jamais o achei imponente, não, jamais, apenas alguém que espalhava de maneira fria o terror em torno de si.

Uma aviadora como Elly Beinhorn ou Hanna Reitsch, essa Marga. Hanna Reitsch era piloto de testes da Força Aérea Alemã, única mulher a ser condecorada com a Cruz de Ferro de Primeira Classe. Voou para Berlim no dia 27 de abril de 1945, a cidade sitiada pelo Exército Vermelho, os russos por toda parte. Ela desceu com sua Cegonha de Fiesel, apesar do bombardeio, no Tiergarten, onde pioneiros haviam aberto uma pista de pouso. Mais exatamente uma pista de decolagem. Ela queria tirar o Führer da cidade sitiada. E o Führer disse que se todos os homens tivessem a coragem, a valentia dela, os russos não estariam em Berlim agora. Estariam, ele disse. Dominava o subjuntivo, o Führer. E então ele disse: eu fico.

O bunker tremia debaixo do fogo da artilharia russa. Os cabelos de Hanna estavam cinzentos da poeira que entrava pela ventilação.

Ele foi fuzilado, teve sua cabeça aberta a golpe de clava e foi pendurado de cabeça para baixo como um animal de abate em um telhado de garagem. Seu cérebro pingava no chão. Ao lado dele, estava pendurada sua amante; sua saia, a fim de que não escorregasse para baixo, atada com uma corda às pernas. Ela ficou pendurada, os braços abertos, como se quisesse se precipitar no chão voando, os cabelos caindo como um rocambole negro.

Quem está ouvindo Wagner aí? O *Crepúsculo dos deuses*.
Basta! Parem com isso imediatamente!
Não, a música é maravilhosa, e não tem culpa nenhuma.
Não, ela é a prostituta entre as artes.
Bobagem.

Como foi que o senhor chegou aqui?
Uma piada. É fato.

Conte-a.

Mais tarde. Mas posso lhe contar outra. O que é que é apenas rabo e focinho.

O girino?

Não, Goebbels.

Por favor, perigosamente fatal, a piadinha.

Pode-se dizer.

Mas primeiro preciso seguir adiante. Até lá atrás, no depósito. Botaram fogo nele, em vez de dividi-lo. Alguns já vinham ao meu encontro com latas, embutido de fígado, morcela, até mesmo pasta de fígado de ganso. Algumas latas um tanto inchadas, por causa do calor, mas o gosto ainda estava bom.

Nossa honra se chama fidelidade.

É isso aí.

Talvez ela também tivesse se tornado piloto de testes da Força Aérea Alemã como Hanna Reitsch.

A Etzdorf não, diz o cinzento. Quem sabe de cor poesias de Heine vai por outro caminho.

Quem pode saber?

Pois é, quem pode saber.

O representante de armas, capitão Heymann, diz à aviadora, quando ambos se despedem: espero que com seu voo a senhorita contribua para fortalecer em nossa juventude a fé na força própria de nosso povo e de nossa pátria, que nesses tempos difíceis ameaça soçobrar, e também no sentido de mostrar o trabalho valoroso dos alemães. Assim também a vontade guerreira será fortalecida.

Ela queria fazer tudo certo, e quando falo em certo, quero dizer que não queria virar uma aleijada com o tiro. Ela se concentrou no que fazia. Em que terá pensado? Aquela noite, diz o cinzento, aquela noite da qual Miller falou, foi a ventura para ela. Ela deve ter pensado na foto que ele lhe dera de presente. Uma foto que o mostra em seu avião de asa dupla, e em sua máquina está sentado mais um observador. A Cruz de Ferro no leme de direção, atrás, pode ser reconhecida com nitidez. Duas pessoas sobre as nuvens, o sol se pondo ao longe, o cobertor de nuvens ainda está iluminado, um mar, mas debaixo dele a escuridão já aguarda. Silêncio, é o que diz essa foto, o silêncio do voo.

Conjecturas, nada mais do que isso.

O caixão dela foi levado de navio até Hamburgo, e de lá a Berlim. O corpo foi velado na catedral, e homens da SA e da SS montaram guarda em torno dele.

Ela teria se revirado no caixão, diz Miller.

E Dahlem? Saiu da prisão americana em 1945. Ficou parado diante da casa em que morava, em Berlim. Uma montanha de escombros. Quando os escombros foram removidos e a retroescavadeira foi desligada, ao anoitecer, ele revirou os escombros e encontrou cacos. Os restos de sua coleção de porcelana. O azul e branco do vaso Ming. O verde-jade da dinastia coreana Koryo. Um pedaço havia derretido, virado uma bola de gude, branca, azul e verde. Ele a enfiou no bolso. Viveu ainda alguns anos em Berlim, dava aulas de japonês. Depois, quando recebeu um visto, foi para o Chile, pilotava um avião para uma companhia de mineração. Lá seu rastro se perde.

E se ele estivesse aqui?

Não. Ele seria ouvido.

Mas isso também pouco importa, agora.

O Exército Vermelho. Os soldados, uniformes marrons como a terra. Quando vi os primeiros, corri ao encontro deles. Enfim, eu pensei, tudo se acabou. E está certo assim, tudo tem de acabar mesmo, ficar bem destruído, só assim pode surgir algo novo. Algo bem novo. Chegar ao fundo do poço, todos os que gritaram de júbilo, todos com suas bandeirolas, todos que disseram é isso aí, que ficaram em posição de sentido, que gritaram *Heil*, todos precisam ver que eles estão vindo, que eles chegaram. Libertação – sim, mas não falar nada em derrota. Foi a vitória. Eu corri ao encontro dos soldados do Exército Vermelho, diz o montador. Ainda gritei: camaradas. Gritei, *druschba*, e um deles levantou sua metralhadora automática, e então senti que um fogo remoía minhas entranhas.

Ele se esqueceu, diz o cinzento, que continuava usando o uniforme alemão. Um mal-entendido. Um trágico mal-entendido, é o que se pode dizer. Agora ele jaz aqui.

— Prefeririria estar ali, onde jaz Rosa Luxemburgo

— Ah, meu Deus, ela também não aquece mais.

— E Miller, Amandus Miller, o que há com ele?

— Ele contou uma piada.

Eu contei uma piada. Uma piada muito boa, acho. Talvez a minha melhor piada. O fogo da artilharia estava focado exatamente na praça Richard Wagner. Eu fui pelo pátio interno até a Bismarckstrasse, onde os tiros ainda não chegavam. Entrei num porão de defesa antiaérea. Descendo pela eclusa de gás. Fiquei sentado ali entre todas aquelas pessoas idosas. Quase havia apenas pessoas idosas. Fiquei sentado ali, e, uma vez que uma jovem mulher estava com medo, medo dos russos, que estavam chegando, e os outros tinham medo das granadas e dos lança-chamas, e eu tinha medo de ambas as coisas, contei aquela piada do Führer e de seus falsos conselheiros. Todos riram. Naquele momento, entrou uma patrulha da Juventude Hitlerista. Qual é o motivo para tanto riso? Então alguém diz, um homem de mais idade, usando um sobretudo de borracha Klepper, que estava rindo de modo especialmente alto, esse aí ó, e ele apontou pra mim, contou uma piada.

Que piada?, perguntou o líder da patrulha. Vamos, conte!

Não, digo eu, ela não é tão boa assim, não pode ser contada duas vezes. Mas eu poderia lhe mostrar um truque com cartas.

Cale o bico. A piada!

E então aquele homem usando o sobretudo Klepper conta minha piada. Por que Adolf Hitler perdeu a guerra? Aqueles rostos jovens olharam ansiosos para o homem, depois para mim. Porque ele não tinha nenhum conselheiro judeu. Os dois rapazes não riram, eles mostravam uma seriedade maravilhosa e espartana. Sim. Disseram apenas: venha conosco!

E então?

Numa breve pausa do bombardeio, quando os outros saíram do porão para pegar água, eles o viram pendurado num dos postes de iluminação da Bismarckstrasse.

Mas eles são bem altos. Devem ter providenciado uma es cada. Ou estacionaram um caminhão perto dele. Ainda havia alguns caminhões da Wehrmacht intactos. Corda no pescoço, depois encostar. Um solavanco. E já era.

Ele tinha uma placa em torno do pescoço.

E o que estava escrito nela?

Cofarde.

Um pedaço do muro, que corria por cima do cemitério, voltou a ser levantado agora, uma decoração histórica. Marga está exatamente diante dele, sua vista dá para aquele muro branco e cinzento, a cerca de 2, 3 metros de distância. O voo faz a vida valer a pena, está escrito na lápide, uma rocha de granito.

Aliás, as lápides voltam a crescer da terra por aqui.

Assim como as unhas dos cadáveres.

Ele empurrou o estojo para mim por baixo da cortina. Ele estava quente de suas mãos. Aquele estojo prateado com um estilhaço de latão dentro dele.

E toda e qualquer réplica não teria ajudado. Era o sonho de um mundo no qual não existe nenhum ter e manter mesquinhos, apenas dar, e também dar a si mesmo de presente.

Arriscar a vida por alguém.

Então foi de fato isso.

O quê?

Essas foram suas últimas palavras. A pistola na nuca. E em seguida: pronto, vamos. A prisão em Moabit. Oito homens que são tirados da cela. Transferência, conforme se disse. Em filas de dois, marchando. O Sturmbannführer Stawitzki chegou com seis homens da SS. As runas na gola. As caveiras nos quepes. Era noite, chovia. Nas proximidades, os trovões da artilharia. Berlim cercada por russos, 22 de abril de 1945. Alguns dias antes de a guerra ter chegado ao fim em Berlim. Marchando! Ao longo da Invalidenstrasse, já a poucos metros da estação Lehrter, virar a direita, para os escombros. Eles subiram por entulhos e pedras. Parar. Acabar com eles, vamos! Os gritos reprimidos das vítimas. Também o grito dele: não sei de nada. Sócrates com agulhas debaixo das unhas.

Um dos oito prisioneiros é ele, o coronel Staehle. Comandante do Lar dos Inválidos com o cemitério. Eles já ouviram o que ele tinha a dizer no interrogatório, um interrogatório bem severo. Então foi de fato isso. Foram suas últimas palavras. Seus gemidos ainda podem ser ouvidos às vezes, quando ele dá seu depoimento. Foi condenado a dois anos de prisão por favorecimento a um foragido político. Escondera uma judia. O conselheiro criminal e Sturmbannführer da SS Kurt Stawitzki chegou e mandou fuzilá-lo. Deixar tudo em ordem antes do *Crepúsculo dos deuses*. Stawitzki amava as óperas de Wagner.

Parar! Acabem com eles, vamos!

Um sobreviveu, ferido, Herbert Kosney, que se fingiu de morto e deu seu testemunho, disse o cinzento.

E Stawitski?

Morreu em paz, como se costuma dizer, em Bad Godesberg, em 1959. Nasceu em 1900 em Kiel, com o nome de Kurt Stawitzki. Colégio. Tropas voluntárias. Polícia. 1933, Gestapo. Comandante da Polícia de Segurança e do Serviço de Segurança da SS em Cracóvia. 1941, comando de m. e. em Lemberg, até 24.11.1943 em m. e.

O que isso quer dizer?

Missões especiais.

11.1943 diretor da Gestapo no comando da Polícia de Segurança em Lemberg, chefe de um pelotão da morte. Participou de deportações para Belzec, organizou uma unidade do comando especial 1005 para exumação das valas comuns. Outubro de 1943, Gestapo de Hamburgo, depois no comando do Departamento de Segurança do Reich, Comissão Especial 20 de Julho. 1945, comandante-substituto do campo de concentração Flossenbürg. No dia 1.5.1945 na Gestapo em Flensburg, lá municiado com novos documentos, que lhe davam o nome de Kurt Stein, e com dinheiro. Outubro em Bad Godesberg, de 1953 até a morte ativo no arquivo da Sociedade de Pesquisa Alemã, a Deutsche Forschungsgemeinschaft (DFG).

Uma das muitas biografias comuns. Não podemos ouvir o que ele tem a dizer. Está enterrado em paz no cemitério de Bonn.

Nenhum anjo vingador o levou.

Mas.

Não existe "mas" nem "meio mas" nisso.

Eu fiz o avião baixar um pouco, em direção aos jardins, ruas, prédios, voei ainda mais baixo, agora via com nitidez as mansões, a alameda, lá, a casa, o jardim, ali estava ele, a calça branca, um casaco escuro, ele estava parado ali e acenava, acenava com um lenço branco, conforme o combinado. Balancei as asas e voei em direção sudeste. Eu pedira que ele não viesse ao campo de pouso. Eu não gostava de me despedir por lá. E, sobretudo, nada de flores para a despedida. Eu as despetalava às escondidas. Elas podiam dar azar, era o que eu acreditava. Crendice, superstição, conforme ele disse. Mesmo assim, ele me deu seu amuleto da sorte, o estojo de cigarros. E mandara gravar nele aquela palavra. *Isóbaros*. A sorte dos isóbaros. Mas aí já não era mais sorte.

Mas.

Ele deveria tê-la alertado. Ela confiou nele. Pensou que o que ele lhe aconselhara estava certo.

Não, ela mesma deveria saber disso.

Em outro lugar até pode ser. Mas. O quê, mas? O mas do mas? Quem está dizendo isso. Alguém bem lá de trás. Aquele ali. Todos podem contar suas histórias.

Tudo perdido. Mas a cidade sucumbiu muito antes, diz uma voz.

Quem é esse?

Também um lá de trás, diz o cinzento.

Mas ele não perdeu nada aqui.

Perdeu sim, diz o cinzento. Esse lugar aqui tem tudo a ver com a distante Prússia oriental. Andou mil quilômetros a pé, da Prússia oriental até aqui, no inverno, 26 graus negativos, pelo gelo e pela neve. Chega aqui e pensa que conseguiu, quando uma viga despenca sobre ele. Ele se estabelecera numa casa danificada por bombas. E então aquela viga despenca. Assim no mais, simplesmente.

Sempre estava correndo na frente dos russos. Sempre com os canhões trovejando atrás de mim. Fugi da cidade. Inverno de 44.

Agora a cidade desapareceu. Completamente destruída. Mas ela já desapareceu antes, exatamente no dia em que seu nome foi mudado. Durante quatrocentos anos, ela se chamou Pillkallen, depois seu nome foi germanizado e transformado em Schlossberg. Alemanização dos topônimos. Pillkallen era um nome eslavo, Schlossberg, a montanha do castelo, ainda que jamais tivesse havido um castelo por lá. Germanizar. E, de repente, tudo perdeu seu sentido, o senhor compreende, por exemplo, se dizia: o homem toma. O cavalo bebe. Em Pillkallen é o contrário.

Sim, não se pode tirar o nome de uma cidade.

Eu jamais teria pensado que poderia ser enterrado aqui. Só a palavra *Stutenmilch*, leite de égua.

Uma honra e tanto.

Não perguntaram nada a mim.

A mim também não, ma'tou po'co me lixando.

De onde vem esse sussurrar?

Do vento?

Não, da chuva. Há dias. É como se o céu tivesse se rasgado ao meio. Uma cortina cinzenta diante da cantina de vinhos. Lá estão sentados os chefes dos grupos locais e o líder dos trabalhadores. Sábado à tarde. Brindes. Canções alemãs, vinho alemão. Bebem de canecas romanas. Tinto da Burgúndia. Um azul de Ticiano.

Quem está falando aí?

Azul de Ticiano, absurdo, Ticiano prefere cores marrons. Marrom, um marrom bem especial, um marrom como o das folhas secas das faias no inverno, enroladas e parecidas com pequenos mexilhões, assim elas ficam penduradas nos galhos.

O senhor está ouvindo a chuva?

Sim. Da cantina de vinhos não se pode ver mais nada.

Mais tarde fiquei sabendo que ele jamais falou de suas experiências na guerra, diferentemente de muitos, a maior parte seus camaradas, que sempre voltavam a falar de como voavam e como disparavam as metralhadoras, e como os aviões despencavam e transformavam matar em uma aventura. Ele me contou, naquele quarto dividido apenas por uma cortina, porque ele não gostava de falar das batalhas aéreas. Essa experiência terrível. Já passava muito da meia-noite. Eu não gostava de atirar, de derrubar, de palavras como: derrubou seis. Soa selvagem, como se estivesse se tratando de animais. E mesmo assim sou obrigado a dizer que, por mais paradoxal que possa parecer, esse juízo jamais tirou algo de minha admiração. O vigor, a decisão, aquela vontade, sim, aquela vontade de chegar ao extremo me agradava, aquela medida de liberdade necessária para a batalha e para a prontidão de morrer.

Eu conhecia as estrofes da *Ilíada*, "learned by heart", conforme minha professora particular dizia: *Não, como a águia fúlvia que tomba precípite em meio a outras aves / que descuidadas se encontram na margem ruidosa de um rio, / bando de gansos, ou grous, ou de cisnes de longos pescoços: / do mesmo modo Heitor cai sobre um barco de proa anegrada, diretamente.*

Eu pensei nele. E pensei naquilo que haviam me dado para levar, os documentos, listas, esboços, que eu deveria proteger, proteger também ante os olhos da aduana, dos militares. Mas pensei sobretudo nele, na despedida. Não compreendi sua resposta logo. Quando lhe perguntei se nos veríamos de novo assim que eu voltasse a Berlim, ele disse, depois de hesitar um pouco – e ele hesitava com frequência –, provavelmente não. Por que não? Eu vou para o México, disse ele. Maravilha. Eu disse. Então não vou voar para a Austrália, vou voar sobre o Atlântico. A primeira mulher a voar sozinha do leste para o oeste sobre o Atlântico. E quando percebi sua hesitação, perguntei por quê. Você vai sozinho. Não. Vou com a mulher do amigo. Ela quer se separar dele. Tudo se decidiu assim apenas há dois dias. Também isso passou pela minha cabeça. A frase: você não. E quando estava aterrissando, vi aquela nuvem. Nenhuma nuvem é igual a outra nuvem, e ainda assim elas se parecem tanto que podemos compará-las, mas aquela forma eu jamais vira, um rolo de nuvens como o modelo do cão em fuga, ou como as ondas que se quebram, estreitas, destacadas exatamente lá onde elas se quebram depois de se arredondarem, um tanto flocosas, dissolvidas como espuma. Sim, eram nuvens que se quebram.

Foi a primeira vez que ela contou sua vida a alguém, diz o cinzento, agora ela pode apenas se repetir. Nenhuma mudança é possível. Tudo se dissolveu, e mesmo assim se juntou. Aqui se pode ouvir como foi. Foi surpreendentemente fácil, com esse saber, ele, o compreensivo, jaz atrás da cortina. Ele traduzira esse poema para ela.

Galhos
Juntados e atados:
Uma cabana de gravetos.
Desfeita: como antes.
Outra vez a selva.

Também ele contou de si a ela. E ela teve a sensação de estar unida a ele por esse abrir-se que ele demonstrou, para sempre, ela pensou.

E ela não continua pensando a mesma coisa?

Continua, sim.

Comprei o estojo num mercado público aqui, diz o cinzento, pouco depois da Reunificação, quando todo mundo estava louco para embolsar marcos. Um acaso. Um desses acasos estranhos que me levou a seguir investigando essa história. Logo depois da queda do Muro, encontrei um aposentado num mercado de pulgas. Ele oferecia, exposto sobre uma mesa, tudo aquilo que havia sido proibido durante a época socialista e pegara pó no sótão de sua casa. Livros: *A conquista de Narwik* (Narwik wird erobert), *Nossos bombardeiros de voo picado* (Unsere Sturzkampfbomber), *Os tanques têm precedência* (Panzer gehen vor), *Nossos pilotos de submarino* (Unsere U-Boot-Fahrer). E outras bugigangas, emblemas da organização de ajuda para o inverno, álbuns de maços de cigarros com imagens, colônias alemãs, os grandes alemães, estrelas do cinema, alguns tocos de cigarro, isqueiros feitos de cartuchos e esse estojo. Um tanto danificado, o vendedor disse, um pouco amassado, com o estilhaço dentro, mas prata de verdade. Já queria tê-lo trocado por briquetes e cigarros nos tempos difíceis. Mas ninguém quis. Estava estragado. E o máximo que teria conseguido seriam uma maçã e um ovo.

Perguntei de onde ele conseguira aquilo. Encontrou no bolso do casaco de alguém, que eles penduraram quando a guerra já estava quase terminando. Ele enterrara o homem, aqui, no Cemitério dos Inválidos.

O estojo de prata foi, por assim dizer, o pagamento por seu trabalho de coveiro. 50 marcos, prata pura, com selo e tudo.

Foi um erro de principiante. O erro mais bobo que se pode imaginar. Ela, que sobrevoara mares e desertos, aterrissou a favor em vez de contra o vento, num aeroporto da Síria. A máquina disparou sobre a pista de pouso e foi parar numa vala. O trem de pouso quebrado, a hélice estilhaçada, o motor deslocado. Ela sai do avião sem nenhum ferimento. Acalma as pessoas horrorizadas, que chegaram correndo. Dá uma volta em torno da máquina. O dano poderia ser reparado. O comandante do aeroporto, um oficial francês, que vê pela primeira vez uma mulher pilotando um avião, tenta consolá-la, não para de pedir desculpas, como se fosse a vala a culpada, por estar no caminho. Ele aponta para a biruta, a fim de deixar claro que a biruta estava visível e postada conforme as prescrições. Não há nada de presunçoso naquele homem, nem sequer um rastro de satisfação malévola com a desgraça alheia. O mais puro lamento fala de dentro dele. Ela assente, vai com o comandante para o prédio do aeroporto, um saguão coberto de zinco, o hangar, o prédio feito de pedras ao lado, e a torre de controle. Os oficiais se esforçam em atendê-la, lhe oferecem café turco, o ordenança bota uma botelha de água em cima da mesa. O comandante pergunta se ela quer beber seu café com açúcar, e ela diz: *oui, merci*. O oficial em guarda quer chamar um médico. Mas ela diz que não está sentindo nenhuma dor. Uma escoriação ridícula de tão pequena, e isso é tudo. Ela sorri, toma um pouco do café turco. Será que ela queria se deitar um pouco? Ela diz que não, que está bem. Mas ela gostaria de tomar um banho ou uma ducha.

Mas antes ela deveria ainda preencher os documentos de entrada no país. Ela está sentada à mesa, o rosto avermelhado pelo vento da viagem, lá, onde os óculos de aviadora tocavam a pele, em torno dos olhos, ainda podem ser vistas as marcas da pressão. Ela toma a água, permite que lhe sirvam mais um copo da botelha. Diante da janela de trás, há uma pequena oliveira. A sombra das folhas lanciformes cai sobre o chão. Ela escreve com a caneta-tinteiro, que sempre traz com tinta pela metade. Em seu primeiro voo, ela vazara uma mancha de tinta, que ainda pode ser vista em sua jaqueta de couro, escura, pouco abaixo do coração. Ela tira um estojo de cigarros do bolso da jaqueta, oferece um cigarro ao comandante, que hesita, mas depois acaba aceitando, surpreso com o fato de uma mulher lhe oferecer fogo.

Ela dá algumas tragadas, apaga o cigarro. Envolve o estojo num papel de carta e escreve um nome e um endereço. Escreve no telegrama: estou sã e salva. Isso deve ser enviado? Peço que o senhor aguarde ainda um pouco, diz ela, e pede permissão para se refrescar. O comandante coloca seus aposentos à disposição dela. Ela vai para o quarto, e depois para o banheiro anexo.

Ela deve ter pensado em Dahlem. Havia sido ele que lhe passara aquele contato. Poderia se chamar o que ela fez de missão de espionagem. Durante o voo, ela deve ter pensado várias vezes nessa expressão, e também se perguntado o que aconteceria caso ela fosse descoberta. Uma câmera de filmagem proibida e não selada, e a metralhadora automática. Também isso deve tê-la ocupado, e quais seriam as consequências de tudo isso. Um escândalo. Complicações diplomáticas. Que acabaram de fato acontecendo. Mas, de qualquer modo, de ambas as partes, tanto da francesa quanto da alemã, negociadas com discrição e caladas em respeito à falecida. A imprensa teria um bocado de manchetes, não fosse assim: Pouso acidentado. Aviadora pousa a favor do vento. Envolvida em negociação de armas. Missão de espionagem. Teria sido um escândalo. E, assim, ela será festejada como heroína. Dahlem jamais falou com ela sobre isso, não a alertou, não lhe mencionou nenhuma regra de comportamento. Ela lava seu rosto.

Usa o toalete, quer jazer limpa diante de todos aqueles homens, tão limpa quanto possível. O sangue é, assim como as lágrimas, um líquido limpo. Ninguém se suja com sangue, muito menos os soldados. Nisso não há nada de repugnante. Ela lava suas mãos, o rosto, abre o fecho do estojo de couro que os oficiais acreditaram conter uma espingarda de caça, e tira de dentro dele a metralhadora automática.

Pouco depois se ouvem dois tiros.

Pela manhã, eu devo ter adormecido, disse ela, foi um momento no qual ficamos ambos calados. Quando acordei, vi um rastro de luz, um rastro estreito de sol sobre o chão de madeira. E vi o quarto, olhei para dentro de mim, para aquele silêncio, até que um galo cantou, e era como se o mundo se abrisse.

Aquele galo parecia estar chamando do lugar distante em que ficava minha infância.

Agora eu ouvia com nitidez sua respiração, como se ele tivesse se deitado mais próximo da cortina.

O voo faz a vida valer a pena?

Talvez.

Eu penso antes que não.

Quem pode saber.

Assim poderia ter sido, diz o cinzento. Já está tarde. Agora o senhor precisa ir. Horário de inverno. O portão logo será fechado.

PÓS-ESCRITO

A lista de leitura seria longa, se o presente livro não fosse um romance. Assim, precisam ser destacados apenas sete livros que foram importantes para este trabalho. Primeiro e sobretudo *Olhadinha no mundo* (Kiek in die Welt), no qual Marga von Etzdorf conta sobre sua vida e seus voos. O copyright diz que foi publicado em 1931, mas o livro deve ter sido publicado depois de sua morte, portanto em 1933, já que apresenta impresso um necrológio a Marga von Etzdorf. Na descrição de suas viagens ao Japão e às Ilhas Canárias, eu me apoiei em sua narrativa.

Depois:

Des Herrn Christan Ewald von Kleist Sämtliche Werke (Obras completas do Senhor Christan Ewald von Kleist), Berlim, 1766.

Saul Friedländer, *Die Jahre der Vernichtung 1939-1945* (Os anos da aniquilação 1939-1945), Munique, 2006.

Mario R. Dederichs, *Heydrich*, Munique, 2005.

Evelyn Zegenhagen, *"Schneidige deutsche Mädel"*— *Fliegerinnen zwischen 1918 und 1945* (Afiadas moças alemãs — Aviadoras entre 1918 e 1945), Göttingen, 2007.

Flucht und Vertreibung der deutschen Bevölkerung 1945/46 Kreis Greifenberg in Pommern (Fuga e expulsão da população alemã 1945/46 na região de Greifenberg, Pomerânia). Elaborado por Fritz Baatz, Münster, 1994.

Haiku und Haiga
Organizado pela Fundação Museu Moyland, Sammlung von der Grinten, Joseph Beuys Archiv do Estado de Nordrhein-Westfalen.
Bedburg-Hau 2006. Em colaboração com Hotei Publishing, Amsterdã.
Da obra, cinco *haikus* no original, aqui traduzidos:

p. 37
Ao meu portão
Os pinheiros – dois amigos de
Tempos passados.

p. 62
"As folhas, as folhas!"
assim também se queixam as vozes
dos corvos sobre a árvore.

p. 70
Existe um céu,
para o qual podemos nos voltar?
Corvos na chuva de verão.

p. 71

Um chapéu na noite
pousa sobre a lua, é o que pensa
o espantalho!

p. 142 e p. 154

Hoje ele pode ser visto
Também hoje ele pode ser visto – o
Fuji no yama!

Agradeço ao Arquivo Político do Ministério das Relações Exteriores e ao Arquivo do Deutsches Museum pela amável ajuda na investigação dos documentos.

As notícias sobre a escalada do Fujiyama e sobre a morte de Marga von Etzdorf provêm dos documentos do Ministério das Relações Exteriores.

GLOSSÁRIO RESUMIDO

No GLOSSÁRIO o leitor poderá encontrar os nomes citados no romance (apenas os incompletos e menos conhecidos), expressões, patentes nazistas e bordões não explicados no correr do texto, referências mais vagas a óperas, peças, poemas etc., e qualquer expressão que soe estranha, assim como o nome original de determinados lugares e monumentos.

AMUNDSEN – Roald Amundsen, explorador norueguês (1872-1928), primeiro homem a conquistar o polo sul e um dos primeiros a cruzar o Ártico pelo ar. Amundsen foi um dos últimos grandes exploradores; seu espírito corajoso e a solidariedade com o amigo e companheiro Umberto Nobile fizeram-no encontrar a morte nas águas geladas do Ártico. É herói nacional na Noruega.

BLAUER MAX – Nome popular da Ordem *Pour le Mérite*, várias vezes citada; o nome se origina do fato de a medalha ser uma homenagem ao piloto de caça Max Immelmann e ter cor azul. A condecoração foi criada por Frederico, o Grande (1712-1786), e vários pilotos de caça na Primeira Guerra Mundial, que são citados no romance de Uwe Timm, foram contemplados com ela.

BOMBARDÃO DE STÁLIN – *Stalinorgel*, no original. O barulho da maquinaria de guerra de Stálin era grotesco e assustador. A tradução *ipsis verbis* daria a expressão dúbia "órgão de Stálin", e refere, metaforicamente, o "grande instrumento constituído de teclado, pedaleira e tubos, que são os principais responsáveis pela produção do som em consequência do ar que neles é introduzido sob pressão [O uso do órgão tem variado ao longo dos séculos; entretanto, pela amplidão de seu alcance, pelo estilo severo e majestoso, é instrumento frequente nas igrejas onde acompanha os cantos litúrgicos.]" (Houaiss).

CANÇÃO DO SINO – *Lied von der Glocke*, no original. Poema de Schiller, publicado em 1799. Um dos mais citados e cantados da literatura alemã.

COFARDE – *Veigling*, no original, em vez de *Feigling*, que seria o correto. Denota a estupidez "ortográfica" dos sequazes nazistas.

COMANDOS SUICIDAS DE ASCENSÃO AO CÉU – *Himmelfahrtskommandos*, no original. Missões especiais cumpridas por batalhões de punidos (*Strafbataillon* ou *Bewährungsbataillon*), unidades especiais da Wehrmacht compostas de condenados chamados à guerra depois das perdas sofridas pela Alemanha na campanha da Rússia em 1941 e 1942.

DANZIGER GOLDWASSER – Licor de ervas com fragmentos de ouro fabricado desde o século XVI em Danzig, atual Gdansk, na Polônia.

ILÍADA – Os versos citados no romance são do canto XV, da *Ilíada* de Homero, na tradução de Carlos Alberto Nunes, conteudisticamente perfeita e conforme à tradução alemã, coisa que está longe de acontecer com a tradução de Odorico Mendes, alucinadamente desviada do conteúdo.

JÜNGER, BENN – Referência aos escritores Ernst Jünger e Gottfried Benn.

MARIA AZARADA – *Pechmarie*, no original. A construção é necessária até porque o autor inventa a *Bruchmarie*, Maria das Quedas, em dado momento.

MARIA FELIZARDA – *Glücksmarie*, no original.

MATTKA – Em russo, no original: "fêmea, mãezinha".

MINNA VON BARNHELM – Comédia em cinco atos de G. E. Lessing. Foi concluída em 1767 e tem como pano de fundo a Guerra dos Sete Anos. Uma das comédias mais importantes da literatura alemã.

NATHAN – Provável referência ao personagem e à peça de Lessing, à qual o personagem deu o nome: *Nathan, der Weise* (Nathan, o sábio), publicada em 1779 e encenada em 1783. Na peça de Lessing, Nathan é um sábio e humanista judeu que prega a compreensão e a tolerância.

NEUENGAMME – Campo de concentração em Hamburgo-Neuengamme.

OBELISCO DA VITÓRIA – *Siegessäule*, no original. Monumento de Berlim, construído para comemorar as vitórias da Prússia. Tem 66,89 metros e apresenta uma estátua da Deusa da Vitória no topo.

OBERGRUPPENFÜHRER – Ver TABELA DA HIERARQUIA NA SA E NA SS, ao final do glossário.

PIERO – Referência a Piero Gamba (1936-), que dirigiu a ópera *La gazza ladra* (A pega ladra), composta por Gioachino Rossini.

SCHARFÜHRER – Ver TABELA DA HIERARQUIA NA SA E NA SS, ao final do glossário.

SCHINKEL – Referência a Karl Friedrich Schinkel (1781-1841), fundador da Escola de Schinkel, arquiteto prussiano, planejador de cidades e pintor, que marcou decisivamente o classicismo da Prússia.

SCOTT – Robert Falcon Scott, explorador e oficial da Marinha britânica (1868-1912). Perdeu a corrida pela conquista do polo sul para Amundsen (VER). Na marcha de volta, acabou morrendo com seus companheiros.

SEPUCO – *Seppuku*, no original. Suicídio ritualizado, praticado pelos samurais mais ou menos a partir do século XII. O haraquiri é a expressão coloquial e designa apenas uma parte do ritual.

STURMBANNFÜHRER – Ver TABELA DA HIERARQUIA NA SA E NA SS, ao final do glossário.

STURMFÜHRER – Ver TABELA DA HIERARQUIA NA SA E NA SS, ao final do glossário.

TANTE JU – Ou "Tia Ju". Nome carinhoso dado ao avião Ju 52, da Junkers.

TEMPOS DO SISTEMA PARLAMENTARISTA – *Systemzeit*, no original. Denominação nazista e desdenhosa à República de Weimar, caracterizada pelo sistema parlamentarista.

TENAZ DO PONCHE – *Feuerzangenbowle*, no original.

TRANSPOVOAÇÃO – *Umvolkung*, no original. Mais um desses conceitos típica e esdruxulamente nazistas. Na propaganda nacional-socialista, era usado sobretudo no âmbito da política de colonização, em especial na parte que dizia respeito ao "espaço vital no leste" a ser conquistado. Remetia às "perdas" que poderiam ser causadas com a miscigenação.

TROPEL DE FERRO – *Eiserne Schar*, no original. Unidade paramilitar, muito atuante após o final da Primeira Guerra Mundial, criada por Rudolf Berthold (1891-1920), piloto de caça alemão durante a Primeira Guerra.

UNTERSCHARFÜHRER – Ver TABELA DA HIERAR-
QUIA NA SA E NA SS, ao final do glossário.

UNTERSTURMFÜHRER – Ver TABELA DA HIERAR-
QUIA NA SA E NA SS, ao final.

ZOSSEN – Em Zossen ficava a sede do Comando Superior da
Wehrmacht (Oberkommando der Wehrmacht, OKW).

TABELA DA HIERARQUIA NA SS E NA SA NAZISTAS

Tirado de Karl-Heinz Brackmann, Renate Birkenhauer. *NS-Deutsch – "Selbstverständliche" Begriffe und Schlagwörter aus der Zeit des Nationalsozialismus.* Straelener Manuskripte Verlag, 1988.

SCHUTZSTAFFEL (SS)	STURMABTEILUNG (SA)
Reichsführer SS	Stabschef / Chef des Stabes
Oberstgruppenführer	Obergruppenführer
Obergruppenführer	Gruppenführer
Gruppenführer	Brigadeführer
Brigadeführer	Oberführer
Oberführer	Standartenführer
Standartenführer	Obersturmbannführer
Obersturmbannführer	Sturmbannführer
Sturmbannführer	Hauptsturmführer
Hauptsturmführer	Obersturmführer
Obersturmführer	Untersturmführer
Untersturmführer	Hauptscharführer
Hauptscharführer	Oberscharführer
Oberscharführer	Scharführer
Scharführer	Unterscharführer
Unterscharführer	Rottenführer
Rottenführer	Sturmmann
Sturmmann	SA-Mann
SS-Mann	

POSFÁCIO

Marcelo Backes

MUITOS SÃO os escritores alemães contemporâneos que passam ao largo da história. Não é esse o caso de Uwe Timm. Nascido durante a Segunda Guerra Mundial, em 1940, Timm é um dos maiores escritores de sua geração, e se ocupou intensamente da época que o viu nascer, também porque ela o tocou de perto. Já foi assim no louvado *A exemplo de meu irmão* (Am Beispiel meines Bruders, 2003), uma das obras mais interessantes e profundas sobre a Segunda Guerra Mundial, volta a ser assim em *Penumbras*, publicado na Alemanha em 2008.

Em *Penumbras*, o Cemitério dos Inválidos, em Berlim, vira palco da narrativa; um palco dos mais adequados, aliás. No cemitério, parcialmente destruído pelas bombas e estilhaços, lápides apagadas, a aviadora Marga von Etzdorf, personagem central, jaz entre militares prussianos, chefões nazistas e vítimas civis dos últimos dias da guerra. O romance é a história de sua vida vanguardista de aviadora e do grande amor que ela acabou não vivendo. Mas Uwe Timm aproveita o espaço do cemitério para desenterrar uma série de personagens históricas, alcançando às viciadas "sombras do passado" um novo e vigoroso significado e fazendo de seu livro um conjunto de narrativas que se cruzam e se tocam até formar um mosaico dos mais bem acabados.

Uwe Timm evoca também os espíritos que levaram a Alemanha ao fundo do poço na Segunda Guerra Mundial, antigos aviadores da Primeira Guerra e uma série de indivíduos amarrados à roda da história. O caminho do país ao antissemitismo organizado, que acabou dando no holocausto, é traçado mais uma vez e decifrado à risca. Reinhard Heydrich, o organizador da "solução final", sombrio em sua elegância e chamado de "escuro" no romance, ganha vulto de personagem fundamental ao longo da narrativa. Mas Goebbels, Himmler e Göring também comparecem, assim como vários figurões nazistas, inclusive algum que levou uma vida absolutamente oficial em cargo burocrático após o final da guerra.

Num momento de alta voltagem poética, doloroso acima de tudo, uma família judia sai de casa para ser levada ao trem fatal, e o narrador se limita a dizer: "A porta rangeu, e a Sra. Silberstein disse a seu marido, mas eu pedi que você passasse óleo nela. E então Siberstein foi buscar mais um pouco de óleo e deixou cair três pingos em cada um dos buracos das dobradiças destinados a isso." Aquela porta não rangeria mais para eles...

As cenas de *Penumbras* se apresentam em cortes rápidos, e os fragmentos se encontram e vão compondo um painel harmônico, apesar das lacunas, ou por causa delas. O livro é muito mais que uma biografia, é um coral de vozes, um patchwork narrativo que forma a colcha perfeita de um romance, ao final.

Uma ponte para dois grandes romances

No centro narrativo de *Penumbras*, um guia turístico, chamado de "o cinzento", conduz o narrador pelo cemitério e vai destrinçando, junto com as vozes de outros enterrados no lugar, a história da aviadora alemã Marga von Etzdorf. Guias turísticos sabem de tudo, e o narrador diz, logo no início: "Tratava-se de uma visita guiada, somente para mim." O que une o guia ao narrador é o mesmo interesse: a vida e a história de Marga von Etzdorf.

O narrador, aliás, nasceu em 1940, e remete diretamente ao autor, como já aconteceu em outras obras de Uwe Timm. Na mais pessoal delas, o mencionado *A exemplo de meu irmão*, a guerra é contada através do diário recuperado de Karl Heinz Timm, irmão de Uwe e voluntário da SS, morto em campo de batalha quando tinha apenas 19 anos. Passados 60 anos de sua morte, Uwe Timm quebraria o silêncio familiar acerca da orientação nazista do soldado que tombou no front russo. *A exemplo de meu irmão é*, assim, a história de uma família de luto, de um irmão que conta a história de outro irmão, fazendo uso de seu espólio, para entender a si mesmo e aprender a lidar com seus próprios fantasmas de criança, que nem sequer entendia o mundo quando este já ruía a sua volta. No doloroso percurso, um comovente trabalho de luto e uma série de perguntas: por que o irmão se apresentou como voluntário da SS? Como ele lidou com a obrigação de matar? Em que medida os pais tinham culpa, em que medida tinham consciência do que estava acontecendo? Ao fim e ao cabo, o romance é um estudo das causas que tornaram possível o horror da guerra e desvela sóbria e implacavelmente, mas também melancólica e suavemente, o passado alemão. Resta o equilíbrio de uma frase derradeira, em que Karl Heinz anota: "E com isso encerro meu diário, uma vez que considero absurdo seguir fazendo notas acerca de coisas tão cruéis como as que às vezes acontecem." É o espaço para o grande não, que jamais chegou a ser pronunciado literalmente pelo irmão, e que Uwe Timm profere retroativamente.

Um não que o autor voltou a proferir com *Penumbras*. Dessa vez em forma de oratório, conforme o próprio Timm chegou a dizer, um oratório do horror e do amor, segundo a orelha do original alemão. *Penumbras* bebe de várias fontes clássicas, cita Heine e García Lorca, lembra os grandes diálogos dos mortos de Luciano e mostra um autor histórico e poético ao mesmo tempo, uma espécie de Plutarco depois do fim dos gêneros, um Tácito com mais ginga e mais música.

Já o princípio do romance é poético e misterioso, ancestral, mas logo a fascinação eminentemente moderna de voar se descortina. Ao longo da obra, há muitas brincadeiras linguísticas, jogos de palavras que obrigaram o tradutor a recorrer ao original, fazendo uma tradução que não se esconde na nivelação, na simplificação e na nacionalização das arestas alemãs.

São páginas cheias de amores malsucedidos e uma série de narrativas paralelas, algumas delas belíssimas, como a do chinês lendo na fila de execução – uma verdadeira fábula oriental no interior da narrativa. Chineses em fila aguardam o momento em que o carrasco lhes corte as cabeças, que caem num cesto e são levadas embora por um bedel. Ao final da fila, um jovem chinês lê um livro e avança vagarosamente em direção à morte sem levantar os olhos. Quando o capitão, comovido, pede ao funcionário que o indulte, o rapaz simplesmente fecha o livro e vai embora sem dizer nada.

Além disso, há algumas sábias linhas sobre o sonho de voar. Elas remetem a nossos ancestrais, que ainda podiam cair das árvores, mas "apenas expressam o que é o desejo de levantar do chão, de superar o peso do terreno, de voar para amores distantes", e em seguida fazem uma ponte ao voo técnico do mundo moderno, que sedimenta a ditadura da velocidade, mostrando como Uwe Timm desenvolve na ficção o que o filósofo francês Paul Virilio elaborou na teoria. "Espaço e tempo se juntam e se atraem. E a perspectiva do futuro se torna possível."

A certa altura, há até uma referência cruzada a outra grande obra de Uwe Timm, o romance *Vermelho* (Rot, 2001). Isso acontece quando é mencionado o errante, marginal e pacifista que queria explodir o Obelisco da Vitória, mas acabou morrendo antes disso por um acaso fatal. Esse errante é um dos personagens de *Vermelho*, um romance marcado pelo humor da mais alta estirpe, um romance sobre a geração de 68 e um romance de metrópole focalizado em Berlim. *Vermelho* gira em torno de Thomas Linde, crítico de jazz, um ente que ama, e como ama, escreve um ensaio sobre a cor vermelha e ainda sabe lidar simbolicamente com uma sociedade que necessita de consolo, já que também é orador funerário.

A história de um amor que não houve

Penumbras ganha impulso narrativo quando Marga von Etzdorf conhece, logo no início, seu grande amor, o diplomata e outrora piloto de caça Christian von Dahlem. Dahlem é uma figura ficcional em meio a uma série de personagens históricas. A noite do encontro, no Japão, é estranha e misteriosa – mágica. Uma noite de narrativas em que homem e mulher dormem no mesmo quarto, bem próximos, mas separados por uma cortina. Marga e Dahlem contam suas vidas um ao outro para se separar na manhã seguinte. Antes, ainda dividem um último cigarro e ela fica com a cigarreira de prata que salvou a vida dele num combate aéreo, e diz que os dois são isóbaros numa metáfora de grande poeticidade. A cigarreira aliás cai, depois de uma série de coincidências – sempre ajudadas pelo fatalismo da história, e tanto mais usuais quanto mais turbulenta é uma época –, nas mãos do guia do cemitério, que passa a investigar sua história e através dela chega a Marga von Etzdorf. Cai em suas mãos depois de ter passado inclusive pelas mãos de um certo Anton Miller, outro personagem ficcional, um ator e imitador de vozes, que se ocupa de divertir os soldados em guerra e encontra seu terrível fim ao contar uma piada sobre Hitler. "Por que Adolf Hitler perdeu a guerra?" E, depois do silêncio dos ouvintes num porão: "Porque ele não tinha nenhum conselheiro judeu." Além de ser a ponte para a cigarreira de prata chegar às mãos do guia, o esdrúxulo Miller também se encarrega de amarrar alguns dos fios da narrativa, até porque conheceu Marga e Dahlem e conviveu algum tempo com eles.

O amor entre a aviadora real e o diplomata inventado dá a necessária espinha dorsal ao romance. Marga é a "colecionadora de nuvens", que canta enquanto voa, uma mulher a frente de seu tempo que insiste em dizer: "O voo faz a vida valer a pena", frase que, aliás, orna sua lápide. Dahlem é um personagem quase mítico, um semideus problemático. De certa maneira, representa o retorno de uma antiga recordação da aviadora, quase a memória involuntária e bem proustiana de algo que a toca depois de muito tempo, ou seja, o passado de um americano vindo de um mundo distante que um dia, na infância, irrompeu na chácara recôndita dos avôs que a criaram. Assim como Dahlem, o americano de outrora era sedutor, assim como ele era aviador, e, com sua sede de voar, instilou em Marga a nostalgia da distância, a saudade daquilo que ela ainda não vira, que ainda não tinha, que ainda não vivera.

A grande pergunta que resta ao final do romance é: por que Marga se suicidou? E a pergunta volta a unir a narrativa de amor ao pano de fundo histórico da obra.

Pouco antes do suicídio em Alepo, Marga também caíra nas garras do nazismo, aceitando espionar bases francesas na Síria e trabalhar para o tráfico de armas. Terá sido pelo arrependimento de ter se curvado ao aparelho do poder fascista que ela se suicidou? Parece pouco crível, conforme diz o guia "cinzento", pois quem conhece de cor poesias de Heinrich Heine jamais enveredaria por um caminho desses. Sobram duas alternativas: a vergonha por ter cometido um erro primário e aterrissar a favor do vento, destruindo mais uma aeronave, ou a desilusão diante do grande amor desdenhado, já que Dahlem jamais se mostrou verdadeiramente inclinado a ela e ainda viajou para longe com outra. Muita coisa parece apontar para a desgraça que a obriga a constatar que ela e Dahlem – foi ele, aliás, que lhe indicou os financiadores nazistas de seu derradeiro voo – não são isóbaros, que não têm a mesma pressão de ar em diferentes lugares; pelo menos não tanto a ponto de poderem ficar juntos, ou talvez mais do que o exigido para tal.

Mas encarar os homens que mais uma vez sorririam cheios de escárnio ao vê-la voltar pela terceira vez para casa apenas com a alavanca da direção nas mãos, também não seria fácil para uma mulher que nasceu antes do tempo, uma mulher que nasceu para voar...

Penumbras mostra que Uwe Timm estudou a fundo a estética da sombra dos japoneses. "Sombras são imprecisas, porque planas, e mesmo assim mostram algo mais, que o corpóreo em si não tem." E, assim, bailando entre a história e a poesia, trazendo o passado ao presente sem interpretá-lo, jogando intensamente com luz e sombra, Timm mostra como um conteúdo encontra sua forma perfeita e monta aos poucos seu quebra-cabeça musical, pintando um retrato da vida fragmentada e estipulando em Marga von Etzdorf o símbolo de uma humanidade que quer voar e acaba caindo. "Assim poderia ter sido, diz o cinzento. Já está tarde. O senhor agora precisa ir. Horário de inverno. O portão logo será fechado."

O silêncio que resta ao final, quando largamos o livro, é a prova de que tudo foi muito bem dito...

SOBRE O TRADUTOR

Marcelo Backes é escritor, professor, tradutor e crítico literário. Mestre em Literatura Brasileira pela Universidade Federal do Rio Grande do Sul, doutorou-se aos 30 anos em Germanística e Romanística pela Universidade de Freiburg, na Alemanha, uma das mais tradicionais e antigas da Europa, a mesma em que Heidegger foi reitor.

Natural do interior de Campina das Missões, na hinterlândia gaúcha, Backes supervisionou a edição das obras de Karl Marx e Friedrich Engels pela Boitempo Editorial e colabora com diversos jornais e revistas no Brasil inteiro. Backes já conferenciou nas Universidades de Viena, de Hamburgo e de Freiburg, em Berlim, Frankfurt e Leipzig, no Rio de Janeiro, em São Paulo, Fortaleza e Porto Alegre, entre outras cidades, debatendo temas das literaturas alemã e brasileira, da crítica literária e da tradução.

Backes é autor de *A arte do combate* (Boitempo Editorial, 2003) – uma espécie de história da literatura alemã focalizada na briga, no debate, no acinte e na sátira literária –, prefaciou e organizou mais de duas dezenas de livros e traduziu, na maior parte das vezes em edições comentadas, cerca de 15 clássicos alemães, entre eles obras de Goethe, Schiller, Heine, Marx, Kafka, Arthur Schnitzler e Bertolt Brecht; ultimamente, vem se ocupando também da literatura alemã contemporânea, e de autores como Ingo Schulze, Juli Zeh e Saša Stanišić, entre outros, que ele não apenas traduz, mas inclusive apresenta a editoras brasileiras, e depois prefacia e comenta em ensaios e aulas.

Entre 2003 e 2005, Marcelo Backes foi professor na Albert-Ludwigs-Universität em Freiburg, onde lecionou Teoria da Tradução e Literatura Brasileira. Sua tese de doutorado, sobre o poeta alemão Heinrich Heine (*Lazarus über sich selbst: Heinrich Heine als Essayist in Versen*) foi publicada em 2004, na Alemanha. Em 2006, Backes publicou *Estilhaços* (Editora Record), uma coletânea de aforismos e epigramas, sua terceira obra individual e sua primeira aventura no âmbito da ficção. Em 2007 publicou o romance *maisquememória* (Editora Record), no qual adentra livremente o terreno antigo da narrativa de viagens, renovando-a com um tom picaresco de recorte ácido e vezo contemporâneo. Backes já foi publicado na França (ensaio), na Alemanha (livro) e na Espanha (poema).

Desde 2010, coordena a coleção de clássicos *fanfarrões, libertinas & outros heróis*, pela Civilização Brasileira, e a coleção *Grandes Obras de Arthur Schnitzler*, que ele mesmo traduz e comenta, pela Editora Record.

Este livro foi composto na tipologia Adobe Jenson Pro,
em corpo 12/16, e impresso em papel off-white 80g/m² no
Sistema Cameron da Divisão Gráfica da Distribuidora Record.